Wie immer, bloß besser

Sylvia Schwarz
Wie immer, bloß besser

© 2016 Sylvia Schwarz

Herstellung und Verlag: BoD - Books on Demand, Norderstedt

ISBN: 978-3-7386-5280-2

Kapitel 1
Grundlagenforschung

Da stand sie nun. Hinter sich eine riesige grellbunt-braun geringelte Schlange, vor sich die vermaledeite Wahl zwischen Latte Macchiato und Mineralwasser. Ihr Blick schwankte zwischen dem Latte-Becher mit den aufgedruckten Zuckerstückchen und lachenden Gesichtern und der nackten, kalten, glasigen Sprudelflasche.

„Nun machen Sie schon", zischte der Kopf der Schlange, „nehmen Sie die Latte und fertig."

Der Stimme nach, dachte Eva, war das ein Traum von einem Mann. Eins neunzig groß, durchtrainiert, Muckis von einer Seite bis zur anderen, von oben bis unten, kurzes schwarzes Haar, braune Augen, einnehmendes Lächeln. Ein Mann, der versprach: „Nehmen Sie ruhig die Latte Macchiato; wenn Sie heute Nacht in meinen Armen liegen, werden Sie jede einzelne Kalorie dringend brauchen, denn ich werde Sie küssen, ausziehen und lieben, lieben, lieben, in jeder erdenklichen Position und wenn Sie glauben, Sie könnten nie mehr zu Atem kommen, ist es gerade der Anfang einer lebenslangen ..."

„Ja!", hauchte Eva und drehte sich herum, „genau in dieser Reihenfolge."

„In dieser Reihenfolge – was?" Vor ihr stand ein glatzköpfiger Wurzelgnom mit Hornbrille auf der krummen Nase und gestärktem Hemdkragen unterm kackbraunen Anzug. An seinem faltigen Hals saß eine schlecht gebundene gepunktete Fliege. In der einen Hand hielt er zwei siebzig in Kleingeld, in der anderen eine schwarze Ledertasche. Er ließ die Münzen in seiner Hand klimpern. „Ich stehe seit exakt acht Minuten siebzehn Sekunden hinter Ihnen und höre Ihren Gedanken zu. Latte – dreihundert Kalorien. Wasser – null Kalorien. Eine halbe Stunde walken oder Film auf arte. Nachher soll es regnen, Nugat ist im Schrank." Er stampfte mit dem Fuß auf. „Sie sind nicht die einzige Person mit Problemen! Ich muss mit meiner dämlichen Katze zum Tierarzt, weil das Drecksvieh ständig bazillenverseuchte Taschentücher, die ein Arschloch in unseren Garten wirft, frisst und auf die Teppiche kackt. Ich hab's eilig, also bestellen Sie Ihren verdammten Kaffee und zischen Sie ab!"

„Manche Dinge", hob Eva die Nase an und ignorierte die anderen acht Menschen in der Schlange, die dem Wurzelgnom nickend und grimmig schauend Recht gaben, als hätten sie alle halb vergiftete Katzen daheim, „manche Dinge wollen gut überlegt sein."

„Nein!", brüllte der Gnom mit hochrotem Gesicht und er stampfte den rechten Fuß beinahe durch die Bodenfliesen. „Ein Topmodel, das sein Geld mit Hungern verdient, würde aus Angst vor zu viel Gewicht nicht mal das Wasser nehmen! Bei Ihrem Arsch ist es scheißegal! Da kommt es auf eine Latte hin oder her nicht an! Es spielt schließlich keine Rolle, ob ich einen Teelöffel Salz ins Tote Meer kippe!"

Eva spürte, wie ihr das Blut ins Gesicht schoss und sie knallrot wurde. Ihre Wangen glühten. Ihr wurde heiß und der Schweiß durchtränkte binnen Sekunden ihre hellblaue Bluse. Der Rockknopf, der am Morgen, als sie flach auf dem Bett gelegen hatte, gerade so zugegangen war, verlor jeglichen Halt. Es tat ein dumpfes Plopp, der Knopf sauste davon und der Rockbund stand vorn ein Stück offen. Schlagartig war es sehr viel bequemer.

„Wow", hörte sie den Mann mit den langen verfilzten Haaren und der neonrosa Jacke hinten in der Schlange sagen, „der Knopf ist bis zu mir gesaust. Der tanzt sogar!"

„Kein Wunder", zischte der Wurzelgnom. „Dahinter war mehr Spannung als im Nahostkonflikt."

Über den fiesen kleinen Mann hinweg streckte eine junge Frau den Arm und reichte Eva eine Pappkarte. „Konstantina Lafayette. Mir gehört ein Kleidergeschäft und meine Spezialität sind Übergrößen. Ich würde für Ihre Rundungen gern eine hummelige Verpackung finden. Bei mir ist Mode GROSS angesagt."

„Hummelig?!" Der Wurzelgnom legte den Kopf weit in den Nacken, um zur Modelady aufsehen zu können. „Machen Sie mit der pottwaligen Qualle lieber einen Abspeckkurs."

„Nicht jede Frau", gab die Boutiquebesitzerin zurück, „besteht ausschließlich aus Haut und Knochen. Zum Glück, möchte man sagen. Männer haben Pieker lieber im Küchenschrank als im Bett."

„Quatsch!" Der Wurzelgnom ließ seinen Kopf zurück nach vorn schnackeln. „Dieses Märchen verbreiten Weiber, die einen gewaltigen Arsch und riesige Möpse haben und sich bei Sahnetorte und Chips nicht zurückhalten können. Leider sind beschissene Emanzen wie Sie völlig taub auf diesem Ohr!"

„Also", saugte die junge Frau heftig die Luft durch die Nase ein, „also, der jungen Frau würden Stulpen in Pink prima stehen, wohingegen Ihre Wortwahl, mein Herr, auf sehr große persönliche Frustration schließen lässt."

Nicht mehr viel und der Wurzelgnom platzte. Er plusterte sich auf und ballte die Faust um sein Kleingeld. „Erst geht mir der aufgequollene Pottwal gewaltig auf die Nerven und nun soll ich mir von einer Schnepfe in die Parade fahren lassen? Wissen Sie, die wievielte Nummer Sie sind, die mir heute auf meinen gewaltigen Sack geht? Wie viele Leute mir auf den Schreibtisch scheißen wollten, Sie dämliche..." Blitzschnell trippelte Eva aus dem Café. Sie flitzte durch die Tür und zog gleichzeitig die Bluse tiefer, damit niemand den aufgeplatzten Rockbund sehen konnte. Sie stieg ins Auto, schnallte sich an und richtete den Blick nach vorn auf die Straße. „Fahr' los. Da drin ist die Hölle los; wir trinken im Dorfladen einen Kaffee."

„Echt?" Jette ließ den Motor an. „Dabei sind die immer total flink mit der Bedienung."

„Pf", winkte Eva ab, „da konnte sich ein Wurzelgnom nicht entscheiden, was er will: Eine Anzeige wegen Beleidigung oder gleich eins auf die Fresse. Er hat Streit mit einer Tussi angefangen und ich glaube, die stampft ihn mitsamt seinem abgezählten Kleingeld in den Boden." Sie zog den Bauch ein und den Rockbund über die Wampe und begutachtete die beiden abgerissenen Fäden, die wie Antennen nach vorn wegstanden. „Gibt es die Schneiderei an der Hauptstraße noch?"

„Ist dein Rock zu weit?" Jette beugte sich zu ihr und rempelte ihr den Ellbogen in die Seite. „Du hast abgenommen, bist richtig schmal im Gesicht geworden. Ich nicht. Ich habe – schöner Mist – seit gestern achtzig Gramm zugenommen und das ist keine Muskelmasse, sagt meine Waage. Du hingegen siehst..." Sie zögerte und es war nicht sicher, ob sie wegen der Fußgängerampel überlegte, die gerade von einem spindeldürren Mädchen mit riesigem Schulranzen gedrückt worden war. „Du siehst blendend aus", fuhr Jette fort, nachdem sie bei Rot über die Ampel gebraust war und das Mädchen ihr mit fliegenden Armen hinterher schimpfte.

„Von wegen." Eva fischte ihre Handtasche unterm Sitz hervor, die dank Jettes Beschleunigungsaktion bis zum Verbandskasten gerutscht war. Ohne den lästigen Knopf im Bund klappte das Bücken viel besser. „Seit Michael passé ist, habe ich gefühlte fünf Pfund zugenommen."

„Oha. Wie viele sind es wirklich?"

„Fünf Kilo." Eva stützte ihren Arm ans Fenster und legte die Stirn gegen die Scheibe. Draußen rauschte der Wald vorbei. „Jede Woche eins."

Raus aus dem Dorf, durch ein anderes Dorf, hinein ins Heimatdorf. Eine Hauptstraße, sieben Nebenstraßen, von denen eine dreimal so lang wie die Hauptstraße war, eine Sackgasse. Es gab eine große Kirche, einen Kindergarten, einen Dorfladen und jede Menge talentierter Leute. Eva kannte drei Architekten und jemanden, der Gefahrguttransporte bewertete, eine Frau übersetzte Krimis vom Finnischen ins Deutsche, eine andere reparierte Autos, bei denen alle Hoffnung verloren schien. Es gab einen Yoga-Guru und einen Feng-Shui-Berater, Masseure, Friseure, Dekorateure. Eva hoffte, die Schneiderin an der Hauptstraße konnte den verlorenen Knopf ersetzen und vielleicht den Rock weiter machen. Oder sollte sie die Fäden so abstehen lassen, damit jeder sehen konnte, was sie tunlichst zu vertuschen versuchte?

„Ach, Eva." Jette bog Richtung Dorfladen ab. „Der war nicht der Richtige. Im Bizeps bestimmt tausend Watt, nur leider leuchtet im Oberstübchen kein einziges Lämpchen. Du hast was Besseres als dieses Muttersöhnchen verdient."

„Er hat mich seiner Mutter nicht mal vorgestellt." Eva sank in ihren Sitz, bis sie die Knie am Airbag hatte. „Ich bin achtunddreißig und seit zwanzig Jahren auf der Suche nach Herrn Richtig. Der wird nie kommen und ich werde alleine alt. Älter als ich eh schon bin."

„Alt werden geht immer allein." Jette fuhr langsamer. „Ob verheiratet oder nicht. Ich kann dir meinen Mann geben, dann weißt du, wie du dich mit jedem Mann in spätestens vier, fünf Jahren fühlst."

„Oh", zog Eva eine Schnute, „wieder Streit mit Gerd?"

„Streit?" Jette blieb stehen, als sie am linken Straßenrand eine Frau stehen sah, die in den Abfalleimer neben dem Bushäuserl guckte und eine Pfandflasche herausfischte. „Zum Streiten braucht man jemanden, dem man seine Wut ins Gesicht schleudern kann. Ich habe gestern mit dem Zimmerfarn gestritten, ihn einen faulen Nichtsnutz genannt und ihm vorgehalten, warum er nicht endlich mal eine Blüte bringt. Letztlich ist er in der Biotonne gelandet, völlig zerrupft und zerzaust, weil Gerd um halb sechs angerufen hat, um mir zu sagen, er müsse leider, leider für den Rest der Woche nach Köln, um in einigen wichtigen Meetings wieder mal die Welt zu retten. Jetzt kann ich zusehen, wie ich zwei Elternabende gleichzeitig durchkriege, und wie ich meiner stinkfaulen Frau Tochter die Prozentrechnung erkläre, wo die Schnarchnase schon das Bruchrechnen für eine ärztliche Disziplin hält, und ich muss mich allein mit dem Techniker anlegen, der die Heizungsanlage prüfen soll. So ein Arschloch."

„Ist das der Techniker vom letzten Mal, der seine halbstündige Toilettensitzung als Arbeitszeit abgerechnet hat? So ein Arschloch."

„Nicht der Techniker ist ein Arschloch, sondern Gerd." Jette ließ die Seitenscheibe runter. „Hallo, Amiti!" Ihr Fuß rutschte von der Kupplung und der Motor starb mit einem grässlichen Hüpfer ab. „Verdammte Scheiße, das passiert mir mit diesen verdammten Schuhen heute zum vierten beschissenen Mal." Sie ignorierte die amüsierten Blicke der Dorfjugend, die sich auf der Bank vor dem Bushäuserl versammelt hatte, um über die Schule, das andere Geschlecht und den Rest der Welt zu motzen. Während Jette den Zündschlüssel drehte und den Motor ihres alten Golfs aufjaulen ließ, streckte sie den Kopf aus dem Fenster. „Na, Amiti, willst du mit in den Dorfladen? Auf einen Kaffee?"

Eva beugte sich über Jette weg und winkte durchs offene Fenster hinaus. „Halli-hallo!"

Amiti strich ihre langen schwarzen Haare zurück und knabberte auf der Unterlippe. Ihre braunen Augen fanden den strahlend blauen Himmel. „Kaffee?"

Eva sah, wie Amiti zwei Finger ihrer rechten Hand hob, zwei Finger abknickte und den Mittelfinger hin und her wedeln ließ. Eva hatte keine Lust auf Kopfrechnen. „Ich lade dich ein."

„Hast du letztes Mal schon."

„Ich brauche jetzt dringend eine große Latte Macchiato mit extra viel Zucker und einer Kugel Vanilleeis."

Jette drehte den Kopf zu ihr. „Dein Tag war echt nicht gut, oder?"

„Eine Kugel Eis?", flachste jemand aus der Ansammlung der Dorfjugend. „Muss eine gewaltige Kugel sein..." Eine andere Stimme kicherte: „Deshalb werden die Polkappen seit Jahren kleiner!"

Eva stützte sich auf den Türrahmen und schwenkte die Faust aus dem Fenster. „Noch so ein Spruch – Kieferbruch!"

„Hahaha!", lachte der Rädelsführer mit seinem schief sitzenden Käppi und der Jeans in den Kniekehlen, „wir können gern mal ausprobieren, ob du mir überhaupt nachkommst."

„Uh", feixte ein anderer, „aufpassen: Kraft ist Masse mal Beschleunigung und von Masse hat die Alte eine ganze Menge."

„Alte!", schnappte Eva nach Luft und drückte den Knopf für die

Scheibe in die andere Richtung. „Freches Pack, verdammtes." Nichts rührte sich. Sie drückte immer wieder, hin und her, hin und her. Die Scheibe rührte sich nicht. „Scheiße, Jette, ich glaube, deine Scheibe ist kaputtgegangen. Keine Angst, ich bin gut versichert." „Das hat die Karre öfter." Jette haute mit der Faust gegen den unteren Teil der Scheibe. Es surrte und quietschte und die Scheibe stieg hoch. „Wenn man sich mit viel Gewicht drauflehnt, verhakt der Fensterheber." Sie bremste die Scheibe ab. „Was ist nun, Amiti, kommst du mit?"

Amiti kam über die Straße. Sie öffnete die hintere Tür und bugsierte ihre magere Gestalt auf den Rücksitz. „Lass dir von den Jungs nicht den Tag verderben, Eva. Wenn die wüssten, was für eine klasse Frau du bist."

„Mehr verderben geht nicht." Eva drehte sich im Sitz halb herum, damit Jette und Amiti sie besser hören konnten. „Meine detailliert durchkalkulierte Rechnung geht so: Für den Flug in die USA, die Unterkunft und die Verpflegung brauche ich etwa viertausend Euro. Die Magenverkleinerung kostet siebzigtausend. Insgesamt wollte ich einen Kredit über fünfundsiebzig. Die übrigen zwei lila Scheine hätte ich gleich in Chicago vershoppt."

„Du bist verrückt!", stieß Jette aus und tippte sich mit der linken Hand an die Schläfe. Mit der rechten Hand tat sie den Blinker rein, um abzubiegen. Eine Schrecksekunde später steuerte der Wagen auf Lentingers Gartenzaun zu und Jette brachte blitzschnell ihre Hände wieder ans Lenkrad.

Eva kniff die Augen zu, bis Jette ihre üblichen Schlangenlinien kontrolliert ausführte. „Dafür hat der Vorstand charmantere Worte gefunden. Er meinte, wozu wolle ich mich unters Messer legen und mir den halben Magen wegnehmen lassen, wo es auf die inneren Werte ankäme und ich wäre so ein netter, zuverlässiger, beliebter Mensch. Darauf ich: Sie reden sich leicht. Sie sind eins neunzig groß, superschlank, sportlich, haben eine dekorative Frau und drei bezaubernde Kinder, da können Sie Ihren Erfolg mit aller Gelassenheit auf Ihre inneren Werte schieben. Ich hingegen bin achtunddreißig, allein, ohne Lebenspartner, ohne Kinder und seit zehn Jahren Serviceberaterin in einer Bank, obwohl ich Betriebswirtschaft studiert habe und bei meiner Einstellung die Rede von nur ein paar Monaten Servicedienst war. Meine inneren Werte sind absolut in Ordnung, deshalb schiebe ich meine unglückliche Lebenssituation in aller

Gelassenheit auf die äußeren Fakten, sprich: mein Übergewicht. Ich will meinen verfressenen Saumagen loswerden, ich will abnehmen und endlich mein Äußeres mit meinem Inneren in Einklang bringen. Dafür brauche ich den Kredit. Mein ganzes Wochenende ist fürs Üben dieser Rede draufgegangen. Ich habe sie aufgeschrieben und auswendig gelernt und vor dem Spiegel geprobt, obwohl ich mein Spiegelbild überhaupt nicht leiden kann."

„Ui", zog Amiti eine beeindruckte Schnute, „wenn ich Kredite vergeben würde, ich hätte dir sofort einen genehmigt."

„Tja", hob Eva die Schultern, „mein Vorstand nicht. Er rechnete mit drei Fingern nach, wobei Zeige- und Mittelfinger für Fixkosten und Kosmetikkosten standen und nur der Daumen für mein monatliches Gehalt. Sein Daumen ist wesentlich kürzer als seine anderen Finger und deshalb meinte er, ich könne den Kredit nie und nimmer zurückzahlen. Da meinte ich, in diesem Land würde man nicht mit Fingern sondern mit Zahlen rechnen, und seine eigenen Worte verrieten, wie dringend ich eine Gehaltserhöhung bräuchte, wo ich seit zehn Jahren mit derselben monatlichen Knausrigkeit auskommen müsste und nicht mal die Provisionen einstreichen dürfte."

„Toll." Jette freute sich ehrlich. „Den Zaster hast du gekriegt."

„Nein, die höfliche Bitte zu gehen." Eva drehte sich zurück nach vorne, denn Jette hatte eine Parklücke erspäht und wenn das Einparken schief ging, wollte Eva dem Untergang wenigstens ins Auge blicken. „Kein Kredit, keine Gehaltserhöhung, keine Provisionen, schöne Scheiße. Natürlich bin ich sofort zur Gleichstellungstussi, um mich wegen der fiesen Abrechnung der Provisionen zu beschweren. Alle Kundenberater bekommen sie und ich, wo ich den gleichen Job mache, ich kann dumm gucken. Sie ist auf Fortbildung zum Thema Förderung weiblicher Führungskräfte. Die Dummtussi hat dem Prokuristen brav die Stange gehalten und zwar mit beiden Händen. Die hat sich den gut bezahlten Job ervögelt, was ich genauso tun würde, wenn mir einer das Angebot macht, was mir mit meinem Aussehen nicht passiert."

Jette stoppte ihren Golf, als sie mit der Stoßstange vorn die Dekoration aus großen Wackersteinen touchiert und Amiti beim Kratzen von Stein über Kunststoff das Gesicht verzogen hatte. Unbeeindruckt setzte Jette ihre Strickmütze auf. Ja, es hatte gute zwanzig Grad und in der Sonne war die Hitze kaum auszuhalten. Trotzdem trug sie eine Wollmütze. Grobstrick, extra schick. „Wisst ihr, was meine

Schwiegermum letztens sagte?" Sie musste ihren Schlüssel im Autoschloss mehrmals hin und her bewegen, ehe die Zentralverriegelung alle Türen verschloss. „Sie ist auf Gerd mindestens so grantig wie ich, weil er auf ihre Anrufe nicht reagiert, was ein absolutes No-go bei meiner Schwiegermutter ist. Sie hätte einen solchen Ehemann längst vor die Tür gesetzt und ich sollte mal genau darüber nachdenken, ob ich ihn behalten würde, wenn die Schulden auf dem Haus nicht wären. Das wäre ihr Tipp für mich. Also sind wir auf einen Rosinenstriezel ins Café gegangen, haben gesprochen und ich bin der Trennung mental einen großen Schritt näher gekommen." Sie war die erste an der Tür des Dorfladens und hob den Perlenvorhang, der gegen zu viele Fliegen schützen sollte, auf die Seite. „Wir haben nicht ewig Zeit, meine Damen, in einer Stunde muss ich die Kinder vom Fußball holen. Übrigens, Amiti, brauchst du für Leonie Fußballschuhe? Louis ist aus seinen rausgewachsen, rausgewachsen aus sechs Wochen alten Schuhen."

„Ich weiß nicht." Amiti hatte sich im Perlenvorhang verfangen und musste sich wie eine Ballerina herausdrehen. „Ich weiß nicht, ob Leonie weiter ins Fußball geht."

Eva zeigte auf den Tisch in der Ecke. „Setzt euch; ich besorge den Kaffee. Amiti, gib die dumme Pfandflasche her, die geben wir gleich zurück, ehe du sie mit heim nimmst."

„Danke." Amiti reichte Eva die Pfandflasche und bekam dafür dreißig Cent Kleingeld, was doppelt so viel war wie das Pfand. „Danke für dein caritatives Mitgefühl, Eva."

Eva winkte ab und stellte sich an den Kaffeetresen. Hinter ihr stand niemand und davon überzeugte sie sich gleich zweimal. Keine Kundschaft außer ihnen und der alten Frau Delbar war im Laden zu sehen. Die Alte hielt in jeder Hand eine Weintraube und schnüffelte abwechselnd daran. Eva legte die Pfandflasche auf den Tresen und bestellte das, was sie immer bestellte: „Einen Espresso, einen Cappuccino und eine Eis-Latte Macchiato mit extra Vanilleeis und extra Zucker."

„Zucker ist...", bückte sich die Verkäuferin nach dem Pfandflaschenträger neben der Kühltheke, stellte die Pfandflasche hinein und richtete sich wieder auf. „Zucker steht am Tisch. Wir sind von diesen Einmaltütchen zu großen Spendern übergegangen."

Warum wohl, dachte sich Eva und rollte die Augen. „Kein Kommentar zu meiner miserablen Figur. Da haben mich heute schon drei Typen dumm angemacht. Wenn ich einen weiteren blöden Spruch von der Sorte ,Für die fette Sau ist selbst der große Zuckerspender zu klein' höre, laufe ich Amok."

Die Verkäuferin blickte sie sehr intensiv an. „Der Umwelt wegen. Die Tütchen haben zu viel Müll produziert und sind bei Wind in der ganzen Nachbarschaft rumgeflattert."

„Ach so." Eva spürte, wie sie rot wurde. „Entschuldige bitte. Ich habe... Ich bin..."

Die Verkäuferin holte Tassen und ein Glas aus dem Regal und stellte alles auf die Theke. „Ich mache dir Schokopulver über die Latte. Das hilft, wenn ich nicht statt Schokopulver Backkakao erwische. Wie vorhin." Sie drehte sich um. „Kann ich Ihnen helfen, Frau Delbar?"

„Non, non!" Die alte Frau an den Weintrauben drehte sich herum. „Es 'eißt Madame Delbar. Isch schnüppere nur, ob isch Rückstande von die Pflanzenschützenmittel riesche. Allerdings, die rieschen beide gleich."

Ein Mann tauchte hinter dem Gewürzregal neben Frau Delbar auf. „Sie haben die gleichen Trauben. Italienische, konventioneller Anbau. Bioware würde hier drüben liegen, wenn sie nicht ausverkauft wäre."

Eva bemerkte seinen gezwinkerten Gruß und zog als Zeichen ihrer Missbilligung die linke Augenbraue hoch.

„Scheißendreck." Frau Delbar ließ die Hände mit den Trauben sinken. „Da können isch lang schnüppern und die Ünterschied suschen. Wie bei eine Fehlerbild, wo die nix darin steckt Fehler. Viele Donk, junge Mann, isch nemme lieber von die Jogurt." Frau Delbar legte die Trauben weg und als sie sich zur Kühltheke drehte, entdeckte sie Eva. „Ah, bonjour Madame Eva, schon fertisch mit die Arbeit in die Bank? Es ist gerade geteilt die drei Ühr?"

„Gerade *mal*", verbesserte Eva. „Ja, Madame, ich habe mir heute frei genommen."

„Oh là là..." Madame Delbar kicherte. „Steckt sich da eine Mann hinter? Isch ab nie die Verstand, wie ein prall Frau wie Sie keine Mann aben kann. Leben ohne Sex ist keine Leben nischt. In meine Alter, oui, da laufen nischt mehr voll die pauselose Amour, mais ganz ohne? Mon dieu, das isch alte nischt für möglisch. Genießen Sie, Madame, und wenn er nischts taugt, c'est la vie!"

Eva schob einen Geldschein über den Tresen, kassierte das Wechselgeld und trug die drei Kaffeespezialitäten auf dem Tablett an den Tisch, wo Jette und Amiti sich beinahe wegwarfen vor Lachen.

13

„Ohhh...", kicherte Jette lautlos und nahm ihren Espresso auf ihre Tischseite. „Fick-Tipps von die alte Schaschtel..."

Eva schnappte sich den Zuckerstreuer und stellte ihn über ihrem Glas senkrecht. Der Zucker begann zu rieseln. „Die Alte hat wenigstens Sex. Wahrscheinlich mehr als ich, egal ob mit oder ohne Beziehung. Naja, mit seinem Smartphone hat Michael einen Porno nach dem anderen gezischt, nur hat er mit mir nix davon in die Praxis transferiert, der gemeine fiese Sack. So viel Testosteron im Klopapier..."

Amiti trank sofort einen Schluck vom Cappuccino. „Ich bin nicht auf ihr Sexleben neidisch, sondern auf ihre Jacke. Die sieht klasse aus."

„Habt ihr gesehen, wie Hopfi geschmunzelt hat?" Eva beugte sich weiter nach vorn, nachdem sie den Zuckerspender um einiges hatte leichter werden lassen. „Hat er wieder nichts anderes zu tun als sinnlos im Dorf rumzuhängen und das Geld seiner Oma durchzubringen. Leute, komisch ist das schon, er macht Bankgeschäfte, die wirklich kompliziert sind, als würde er tatsächlich begreifen, wie sie funktionieren. Mir ist er suspekt, wenn er sich zwischen Trauben und Bananen rumtreibt. Der verheimlicht was."

In dem Moment trug die Schaumschicht auf dem Latte Macchiato das Gewicht des Zuckers nicht mehr. Der Zucker brach ein, sackte tief und es spritzte bis zur Decke, wo es einen hässlichen Fleck gab. Eva beobachtete, wie sich eine Tropfnase bildete. „Kann das sein? Tausende Latte werden jeden Tag mit Zucker überflutet und meiner spritzt!" Sie wischte die Tropfen auf dem Tisch mit dem Finger auf.

„Also, Amiti, warum geht Leonie nicht mehr ins Fußball? Ich dachte, die kleine Maus lebt dafür?"

Amiti saß mit überschlagenen Beinen auf der Bank und schaute dem Cappuccinoschaum beim Knistern zu. Ihre braunen Augen glänzten. „Sie kann *dafür* leben, nicht *davon* und ich nicht *damit*. Es geht ins Geld."

„Das bisschen Fußball?" Eva ließ den langen Löffel in ihr Glas sinken und quirlte das Vanilleeis. „Hammer."

Amiti stützte den Kopf auf die Hand. „Anstatt mir den Unterhalt für September zu überweisen, hat Peter, der alte Drecksack, mir gute zweihundert Euro abbuchen wollen. Er hat beschlossen, den Unterhalt rückwirkend seit Juni um jeweils zweihundert Euro pro Monat zu kürzen."

„Sauerei!", schimpfte Eva. „Das darf er nicht!"

„Die Lastschrift ging nicht durch." Über Amitis Gesicht flog ein kurzes

Lächeln. „Mangels Deckung zurückgebucht. Trotzdem blöd, mir fehlt der Unterhalt für September."

„So ein Scheiß." Jette presste ihre Fingerkuppen gegen die heiße Kaffeetasse. „Was meint der Anwalt?"

Amiti kippte ihre Tasse leicht und verfolgte den Bogen, den der Schaum machte. „Der Anwalt schreibt für teuer Geld einen Drohbrief. Von dem kann ich die Kinder ein paarmal abbeißen lassen, wenn mir die Kohle für Brot fehlt. Fünf Tage nach dem bösen Brief ist fast der ganze Unterhalt gekommen und die Mitteilung, Peter ließe die Summe neu berechnen." Sie senkte die Stimme. „Er zahlt jetzt einen zusätzlichen Kredit für die Vietnamreise im Sommer ab, was er in die Berechnung einfließen lassen will. Außerdem hat er sich Jeans, Schuhe und einige Hemden gekauft und diese Kosten will er als Sonderausgaben geltend machen und den Unterhalt entsprechend kürzen. Was kommt als nächstes? Wenn er eine Dose Mais kauft, kriege ich vierzig Cent weniger? Der hat sie nicht alle!" Amiti lehnte sich zurück. Sie presste ihren Rücken gegen die Holzlehne, als würde das eine Massage ersetzen. „Gleich am ersten Elternabend hat Leonies Lehrerin vierzig Euro für Arbeitshefte eingesammelt und zwanzig Euro für die Klassenkasse, damit sie nicht wegen jedes Euros einen Rundbrief verfassen muss. Ludovica ist in der zweiten Woche ins Schullandheim gefahren und Lotte brauchte einen Atlas für vierzig Euro. Am zweiten Schultag war mein Konto genauso leer wie mein Kühlschrank."

„Am zweiten Schultag", erinnerte sich Jette, „saß ich mit zwei Listen Schulbedarf und einem Fieberkind daheim. Zum Glück hat meine Schwiegermutter die Einkäufe übernommen."

„Fieber?", hakte Eva nach. „Geht es wieder?"

Jette stellte ihre leergetrunkene Espressotasse ab. „Wahrscheinlich war Louis die Aufregung zu viel. Seine Lehrerin ist schwanger geworden, deshalb hat er eine neue bekommen. Eine Frau Herbst. Ich dachte, die wäre nett, bis ich das Hausaufgabenpensum gesehen habe. Louis sitzt länger als Luise, dabei ist die in der sechsten Klasse, er nur in der vierten."

„Grundschulabitur." Amiti begann den Milchschaum zu löffeln. „Wohin soll es nach dem Übertritt gehen? Standard, Mein-Kind-macht-später-weiter oder Resteschule?"

„Damit gehen mir alle auf den Senkel." Jette fasste sich an den Hals, als wollte sie sich selbst würgen. „In drei Wochen Schule hat Louis fünf

Noten kassiert. Im Diktat eine vier. Er hat Rotz und Wasser geheult, nachdem ihm Fräulein Naseweis von nebenan ihr beschissenes Halbwissen vor die Füße gekotzt hat: Mit einer vier kommst du nicht aufs Gymnasium, höchstens ans Steuer eines Müllwagens. Da wirst du nicht Arzt, sondern Aufstocker." Sie ließ ihren Hals los. „Wenn ich dieses Besserwisser-Gör dieser oberschlauen Dummtussi sehe..." Eva ließ einen Löffel Vanilleeis auf der Zunge zergehen. „Wenn er Arzt werden will, kommt er ums Abitur nicht rum. Kann er sich gleich an den Stress gewöhnen und daran, rund um die Uhr zu arbeiten. Ärzte schieben Wochenenddienste von fünfzig Stunden, wusstet ihr das?"

„Tja", schaute Jette in ihre leere Tasse, „den Sturkopf hat der kleine Mann nicht von mir. Da ist Luise ganz anders. Von allein kriegt sie den Arsch nicht hoch."

„Warum sollte sie?" Amiti zog eine Grimasse. „Solange du den Überblick hast?"

„Ist da ein Ratschlag im Anmarsch?" Jette blickte Amiti mit zusammengezogenen Augenbrauen von unten herauf an. „Wie war das mit der Lerngruppe? Zweimal die Woche jeweils neunzig Minuten?"

„Als Mentor", beugte Amiti sich zu ihr. „Was schlimm genug ist. Ich als Thailänderin muss den Deutschen die Grammatik ihrer Muttersprache erklären, Wortarten, Satzglieder, Zeitformen. Ich fürchte, Resi und Mausi haben bis heute den Unterschied zwischen Attribut und Adverb nicht verstanden."

Eva kramte in ihrem Gedächtnis unter den Stichworten Lerngruppe, Resi und Mausi und fand nichts. „Welche Lerngruppe?"

„Nicht mitgekriegt?" Jette lehnte sich lässig zurück und schlug die Beine übereinander. „Mausi und Resi, diese beiden Überglucken vom Anger haben – als ihre Kinder vor dem Übertritt standen – eine Lerngruppe eingerichtet."

„Wir sind damals in der Schule nur in Lerngruppen abgehangen", erinnerte sich Eva. „Mit Lerngenossen leidet es sich leichter."

„Nicht die Kinder haben gelernt, sondern die Mamas." Jette rieb sich demonstrativ die Stirn an der Stelle, wo man einen gefiederten Mitbewohner vermuten würde. „Damit sie ihren Kindern Grammatik und Mathe richtig erklären können. Ich bin der Gruppe ein Jahr später zum Opfer gefallen, als Amiti schon wieder draußen war." Jette schaute tief in ihre leere Espressotasse. „Wer bei so viel Gruppendynamik nicht mitmacht, gilt gleich als desinteressierte Assi-

Mami. Jetzt mache ich schon wieder mit, sitze während der Hausaufgaben neben meinen Kindern und wir hören beim Autofahren Vokabel-CDs. Glaubt mir, auf der Gluckenskala ist immer Luft nach oben."

„In Ludovicas Klasse hat eine Mama während der Sommerferien Latein gepaukt, damit sie ihrem Sohnemann helfen kann." Amiti lachte kurz und trocken. „Gleich nach der ersten Lateinstunde hat der junge Mann ein Theater gemacht, als stünde er kurz vor seiner Hinrichtung. Er durfte wechseln und seine Mama hat sich einen Selbstlernkurs besorgt."

„Die Mütter von heute", nahm Eva mit einem großen Happen so viel Milchschaum wie möglich in den Mund, „haben Pfeffer im Arsch." Jette ließ ein schweres Seufzen hören. „Meine Bewerbung ist im großen Kuvert zurückgekommen. Dabei war ich wirklich zuversichtlich. Die Ausschreibung war wie für mich gemacht." Sie dachte kurz nach. „Bis auf den Vollzeit-Teilzeit-Konflikt, die flexiblen Arbeitszeiten und meine eher rudimentären IT-Kenntnisse. Spanisch kann ich auch nicht, ansonsten wäre ich wie geschaffen für die Stelle. Ich kann gut organisieren." Sie warf einen Blick auf die Uhr. „In einer halben Stunde muss ich die Kinder holen. Amiti, willst du die Schuhe nun haben?"

„Eher nicht", zögerte Amiti. „Wenn Leonie weiter ins Fußball geht, will Ludovica wieder in den Gitarrenkurs und Lotte zum Schwimmen. Macht vierzig, sechzig, fünfundzwanzig, insgesamt hundertfünfundzwanzig Euro im Monat, plus neues Trikot, neue Schuhe, plus Notenheft, plus neuer Badeanzug. Das kann ich mir wie immer nicht leisten." Sie stützte den Kopf auf die Hände und zauste sich das Haar. „Wenn ich anderswo sparen könnte, aber alles, wovon ich im Überfluss habe, sind Peters dumme Sprüche und die Briefe seines dämlichen Anwalts." Sie zeigte mit beiden Händen auf die leere Cappuccinotasse. „Ich kann mir nicht mal einen Cappu leisten. Ist das nicht traurig?"

„Absolut", sagte eine feste, tiefe, wohlklingende Männerstimme. Die drei Frauen schauten hoch zu Hopfi, dem Mann, der das Traubenproblem für Frau Delbar gelöst hatte. Er stand neben dem Tisch, nur gut eins siebzig groß, schlank, Glatze, Brille. Er war Mitte dreißig und meistens extrem gut gelaunt.

Jette glotzte ihn mit großen Augen an, Amiti hob skeptisch eine Augenbraue und Eva wischte sich hastig ihre Milchschnute weg. „Hey,

Hopfi, machst du das Dorf unsicher?"

Hopfi hob einen Stoffbeutel an. „Einkäufe für Oma und mich. Es gibt Couscous mit Sojagemüse."

Eva schnitt eine kurze Grimasse. „Du bist einer der durchgeknallten Mode-Veganer?"

„Manchmal." Hopfi nahm den Beutel über die Schulter und zeigte kurz auf Amiti. „Interesse an einem gutbezahlten Job?"

Amiti zog beide Augenbrauen weit nach oben. „Welcher Frosch hat keine Lust auf den Kuss einer Prinzessin?" Im nächsten Moment fielen die Augenbrauen ins Bodenlose. „Leider bin ich ein Frosch mit drei Kindern, von denen jedes einen übervollen Terminkalender und vierzehn Wochen Ferien im Jahr hat. Mein unzuverlässiger Ex-Gatte ändert die Zeiten, in denen er die Kinder betreuen soll, nach eigenem Gutdünken oder storniert sie ganz, vorzugsweise wenn ich arbeiten könnte. Ich kann keinen Schulabschluss und keine Ausbildung nachweisen, die hier in Deutschland anerkannt werden. Solche Frösche werden nicht geküsst, sondern an die Wand geschmettert."

Hopfi hatte zu jedem Einwand unablässig genickt und gerade als er den Mund öffnete, um zu antworten, klingelte sein Telefon. „Lass uns ein andermal sprechen." Er fasste in seine Sakkotasche und verschwand aus dem Dorfladen.

Eva sah, wie er auf seinem Smartphone wischte und zu sprechen begann. Sie schlürfte den Rest aus ihrem Glas und stellte es ab. „Der Typ ist komisch."

„Durch und durch." Amiti beobachtete ihn mit messerscharfem Blick. „Kein Mensch dieser Welt macht Witze über gutbezahlte Jobs."

„Wenn er einen zu vergeben hätte", sagte Jette, „würde ich ihn sofort nehmen. Mit Job könnte ich Gerd den Arschtritt verpassen, den er längst verdient hat. Ich würde ihn in hohem Bogen vor die Tür setzen."

Amiti legte einen Arm über die Lehne ihres Stuhls. „Ich habe mir mein Leben anders vorgestellt, als ich vor einer gefühlten Ewigkeit diesem adretten Deutschen ins Land von Milch und Honig folgte. Nicht mal Cappuccino kann ich mir leisten."

„Und ich mir keine Operation." Eva stützte den Kopf auf die Hand und zerdrückte mit dem Löffel die Reste vom Milchschaum in ihrem Glas. „Mit hunderttausend wären wir saniert."

„Für jede von uns." Jette versuchte zu lachen. „Du immer mit deiner Rechnerei."

„Ich begreife mein Leben durch Zahlen." Sie setzte sich aufrecht und zupfte die Bluse über den offenen Rockbund. „Wenn ich genug hin und her gerechnet habe", fand sie, „fühlt es sich nicht mehr ganz so schlimm an."

„Es ist wie immer." Amiti trug ihre übliche selbstgestrickte bunte Jacke, obwohl es draußen recht mild war. Sie zog den Häkelgürtel enger. „Mir ist elend kalt und ich könnte tot umfallen, wenn ich an den Winter und seine Heizkosten denke. Hoffentlich darf Peter den Unterhalt nicht kürzen. Wenn er darf und mir wirklich zweihundert Euro im Monat weniger zustehen, kann ich mir die Kugel geben. Scheiße, eine Knarre kostet fünfhundert aufwärts und die Patronen sind nicht inklusive." Sie begann an ihren Fingernägeln zu knibbeln.

„Das ist nicht gut", nahm Eva ihre Hand und hielt sie fest. „Je mehr du an den Nägeln und der Haut zupfst, desto schlimmer wird es." Sie zeigte ihre eigenen Fingernägel, die sie silber lackiert hatte. „Bei schicken Nägeln ist der Ansporn größer, nicht mehr zu zupfen und zu kratzen."

„Lackieren?" Amiti verzog das Gesicht. „Ich habe mich eben auf einen Cappuccino von dir einladen lassen und keinen Euro übrig für egal welchen billigen Lack."

Eva winkte ab. „Wenn du mal bei mir bist, hübsche ich dich auf. In meiner Spezialschublade gibt es mehr als dreißig Farbtöne, weil ich mir immer Nagellack kaufe, wenn ich sexuell frustriert bin."

„Ui", fand Jette, „mit dieser Analyse bist du besser als mein Seelenstreichler. Wann hast du Zeit für eine Sitzung? Ich würde gern alle deine Farben durchprobieren und sogar ein Fläschchen Nagellackentferner mit Aceton springen lassen. Habe ich von meiner Oma übrig. Das alte Zeug ist der Hammer. Kriegt jede Farbe weg." Sie senkte die Stimme. „Sogar Autolack. Glaubt mir, ich weiß, wovon ich spreche."

„Du hast dein Auto mit Nagellackentferner bearbeitet?" Amiti hatte jede Silbe besonders betont. „Das ist total dämlich."

Jette kippte ihre Espressotasse zur Seite, um den letzten Tropfen zusammenlaufen zu lassen. „Genau genommen geht es auf Gerds Konto. Ich habe ihn gefragt, ob er was gegen Vogelschiss hat und er meinte, er würde mir was holen. Ein Tag verging, der zweite Tag verging, am dritten Tag war ich sauer und am vierten Tag ging ich mit dem Entferner ans Werk." Sie ließ die Finger, mit denen sie aufgezählt hatte, sinken. „Wenn ich den Kerl nur sehe, geht er mir tierisch auf den Sack. Wahrscheinlich kommt er am Samstagabend, wirft mir die

Dreckwäsche hin – nein, nicht in den Keller oder in den Wäscheabwurf, sondern einfach neben das Bett – und verkriecht sich in sein Arbeitszimmer oder die Kneipe. Mir wäre die Kneipe lieber." Sie beugte sich nach vorn und flüsterte: „Könnt ihr euch das vorstellen? Seit Monaten ist bei uns im Bett tote Hose und es macht mir überhaupt nichts aus. Gar nichts."

„Ach", überlegte Amiti, „bei mir ist es Jahre her, seit ich neben einem Mann geschlafen habe, geschweige denn mit einem."

Die Verkäuferin hinter der Theke fluchte, weil eine ihrer Kolleginnen die Spülmaschine nicht mit Klarspüler, sondern mit normalem Spülmittel befüllt hatte und das Geschirr nun matt und klebrig war. „Wie daheim!", murrte sie nicht leise genug. „Da sind beide Flaschen blau und wenn ich meine bessere Hälfte dazu zähle, sind es sogar drei Flaschen, die blau in der Ecke lümmeln."

Eva atmete tief ein. „Die Welt dreht sich an uns vorbei. Andere reiten auf der Welle, wir sitzen unter ihr. Andere schmeißen die Fete, wir räumen hinterher auf. Alle ziehen ihr Ding durch, wir werden durchgezogen. Wir sind draußen. Drunter. Am Arsch eben. Wir brauchen Veränderung, Bewegung. Alles muss anders werden."

Prompt stand Jette auf. „Ich hole jetzt die Kinder vom Fußball. Wie machen wir das mit dem Lackieren? Am Samstag ist meine Schwiegermutter mit den Kindern beim Shoppen in Garmisch."

„Ui", machte Amiti. „So eine Oma hätte ich gern für meine Kinder, vorausgesetzt, sie will von mir kein Geld für den Shoppingausflug haben."

„Will sie nicht." Jette fummelte drei Euro aus ihrer Hosentasche und legte sie auf den Tisch. „Einen Tag lang ist sie spendabel und kauft Klamotten, Kosmetik, Taschen, Tücher und alles, was zwei Kinder eben brauchen. Dafür gibt es zu Weihnachten nur eine Tafel Schokolade und zwanzig Euro für jeden. Also, was ist mit Samstag? Ich könnte Semmeln mitbringen und wir frühstücken, bevor wir lackieren?"

„Bei mir passt es perfekt", sagte Amiti. „Papa-Wochenende."

„Perfekt sagt man nicht mehr", wandte Jette ein. „Perfekto, das ist ein guter Ausdruck momentan. Dein Ex nimmt die Kinder perfekto übers Wochenende, sofern er es sich nicht anders überlegt, was dann non-perfekto wäre."

Amiti riss ihren Blick von dem Kleingeld am Tisch. „Ich habe ihm Karten für die Puppenkiste besorgt, da muss er hingehen."

„Prima." Jette schob das Kleingeld zu Eva. „Hier. Um halb zehn? Eva, ist dir das zu früh?" Mit beiden Daumen in die Höhe gereckt machte Eva eine zuversichtliche Miene. „Um halb zehn habe ich meiner Theorie nach bereits mein Walking-Pensum erfüllt und den ersten Entschlackungstee getrunken, während im Radio die vierte Folge von *Traumhaft schlank durch Hypnose* läuft." Sie stutzte. „Wofür sind die drei Euro?"

Jette war schon im Gehen. „Für den Espresso, meine Liebe. Bis Samstag!"

Kapitel 2
Transferleistung

Es klingelte an der Tür. Nach einigen Sekunden erneut und wesentlich länger. Eva zog die Decke höher unter die Nase und schauderte, als dabei ein eiskalter Luftzug ihre nackten Füße streifte. Die fühlten sich wie Eiswürfel an. In Form gepresste, fußähnliche Eiswürfel, bei denen der Körper sich weigerte weiter Blut hinein zu pumpen und Wärme zu verschwenden. Es hämmerte an der Tür. „Eva! Pennst du? Träumst du wieder von der Blumenwiese voller Geld? Kein Mensch kann Geld aus seinen Träumen in die Realität transferieren!" Die Idee!

Eva schoss mit zu viel Schwung aus dem Bett. Der Vorleger unter ihren Füßen rutschte weg, sie geriet ins Straucheln und knallte volle Kanne gegen das weit geöffnete Fenster. Raureif klebte an ihrer Nase und weh tat es außerdem. „Scheiße!" Eva rieb sich die schmerzende Stelle und begann gleichzeitig von einem Bein aufs andere zu tänzeln. Der Laminatboden war verflixt kalt. „Das ist die Idee!", rief sie und warf auf dem Weg zur Wohnungstür einen kurzen Blick in den Spiegel. „Das ist überhaupt die Lösung für alle Probleme!" Sie riss die Tür auf. „Seht nicht zu genau hin, Mädels", näselte sie. „Ich habe Haare wie ein Engel. Ein Engel, der durch eine Flugzeugturbine ins Gebüsch gefallen ist. Kommt rein."

„Wir haben dich aus dem Bett geholt." Jette schaute auf ihre knallgrüne Armbanduhr. „Es ist fast zehn. Du wolltest längst dein Sportpensum erledigt haben. Also, ich war heute fünfzehn Kilometer laufen. Ich dachte, ich käme nicht rechtzeitig bei Amiti an und habe mir schon Ausreden überlegt, du weißt ja, sie ist pünktlicher als der Klischeedeutsche schlechthin. Zu meinem Glück hat Peter die Kinder mit Verspätung geholt."

Amiti war bereits aus den Schuhen geschlüpft. „Er hat sie heute ein bisschen später geholt, dafür bringt er sie morgen vor dem Frühstück zurück. Mein freies Wochenende schrumpft auf zweiundzwanzig Stunden und ich muss nachmittags in den Laden und die Abrechnung prüfen. Mein Chef ist morgen bei irgendeiner seiner vielen Tanten eingeladen und hat keine Zeit, um seinen eigenen Fehler zu suchen. Wenigstens zahlt er mich schwarz und zusätzlich, da kann ich am Montag gleich meinen Kühlschrank auffüllen. Frischkäse und Toast, mehr ist aktuell nicht drin."

Eva runzelte die Stirn. „Länger als eine Stunde wirst du nicht brauchen, um den Fehler zu finden. Wie willst du mit einem Zehner deinen Kühlschrank füllen? Wo zur Hölle gehst du einkaufen?"

„Bei den Tafeln", gab Amiti zurück. „Die haben prima Sachen und mir bleibt eh nichts anderes übrig. Ich muss sehen, wo ich bleibe, deshalb werde ich für die Fehlersuche mindestens drei Stunden benötigen, selbst wenn ich zwei Drittel der Zeit im Büro sitze und den neuen Gruselroman von Silvie Noir lese. Den habe ich mir illegal aus dem Netz gezogen."

„Illegal?", verdrehte Jette die Augen. „Wenn das jeder machen würde, bräuchte die Autorin einen gut bezahlten Nebenjob."

Eva wischte die aufkeimende Debatte schnell mit hektischen Armbewegungen zur Seite. „Solche Probleme sind nicht mehr lange welche." Sie machte die Schlafzimmertür zu. „Zum Glück habe ich verschlafen. Gerade als ihr mir fast die Tür eingetreten habt, ist es mir gekommen."

„Echt?", begann Jette zu grinsen. „Sollen wir ein paar Minuten draußen warten?"

„Warum?"

„Na, wenn es dir *gekommen* ist? Hast du einen Kerl im Schrank versteckt oder war es ein Einzelvergnügen?"

Eva gähnte lange und herzhaft. „Gekommen ist mir die genialste aller genialen Ideen. Die muss ich euch gleich erzählen. Kommt, wir gehen in die Küche."

„Ist es da wärmer?" Jette raschelte mit der Tüte Semmeln. „Bis vor ein paar Minuten waren die warm und frisch und keine Aufbacksemmeln. Ist deine Heizung ausgefallen? Oder hat das Sparen auf deine OP eine neue Dimension erreicht und du knappst nun an jedem Cent?"

Die Küche war ein Teil des Wohnzimmers, davon abgetrennt durch eine lange Theke, auf der immer allerlei Zeug in Streuordnung lag. Zwischen uralte Zeitungen, unbeantwortete Post, leere Getränkeflaschen, Schminkzeug, original verpackte Feinstrumpfhosen und einen BH legte Jette die Semmeln und Eva drückte den Knopf an der Kaffeemaschine. „Diese Idee ist klasse, Mädels, die wird alles verändern und unser aller Leben völlig auf den Kopf stellen."

„Man kann es mit dem Sparen übertreiben." Jette kannte sich in der Küche aus und holte Teller aus dem Schrank. „Da fängst du dir

Rheuma ein, bei dieser Kälte."

„Also gut, ich erkläre es euch." Eva schob die Tür zum Flur zu, tappte zum Fenster und drehte die Heizung höher. „Der Körper ist eine Wundermaschine. Er macht aus Fett pure Energie in Form von Wärme. Das macht der Körper immer, es sei denn, die Außentemperatur ist recht hoch. Bei Hitze schwenkt er um von Wärme auf Schweiß." Amiti nahm mit einem sehr skeptischen Blick die Teller und trug sie zum Esstisch. „Du meinst, je kälter es um dich herum ist, desto mehr Energie muss dein Körper produzieren, desto mehr Fett muss er verheizen."

„Logisch, oder?", fand Eva. „Mein Fett schmilzt dahin." Sie legte Kaffeepads in die Maschine und stellte eine Tasse drunter. „Bloß war mir saukalt und ich konnte ewig nicht einschlafen. Kaum war ich eingeschlafen, bin ich wieder aufgewacht. Muskelschmerzen vom Zittern. Einmal dachte ich, es wäre ein Einbrecher im Zimmer. Irgendwas hat geklappert."

Amiti holte aus dem Kühlschrank Butter und Marmelade. „Lass mich raten, das waren deine Zähne. Du hast geschnattert vor Kälte."

„Exakt." Die erste Tasse war gefüllt. Eva stellte sie auf den Tisch. „Espresso, schwarz und stark, wie immer, Jette." Sie holte die Milch aus dem Kühlschrank. Wenig später gluckerte Cappuccino für Amiti aus der Maschine. „Meinem Gefühl nach bestehe ich komplett aus Eis." Sie rieb sich die Arme. „Sehe ich dünner aus als sonst?"

„Flauschiger." Jette fasste nach Evas Kopf. „Deine Haare, Mäuschen, tragen ziemlich dick auf."

Als die Latte Macchiato ins Glas floss, verzog Eva sich kurz ins Bad. Sie kam gekämmt und frisch angezogen wieder, schnappte sich ihren Kaffee und setzte sich zu den Mädels an den Tisch. „Ich habe ein frisches Glas Schokocreme im Schrank. Aus dem Bioladen, fair und nachhaltig produziert, ohne Orang-Utan-ausradierendes Palmöl. Wer will Schokocreme?"

Jette überkreuzte ihre beiden Zeigefinger und streckte sie von sich. „Nicht mal im Angesicht des Teufels. Das, was in Schokocreme an Kalorien steckt, kann ich im Kopf nicht ausrechnen und an einem Tag nicht ablaufen. Momentan läuft es eh schlecht. Wenn ich mein Gewicht berücksichtige, glaube ich, sogar im Wasser stecken Kalorien. Ich hatte gestern zwei Liter Kräutertee ohne Zucker, eine Banane und einen Apfel. Dazu bin ich fünfzehn Kilometer gelaufen, ich hatte die Gewichte an den Knöcheln, und trotzdem bin ich heute früh neunzig

Gramm schwerer als gestern Abend. Wie kann das sein?"

„Nächtliche Fressattacke?", schlug Eva vor.

Jette kam ins Grübeln. „In der Obstschale sind die drei Mandarinen weg und von den Trauben fehlt jede Spur."

„Mandarinen und Trauben", griff Amiti nach der Marmelade, „sind keine Fressattacke. Hast du die Ananasmarmelade selbst gemacht?" „Yep." Eva holte sich die Schokocreme. „In den großen Ferien hat es geregnet und das Mädel von nebenan wusste nicht, womit genau sie sich langweilen sollte. Also haben wir Marmelade gekocht. Die Ananasmarmelade ist super geworden, Kürbis mit Kiwi schmeckt nicht so gut. Beim Kürbisschneiden habe ich mich ordentlich am Daumen erwischt, die halbe Fingerkuppe weggesäbelt. Seht ihr die Narbe hier? Die ist davon übrig."

„Ich mag eh keinen Kürbis", schob Amiti die Kürbismarmelade ein Stück von sich. „Wie alt ist die Kleine jetzt? Dreizehn?"

„Dreizehn", schnitt Eva ihre Semmel auf, „war sie vor drei Jahren und klein ist sie mal gewesen. Ihr passen locker meine Blusen und Hosen vom letzten Jahr. Sie ist fast siebzehn, hat einen festen Freund und möchte so schnell wie möglich Kinder kriegen. Mädchen, hab ich gesagt, früh Kinder zu kriegen, ist toll. Kinder zu kriegen, nachdem man was gelernt hat und dick Kohle verdient, ist tausendmal besser. Wer nichts weiß und nichts kann, habe ich ihr erklärt, ist der Arsch der Gesellschaft und dieser Arsch ist gewaltiger als meiner. Außerdem", Eva schmierte dick Schokocreme auf eine Hälfte der Semmel, „ist der potenzielle Erzeuger ihrer Kinder keine Schönheit. Klein, klapperdürr, ein äußerlicher Nerd mit Nickelbrille, voller Pickel und kaum Bartwuchs. Da würde ich an ihrer Stelle gucken, ob als Papa nicht einer auftaucht, der ein bisserl besser aussieht und ein bisserl mehr im Kopf hat. Mit einem Freak-Kind, das aussieht, als wäre eine Mischung aus Frankenstein und Godzilla der Vater, könnte man leben. Wenn dieses hässliche Kind meint, es wäre eine Kunst, wenn man mit neun Jahren seinen Namen tanzen kann... Wie dieser geistige Tieflieger von unten." Sie rollte heftig die Augen. „Der Bengel ist hässlich wie die Nacht finster und dumm wie ein Stück Brot. Er geht jetzt in so eine alternative Schule, wo sie im Matheunterricht Kekse backen." Sie tippte sich gegen die Stirn.

„Damit", fing Amiti den tippenden Finger ein und hielt ihn fest, „bekommen die Kinder ein Gefühl für Mengen und Maße."

„Die müssen sich sehr schwer tun damit", knirschte Eva mit den

Zähnen. „Seit Schuljahresbeginn backen sie nämlich abwechselnd Kuchen und Kekse. Ich weiß das, denn die Produkte ihres Matheunterrichtes werden für einen guten Zweck an Nachbarn, Freunde und Familie verkauft und ratet mal, wer in Subsahara-Afrika ein ganzes Dorf finanziert hat? Es sind wirklich klasse Kekse." Sie kniff sich an die Speckrolle über ihrer Taille. „Eine ordentliche Portion Hausaufgaben wäre die bessere Lösung für den kleinen Franz-Devil." Eva bemerkte das Kichern ihrer Freundinnen. „Nomen est omen, Mädels. Stellt euch vor, letzten Sonntag gab es unten in der Wohnung einen Riesenkrach. Es schepperte und klirrte und ich dachte, die Apokalypse hätte ihren ersten Reiter geschickt. Wenig später tönte eine Stimme durchs Treppenhaus. Es war der Bengel, der immer wieder bis zehn gezählt hat. Ich bin ein paar Stufen runter und wollte wissen, was das soll, morgens um halb sechs. Er grinst mich an und meint, seine Mutter müsse aufwischen. Er wollte sehen, wie groß die Fläche ist, die ein Liter Olivenöl bedecken kann... Mama war mit den Nerven am Ende. Sie hat ihn vor die Tür gesetzt und gesagt, er müsse jetzt bis zehntausend zählen, ehe er wieder rein dürfe. Also hat das kleine Genie bis zehn gezählt und mit schwarzem Filzstift einen Strich an die Haustür gemacht. Was meint ihr, was das für einen Krach gab, als seine Mama die Etappenstriche entdeckte? Nicht das neue Streifenmuster des Furniers hat sie zur Raserei getrieben, nein. Der Tiefflieger meinte, mit hundert Strichen wäre er fertig. Ich habe das gleich dem Mädel von nebenan erzählt und sie vor strohdoofen Kindern gewarnt."

Jette hatte ihre Semmel in diverse Einzelteile zerlegt und knabberte nun an einem davon. „Hat sie sich abschrecken lassen?"

„Wenn nicht", Amiti biss ein Viertel von ihrer Marmeladensemmel ab, „kann sie mal bei mir vorbeischauen. Ich gebe ihr zwanzig Euro, schicke sie einen Wocheneinkauf machen und wenn sie heimkommt, frage ich sie, ob sie fünf Euro Kopiergeld übrig hat, pro Kind. Ich liebe meine Kinder von Herzen, aber wenn ich keine hätte, wäre ich bestimmt nicht unglücklich. Ich würde einen gutbezahlten Job und Geld haben, einen Ex-Mann, dem ich jeden Monat den Stinkefinger zeigen könnte, wenn ich wollte... Scheiße, verdammte!"

„Das", stieß Eva aus und ließ ihre Schokosemmel fallen, die natürlich mit der klebrigen Seite nach unten auf dem Teller landete, „bringt mich zurück auf meine Idee. Meine Güte, wie ich die nur vergessen konnte! Die wird euch umhauen." Sie pflückte die Semmel vom Teller und kratzte die Schokocreme, die nicht mehr auf der Semmel war, mit dem Löffel auf. Sie schleckte den Löffel ab, bis er glänzte. „Mädels, wisst ihr eigentlich, was ich den ganzen Tag anstelle? Ich zahle Geld ein, ich zahle Geld aus, ich zähle und mache Bündel und Rollen, ich überweise, ich bestelle und ich lege jede Menge Geld an. Jetzt ist mir eine Idee gekommen, wie wir dieses Geld zu unserem Geld machen können."

„Unserem?", hob Jette eine Augenbraue.

„Ja." Eva leckte ständig weiter an ihrem Löffel, als wäre irgendwo Schokocreme versteckt. „Allein kann ich meinen Plan nicht umsetzen, sonst wäre es tatsächlich meine Kohle ganz allein."

„Wozu brauchst du uns?", wollte Jette wissen.

Amiti hingegen rollte die Augen. „Cicero hat gesagt, das Vermögen solle durch Mittel erworben werden, die von Unsittlichkeit frei sind."

„Amiti!", drohte Eva ihr mit dem Löffel, „ich habe dir verboten, mir mit deinen fernöstlichen Weisheiten auf den Senkel zu gehen. Du lebst seit dreizehn Jahren in Deutschland, hast einen deutschen Ex-Mann und deutsche Kinder und langsam könntest du dich wirklich integrieren."

„Cicero war Römer."

Eva rammte ihren Löffel tief in das Glas mit der Schokocreme. „Wahrscheinlich hatte er einen Asiaten als Lehrmeister."

„Wohl eher..."

„Schluss jetzt!", unterbrach Eva. „Ich will keine klugen Reden mehr hören und keine Kurzbiografien von Leuten, die lange vor mir lebten. Du bist eine Suchmaschine auf zwei Beinen, das macht mir Kopfschmerzen und ich will kein Kopfweh haben."

„Ich bitte um Entschuldigung." Amiti presste lächelnd die Lippen aufeinander und tat, als würde sie sie mit einem imaginären Schlüssel abschließen.

„Gut so." Eva atmete tief durch. Sie begann die Schokocreme zu essen. „Da denkt man, Thailand wäre ein Entwicklungsland, dabei sind sämtliche Thais mit Wissen vollgestopft und sie können sich selbst nach Jahren an Details erinnern, die ein deutscher Schüler vergessen hat, bevor der Satz zu Ende... Also, Mädels, passt auf. Jeden Donnerstag bin ich am Vormittag allein in meiner kleinen, schnuckeligen Filiale. Mein Boss, Herr Allerwichtigster-aller-wichtigsten-Bereichsleiter, ist zum Rapport bei seinem Boss, dem Vorstand, dem Vollidioten, dem Arschloch, dem Herrn Weinherr, der mir keinen Kredit geben will, weil ich zu feige bin, seine Liaison mit dem Lehrmädel aus dem was weiß ich wievielten Lehrjahr für meine Zwecke zu nutzen. Die ist vor einer Ewigkeit durch die Zwischenprüfung gefallen und hat vor kurzem die Abschlussprüfung vergeigt. Sie war zum Gespräch beim Weinherr und als sie nach einer halben Stunde wieder rauskam, hatte sie einen überdimensional breitbeinigen Gang und der knallrote Lippenstift war weg."

Jette schnitt eine Grimasse. „Wir sollen uns von deinem Boss für Geld flachlegen lassen? Ist ja eklig."

„So viel Geld", schauderte Eva, „könnte dieses schmierige Arschloch mir nicht bieten."

„Ist das dieser schlanke große Mann mit den schwarzen Haaren?", fragte Amiti nach.

„Sie wären weißgrau meliert, wenn er nicht färben würde. Gefällt er dir etwa?", stieß Jette aus.

„Ich hätte nur gern ein Gesicht zu Evas Problem."

„Der gefällt dir!" Jette warf die Arme in die Höhe. „Das darf nicht wahr sein!"

„Tut er nicht", wehrte Amiti schnell ab. „Als wäre ich scharf auf einen seit sieben Jahren verheirateten Mann mit vier Kindern, von denen das älteste zwölf ist und das jüngste seiner Gattin noch nicht vorgestellt wurde."

„Woher kennst du ihn? Eva, in welche Schule gehen seine Kinder?"

„Gymnasium", schnappte Eva ungeduldig. „Die reichen Kinder gehen alle dorthin. Kinder aus armen Familien sind entweder Quotenkinder oder überaus mit Intelligenz gesegnet."

„Aha!"

„Aha!", ließ Eva ihre Faust auf den Tisch knallen. „Wollt ihr meinen Plan nun wissen oder wollen wir Weinherrs Ehe sezieren?"

„Die läuft nicht gut", murmelte Amiti. „Seine Frau ahnt was von dem Lehrmädel und weiß von der Affäre mit der Deutschlehrerin unserer Kinder. Deswegen habe ich seine Einladung zu einem Kaffee ausgeschlagen. Ich will der Deutschlehrerin in die Augen sehen können."

„Er hat dich einladen wollen?!" Jette stand offenbar kurz vor einem Kollaps. „So ein Arsch!"

„Ähäm!", machte Eva streng und verschränkte die Arme vor ihrer üppigen Brust. „Fokussieren, Mädels. Immer auf das Geld fokussieren. Nicht auf Kerle, die sowieso nur Schlamassel machen.

Konzentration." Sie atmete dreimal tief und lange durch. „Ich bin ganz allein in meiner Filiale und ich bin umgeben von Geld."

„Wir sitzen in deiner Küche, Eva, meine Liebe."

Eva warf Jette einen bösen Blick zu. „Fokussieren!", wiederholte sie. „Ganz allein in der Filiale und umgeben von Geld. Der ideale Zeitpunkt, um all dieses Geld an meine beiden Komplizinnen zu geben." Amiti hörte auf zu kauen und schaute.

Jette zerlegte ihre Semmelteile in winzige Stücke. „Einfach so?" „Sie hat Komplizinnen gesagt." Amiti kaute fertig und schluckte. „Hört sich nach einer definitiv nicht legalen Sache an." Sie rückte ihren Stuhl näher an den Tisch heran. „Was genau hast du vor?"

Eva biss genüsslich in ihre Semmel. „Ihr müsstet dunkel angezogen und vermummt kommen, am besten, Jette, du nimmst Louis' Knarre vom letzten Fasching mit. Die sieht so echt aus. Notfalls funktioniert Luises Sturmgewehr. Meinst du, mit dem Mädel stimmt was nicht, wenn sie sich statt als Prinzessin oder Fee als Rambo verkleidet? Das war letztes Jahr zu Halloween echt schräg."

„Nö." Jette krümelte vor sich hin. „Der Psychologe meint, es könnte ein Zeichen von zu wenig Aufmerksamkeit sein. Es wäre gut, wenn der Vater mehr Zeit mit dem Kind verbringen würde und Anteil an ihrem Leben nimmt. Gerds Meinung hierzu in einem Tonfall, als hätte ich ihn gebeten das Mittelmeer trockenzulegen: Worum soll ich mich noch alles kümmern? Tja, in dem Moment hat mir ein echtes Sturmgewehr gefehlt."

Mit dem Blick auf Jettes Bröselsammlung zwang Eva ein sehr großes Semmelstück zwischen ihre Zähne. Sie kaute mühsam. „Du ziehst dir eine Amokläuferin heran."

„Iwo." Jette legte auf dem Teller ein Mandala, die dunklen Brösel außen, die hellen innen. „Luise wollte zu Halloween als furchteinflößende Persönlichkeit gehen und vor Hexen, Zauberern, Werwölfen und Gremlins graust sich heute niemand mehr. Sie wollte als Terminator gehen, aber es war zu schwierig, sie als halb weggeschossene menschliche Hülle einer grausamen Maschine zu schminken. Deshalb hat sie Rambo genommen. Den kennt sie von einem alten Kinoplakat, das Gerd in seiner Werkstatt hängen hat, und weil aus ihrer Klasse niemand was mit Rambo anfangen kann, ging sie als echt coole Sau durch. Sie hat sogar das schiefe Grinsen vor dem Spiegel geübt."

„Ich würde mir keine Gedanken machen", meinte Amiti. „Ist nur ein

Kostüm."

„Ich würde zur Sicherheit ein paar zusätzliche Stunden Seelenheilkunde buchen", beharrte Eva. „Jette, das würde mir ein besseres Gefühl geben, immerhin hängt Luise öfter bei mir ab. Wenn sie mir die Kehle durchschneidet... Ich kenne keinen guten Anwalt, meine Versicherung schon."

„Hey." Amiti spülte mit Cappuccino nach. „Wir reden von Luise, nicht von einem Amokläufer."

„Weiß man es?"

„Lass es gut sein", schüttelte Jette den Kopf. „Mit meiner Tochter ist alles in Ordnung. Sie hat glänzende Noten und gute Freunde, sie ist aufgeschlossen, freundlich, mitfühlend und hilfsbereit."

Eva hob den Zeigefinger. „So sieht sich Rambo auch."

„Lieber Rambo im Haus als eines dieser unterernährten, schlecht singenden Hungerhäkchen, die sich geehrt fühlen, wenn eine alte Schachtel sie kreischend als Superpüppi tituliert."

„Amen." Amiti trank ihre Tasse leer und stellte sie ab. „Können wir uns dem ursprünglichen Thema widmen?"

„Gern." Jette suchte ihre Gedanken zusammen, fand sie und teilte das Ergebnis mit: „Also, Eva, wenn du abnehmen willst, kann ich dich zum Laufen mitnehmen. Nicht morgens, wenn ich meine Runde drehe, sondern danach. Da bin ich müde und laufe dir garantiert nicht weg. Also, ich laufe bis neun, anschließend dusche ich und ziehe mich um. Um viertel nach könnte ich dich abholen?"

Eva fasste sich an den Kopf, wo sie einen dicken Pickel entdeckte und mit Daumen und Zeigefinger zu drücken begann. „Jette, du kleines Schaf, wir waren bei der Frage angekommen, auf welchem Weg sehr viel Moos in unseren Besitz gelangt."

„Für das Basteln zu Weihnachten? Da habe ich mir fünf Liter Moos im Internet bestellt. Wichtelgrün und blätterbeige."

„Geld, Jette!"

Jette schluckte. „Ich dachte, du hättest Spaß gemacht."

„Bei so viel Schotter hört der Spaß auf." Eva leckte sich den Finger ab und drückte die Spucke in den aufgekratzten Pickel. „Also, hier ist mein Plan: Ihr kommt in die Filiale, haltet mir die Knarre unter die Nase – die Knarre, nicht das Gewehr, das Gewehr könntet ihr nie und nimmer unauffällig in und aus der Filiale schmuggeln – und ich gebe euch alles Geld mit und wenn sich die Aufregung gelegt hat, machen wir halbe-halbe."

„Halbe-halbe?", runzelte Jette die Stirn. „Wir sind zu dritt. Ehrlich, wie hast du es mit diesen Mathe-Kenntnissen in die Bank geschafft?" „Wie hört sich das an", fand Eva, „wenn ich sage: Wir machen Drittel-Drittel-Drittel?" Sie griff zu ihrem Kaffee. „Natürlich teilen wir gerecht durch drei, keine Frage. Wir lösen all unsere Sorgen auf einmal." Sie zeigte mit dem Glas auf Amiti. „Du brauchst dir keine Sorgen mehr machen, ob Peter den Unterhalt pünktlich und komplett zahlt. Ich kann mich in den USA unters Messer legen und du", sie zeigte auf Jette, „du kannst Gerd vor die Tür setzen."

Jette hielt sich an ihrem Brösel-Mandala fest. „Ich würde zu gern sehen, wie er wimmernd unter einem Haushalt zusammenbricht, der ihm über den Kopf wächst. Wie er jede Woche neue Hemden kauft, weil er die alten entweder beim Waschen oder beim Bügeln schrottet. Wie er sich von der Wurstfachverkäuferin blöd anreden lassen muss, wenn sie ihm keine dreiundvierzig Gramm Mortadella abschneiden will. Das wäre was, zu sehen, wie dieses Sackgesicht zugrunde geht, weil er nicht mal einen Topf Wasser heißmachen kann." Sie tupfte einige Semmelbrösel mit der Zungenspitze auf. „Problematisch wird es nur, wenn die uns erwischen. Eva, was du vorschlägst, ist ein Banküberfall. Dafür kommt man in den Knast."

„Quatsch!" Eva winkte ab. „Nur einer von zehn Bankräubern wird gefasst. Der Rest ist weg und die Knete auch. Glaubt mir, mich zu", sie wackelte mit den Fingern in der Luft, „überfallen, das ist kinderleicht. Das Fingergewackle soll die Gänsefüßchen darstellen, kapiert? Außerdem werde ich vor Schreck völlig paralysiert sein und den Alarmknopf erst finden, wenn ihr längst über alle Berge seid. Die Kamera hat keine Bilder von euch, meine Personenbeschreibung wird fürchterlich ausfallen und so ist die Aufklärung des Falls leider, leider ziemlich unwahrscheinlich. Na, was sagt ihr? Ich bin genial."

„Mhm." Amiti machte sich eine zweite Semmel mit Butter und Ananasmarmelade. „Wie viel springt dabei pro Nase raus?"

„Sehr gute Frage." Jette sammelte weitere Brösel mit dem Zeigefinger auf und saugte länger an ihrem Finger als anständig war. „Mit dreißigtausend kriegt Amiti die Freizeit ihrer Kinder bezahlt, deine OP kostet mehr und meine Trennung erst recht. Ich will auf keinen Fall aus dem Haus raus müssen und wie Amiti von der Hand in den Mund in einer Bruchbude wohnen... Tut mir Leid, Amiti, ich wollte dich nicht blöd anquatschen, nur ist deine Bleibe... Naja."

„Stimmt alles." Amiti verteilte doppelt Marmelade auf ihrer Semmel.

„Hand in den Mund und Bruchbude. Die Haustür schließt nicht richtig und im Wohnzimmer geht die Heizung nicht. Obwohl ich die Miete gekürzt habe, lässt mich der Vermieter in der Kälte hocken." Leerer Kühlschrank stimmt auch, da ist nur ein Glas vom süßen Senf drin. Frischkäse und Toast sind mir heute früh zum Opfer gefallen." „Wo frisst du das nur hin." Jette stand auf und holte sich einen zweiten Espresso. „Wenn ich alles berücksichtige, brauche ich mindestens..." Sie überlegte und rechnete an den Fingern der rechten Hand nach. Sie war beim Mittelfinger angekommen und bog ihn weit nach hinten. „Wenn nicht doppelt so viel."

„Bring mir bitte eine Latte mit", bestellte Eva bei Jette. „Ich werde für eben jenen Donnerstag eine große Menge Bargeld bestellen. Eine Million." Eva hatte gedacht, allein diese Summe würde den Mädels den Atem rauben, doch die Mädels waren schwer zu beeindrucken.

Eva erinnerte sich, wie Amiti ihre drei Töchter in der Matschgrube zwischen arbeitenden Baggern entdeckt hatte. Die Kinder waren von oben bis unten dreckig und verschlammt, weswegen die Baggerfahrer sie in Halbdunkel und Nebel nicht gesehen hatten. In aller Seelenruhe war Amiti hin spaziert, hatte ihre Kinder an den Händen genommen und heimgeführt. Jette war ähnlich abgebrüht, seit Louis den vereisten Skihang voll Karacho hinuntergebrettert war. Seine rasante Fahrt führte ihn über den mit zehn Zentimetern Eis bedeckten Parkplatz auf die angrenzende Bundesstraße. Die Straße war tipptopp geräumt und stoppte den Skifahrer abrupt und endgültig. Die Ski standen, Louis flog aus der Bindung, quer über die Straße und landete im Stacheldrahtzaun der Kuhweide. Vor Schreck bauten drei Fahrer, die gerade auf der Bundesstraße unterwegs gewesen waren, einen heftigen Unfall, in den vier weitere Fahrzeuge rasten. Am Ende gab es zwei schwer verletzte Autofahrer, einen unüberblickbaren Sachschaden, ein völlig paralysiertes und durchgeknalltes Ganzjahres-Freiland-Rind, das pausenlos muhte, und Jette, die dem Polizisten ihre Visitenkarte zusteckte: „Rufen Sie mich an, wenn Sie wissen, wem meine Versicherung was schuldet."

Diesmal sagte Jette: „Aha."

Eva tat, was sie immer tat, wenn sie sich zu ärgern begann. Sie schob den Löffel tief ins Glas mit Schokocreme. „Ich werde vorgeben, ein reicher Scheich sei in der Gegend, der seine Dollar in Euro tauschen möchte."

Jette kratzte sich am Kopf. Amiti kaute knusprend an der Semmel. Eva löffelte Schokocreme in sich hinein, stand schließlich auf und holte ein zweites Paar Socken für ihre eiskalten Füße. Als sie wiederkam, stand Jette an der Kaffeemaschine und ließ einen Cappuccino heraus. „Hey", staunte Eva, „hat Cappuccino nicht deutlich zu viele Kalorien für dich?"

„Auf jeden Fall." Jette balancierte die gefüllte Tasse zum Tisch. „Es liegt an der Milch. Milch macht dick. Egal, wie wenig Fett sie hat."

„Trotzdem trinkst du sie?", setzte Eva sich langsam und pflückte die Socken auseinander. Sie hob stöhnend einen Fuß auf ihr Knie und zog die Socke über. „Das hab ich zuletzt erlebt, als du nicht sicher warst, ob du abtreiben sollst."

Jette nahm sogar eine zweite Semmel. „Ist eben keine leichte Entscheidung, ob man eine Bank überfällt oder nicht. Da braucht man für die nötige Gehirnleistung eine gewisse Unterlage."

„Pf!" Eva schnaufte tief durch und quälte den zweiten Fuß in die Socke. „Ein Überfall wäre es, wenn ihr jemand Fremden überfallt, ihm Angst macht oder ihn sogar verletzt. Hallo? Mädels, hinterm Schalter stehe ich, den Zaster vorbereitet. Das ist eine Sache von einer halben Minute."

„Von einem ganzen Leben", widersprach Amiti. Sie setzte sich aufrecht, stützte die Ellbogen auf den Tisch und legte ihr Kinn in ihre Hände. „Eine Million durch drei, das macht eine ganze Menge. Bei meinem Lebensstandard reicht es bis in alle Ewigkeit." Sie drehte den Kopf. „Wenn es dir zu gefährlich ist, Jette, mach ich das allein."

Jette hatte die Backen voll und kaute. „Dir muss es nass reingehen, wenn du nicht mal zwei Minuten über Gewinn und Risiko nachdenkst."

„Blockieren die zusätzlichen Kalorien dein Gehirn?" Amiti rollte die Augen. „Mir geht es nicht nur nass rein, ich bin komplett geflutet. Vom Monat sind zehn Tage übrig und alles, was ich an Geld mein eigen nenne, sind acht Euro und dreizehn Cent. Weihnachten steht quasi vor der Tür, Ludovica braucht Stiefel und Lotte eine Jacke. Dringend. Wovon zahlen? Ich bin so abgebrannt, ich kann nicht mal Plätzchen für den Weihnachtsmarkt backen und spenden. Am liebsten, Eva, würde ich das Ding gleich am Montag drehen, aus der Bank rausmarschieren und schnurstracks den nächsten Laden stürmen."

Eva wedelte mit den Händen. „Nein, nein, nein. Es geht nur am Donnerstag und nur am Vormittag. Außerdem brauche ich Vorlaufzeit. Eine Million lässt sich nicht aus dem Ärmel schütteln, die muss von der Landesbank gebracht werden." Sie kratzte sich an der Nase. „Ich muss den Scheich erfinden, das kann ich nicht, wenn mein Chef mir gegenüber am Schreibtisch sitzt." Sie überlegte eine Weile. „Ich bestelle die Million am Donnerstag für den Donnerstag danach. Euer Auftritt, Mädels, steigt also am..." Sie stand auf und trat in die Küche, wo neben dem Kühlschrank ein Kalender mit Katzenmotiven hing. „Am einunddreißigsten seid ihr fällig, Mädels."

„Ihr?", schnappte Jette nach Luft. „Hab ich ja gesagt?"

„Du hängst mit drin", tippte Eva auf das Feld im Kalender. „Als du dir Cappuccino gemacht hast, war alles klar."

„Aber..."

„Aber", wandte Amiti ein, „am einunddreißigsten kann ich nicht. Da sind Ferien und die Kinder daheim und alle Welt richtet für Halloween her. Sämtliche Leute würden mich sehen, wenn ich mit einer Tüte Geld durchs Dorf laufe und die Kinder hätten die Lage sofort gecheckt. Man darf die Käfer nicht unterschätzen, die finden jedes Zuckerkrümelchen. Bei dir, Jette, wird es genauso sein."

„Klar sind in den Ferien die Kinder daheim." Jette drehte sich zu Eva zurück. „Das geht auf keinen Fall. Wenn ich das Haus verlasse, um ins Dorf zu gehen, um ein Ding zu drehen, um meine Zukunft zu optimieren, kriegen die zwei das mit und pappen mir am Hintern. Ich könnte versuchen sie mit Fernsehen abzulenken, allerdings sind Kinder in dieser Hinsicht sehr speziell. Die erschnüffeln bizarre Vorgänge sofort und lassen sich nicht abwimmeln. Genau aus dem Grund bin ich seit Luises Geburt nicht mehr in der Badewanne gewesen. Sobald ich liege und genieße – damals wie heute – stürmt eine meiner Kröten das Badezimmer und verkündet Unheil. Ich sage euch, bei denen könnten Hiob und unser Geheimdienst Nachhilfe nehmen."

Eva blätterte den Kalender um. „Also am siebten. Unser großes Ding steigt am siebten."

Drei tiefe Atemzüge lang herrschte Schweigen. Eva behielt den Zeigefinger auf dem siebten, Jette kaute auf ihrer Unterlippe.

„Donnerstag ist ein doofer Tag. Da hat Louis' Lehrerin Sprechstunde und ich habe mich um einen Termin beworben. Wenn die Zusage kommt, muss ich parat stehen. Können wir nicht Mittwoch oder Freitag nehmen?"

Eva stöhnte auf und Amiti schüttelte den Kopf. „Am Freitag sitzt Evas Boss mit in der Filiale. Wenn wir auf ihn mit einer Knarre zielen, ist es definitiv schwerer Raubüberfall und wir wandern in den Knast."

Jette zog die Schultern bis zu den Ohren hoch. „Ich könnte ihn ablenken."

„Indem du Hula tanzt?" Eva tippte so laut sie konnte auf den Kalender. „Der Plan ist genial, sofern er an einem Donnerstag steigt. Das ganze dauert höchstens fünf Minuten. Fünf Minuten für gute dreihunderttausend Euro wirst du erübrigen können?" Jette verschränkte die Arme. „Wenn wir uns um neun an der Bank treffen, kann ich vorher eine kleine Runde joggen." Eva fühlte sich, als würde ihr jemand mit einem großen Hammer auf den Kopf schlagen. Sie ließ den Kalender los und stemmte sich auf die Theke. Mit geschürzten Lippen schaute sie ihre beiden Frühstücksgäste an. „Ist irgendwas aus meinem Hirn nicht in korrekter Form aus meinem Mund gekommen? Es geht nicht nur um eine Menge Moos, es geht um drei völlig neue Lebensentwürfe. Drei völlig neue Zukünfte. Seht euch an! Die eine muss für einen Hungerlohn irre schwere Getränkekisten stapeln, die andere das vierte Mal in einer Woche zwanzig Kilometer joggen. Geht's noch?"

„Ich glaube", hob Amiti den Finger, „es gibt von der Zukunft keinen Plural."

Wumms! Eva ließ ihre Faust auf die Theke donnern. „Wollt ihr nun dem Peter und dem Gerd eins auswischen oder lieber weiter kuschen?" Sie atmete lange aus und drehte sich zum Kalender zurück. „Der siebte geht trotzdem nicht. Mein Zahnarzttermin ist seit Wochen geplant. Ich kriege eine Füllung getauscht und in der Filiale vertritt mich ein Azubi. Also der vierzehnte?"

„Der vierzehnte?" Amiti hatte endlich genug gegessen und stellte die Teller zusammen. Sie wischte die Brösel mit der flachen Hand auf ein Häufchen. „Zu weit weg. Da kann ich wochenlang nicht schlafen."

„Schlafen", griff Jette nach einem Löffel und formte den Milchschaum in der Tasse zum Berg. „Schlafen kannst du seit Jahren wegen deinem Kontostand nicht."

„Deines Kontostands." Amiti klopfte die Hände über dem Geschirr ab. „Wegen impliziert den Genitiv."

„Was?" Jette ließ den Löffel sinken. „Was soll das heißen?" Amiti nahm eine Serviette und wischte die Krümel auf einen Teller. „Ist nicht auf meinem Mist gewachsen. Der Kursleiter hat den Spruch vom Stapel gelassen, jedes Mal, wenn jemand wegen und dem kombinierte."

Eva blätterte derweilen im Kalender. „Muss ein heißer Feger gewesen sein, wenn du dir das gemerkt hast. Vom vierzehnten ab geht es gar nicht mehr, da bekomme ich einen Lehrling in die Filiale. Der geht erst nach Fasching wieder."

„Zu dritt in der kleinen Filiale?", staunte Jette. „So viele Sitzplätze habt ihr gar nicht, von genügend Arbeit ganz zu schweigen."

„Mein Boss", ließ Eva die Kalenderblätter durch die Finger gleiten, „nimmt seinen restlichen Urlaub, alle seine Überstunden und geht in Elternzeit bis Anfang März."

Diesmal war Amiti vehement dagegen. „Ich warte auf keinen Fall bis März. Mitte Januar dürfte mein Einbürgerungsantrag durch sein. Wenn ich Deutsche bin, will ich mein Deutschsein nicht mit einem kriminellen Ding anfangen."

„Du besorgst dir einen deutschen Pass?" Eva blätterte zurück in den Oktober. „Aha, deshalb der Deutschkurs?"

„Natürlich." Amiti stand auf und brachte das benutzte Geschirr zur Spüle. „Kein Pass ohne Kurs, das ist das erste, was ich gelernt habe, nachdem ich auf dem Amt drei Stunden mit Warten und Nummernziehen verbrachte. Ich fragte die Dame, die die Anträge bearbeitet, ob es in meinem Fall nicht möglich wäre, auf den Deutschkurs zu verzichten. Immerhin lebe ich seit einer Ewigkeit hier, habe drei deutsche Kinder und ich glaube, ich spreche ganz gut Deutsch."

„Volltreffer", schmunzelte Jette, „wie war die Antwort?"

„Unerbittlich deutsch." Amiti schraubte das Marmeladenglas zu und zitierte mit spitzen Lippen: „Gute Frau, zum Nachweis Ihrer Deutschkenntnisse brauchen Sie ein Kreuzchen hier im Antrag, das Sie bekommen, wenn Sie die Bescheinigung Nummer G36 vorlegen. Ihr Kursleiter wird die Bescheinigung erstellen, unterschreiben und abstempeln, vorausgesetzt, Sie weisen ausreichende Sprachkenntnisse vor. Anstatt mich hier mit Fragen zu löchern, sollten Sie sich die Broschüre „Deutsch für Ausländer" zulegen und die Wörter lernen. Wenn Sie sich den Kurs nicht leisten können, erhalten Sie hier den Antrag auf Kostenübernahme, den Sie bitte *draußen* ausfüllen. Anschließend ziehen Sie bitte eine neue Nummer und warten auf Ihren Aufruf. Wenn Sie Hilfe beim Ausfüllen brauchen, begeben Sie sich bitte ins Gebäude A207, Abteilung C41, ziehen Sie dort eine Nummer und erkundigen Sie sich bei der Kollegin, welcher Übersetzer für Sie zuständig ist."

„Puh", machte Jette. „Wenn ich nicht schon Deutsche wäre, würde ich keine werden wollen. So viel Bürokratismus."

„Bürokratie", sagte Amiti, „auf die du stolz sein solltest. In den meisten Entwicklungsländern beneiden sie die Deutschen um ihre Bürokratie."

„Ihr könnt ja eine Abhandlung darüber schreiben und einen Doktor in Völkerkunde nachschieben." Eva tippte auf den vierundzwanzigsten.

„Wenn ich all diese Dinge berücksichtige, Jettes Bedürfnis nach ihren Joggingrunden, die Ferien, die Einbürgerung und die Elternzeit meines Bosses, bleibt nur der vierundzwanzigste. Ich werde gleich morgen in der Früh die Million bestellen. Ich warte, bis Friedrich aufs Klo geht oder vom Nebenzimmer aus telefoniert. Beides tut er im Lauf des Vormittags mehrmals. Er bekommt nicht mit, ob im Schalterraum wirklich ein Scheich ist. Am Donnerstag, Mädels, sind wir ein gutes Stück reicher."

„Sorgenfreier." Amiti atmete auf.

„Ungebundener." Jette hob ihre Haare auf dem Oberkopf zusammen. „Ich sollte mir gleich für Freitag einen Termin beim Friseur besorgen. Kommst du mit, Amiti?"

„Das wird so verdammt geil!", freute sie sich. „Hinterher holen wir alle Kinder von der Schule ab und gehen schick essen. Meine Kinder bekommen sofort neue Klamotten und Schuhe. Wir ziehen durch die Geschäfte auf der Suche nach dem schägsten Halloween-Kostüm. Ich selbst verkleide mich als kopfloser Henker und wenn jemand um Süßes oder Saures klingelt, kriegt er einen kräftigen Schrecken verpasst. Ich freue mich total aufs Shoppen! Ich brauche unbedingt eine Kreditkarte. So eine schwarze."

Eva ließ den Kalender sein und kam zu den beiden an den Tisch zurück. „Auf keinen Fall." Sie schaute so streng sie konnte. „Erstens muss Gras über die Sache wachsen und zweitens ist das Ding nicht im Sack. Lasst uns erst einmal durchsprechen, wie es genau laufen wird." Sie atmete tief durch. „Außerdem brauchst du für eine schwarze Kreditkarte ein paar Millionen mehr auf der hohen Kante als ein Drittel von nur einer Million."

Jette ließ ihre Haare los und die Arme langsam sinken. „Sind ja tolle Aussichten. Hast du Sekt da? Ich hätte jetzt Lust auf Sex... äh... Sekt."

Die zweite Flasche Sekt spürte Eva überhaupt nicht, die dritte traf sie mit gehöriger Wucht mitten ins Lachzentrum ihres Gehirns und sie konnte nichts als kichern. Sie fand alles superlustig und nicht einmal Amitis strenge Blicke konnten ihr die gute Laune verderben. Sie hielt ihre Hände mit gestreckten Fingern von sich, damit der Lack, der an jedem Fingernagel eine andere Farbe hatte, trocknen konnte. „Peter, wirst du sagen", kicherte sie, „von mir aus zahlst du gar keinen Unterhalt mehr, damit die Höhe deines Unterhalts endlich mit deiner aufgewendeten Zeit übereinstimmt. Du weißt ja nicht mal, in welchen Fächern deine Kinder gut sind oder wie ihre Freunde heißen." Sie hatte zweimal hintereinander heftig Schluckauf und musste die Luft anhalten, bis ihre Fingerspitzen blau anliefen. „Ich konnte Peter von Anfang an nicht leiden. Wie er immer der Bedienung, diesem jungen Mädel, im Wallis hinterher geguckt hat, wenn wir dort auf einen Aperol waren, das hat mich tierisch gestört, besonders, wo du, Amiti, neben ihm gesessen bist."

„Mit genau dem jungen Mädel", pustete Amiti vorsichtig auf ihre Finger, „ist er zwei Jahre später auf und davon. Ich glaube, mir gefällt der grüne Nagellack nicht. Der sieht nach Frühling aus, nicht nach Weihnachten, und passt überhaupt nicht zu meiner dunklen Haut. Ich komme mir wie ein Pfeilgiftfrosch vor."

Jette schüttelte den Kopf und gleichzeitig das, was in ihrem Sektglas war, in ihren Mund. „Würde mich nicht wundern, wenn Gerd eines Tages sagt: Kinder? An eines kann ich mich erinnern. Das zweite? Wo kommt das so plötzlich her?"

„Meine Güte." Eva hielt in einer Hand ein Fläschchen mit hellblauem Nagellack, in der anderen die Sektflasche. Sie wollte den Nagellack schütteln, um ihn bei Jette auszuprobieren, verwechselte die Hände und Sekt spritzte durchs Wohnzimmer. „Upsi", kicherte sie und schenkte sich den Rest ins Glas. „Wenn ich aus den USA zurück bin, angle ich mir einen geilen Kerl." Sie blies Amiti ins Gesicht, statt auf die Nägel. „Er muss gut aussehen, verständnisvoll sein, liebevoll, mich auf Händen tragen." Sie stutzte. „Wenn ich erst abgenommen habe, ist das ja nicht mehr schwer. Außerdem muss er gut verdienen und großzügig sein, einen steten Lebenswandel haben und im Bett…" Auf ihr Gesicht trat ein breites Lächeln. „Im Bett muss er mich umhauen."

„Wird er", prophezeite Jette, „sobald er zum ersten Mal nach der Arbeit seine Socken neben dein Bett fallen lässt."

„Falls", kicherte Amiti, „er die Socken überhaupt auszieht. Peter hat sie immer anbehalten, damit sich seine Zehennägel nicht in der Bettwäsche verhaken. Der hat ein lebendiges Ökosystem in seinen Socken."

Jette begutachtete die Fingernägel, bei denen sie das Häutchen zurückgeschoben hatte. „Gerd wirft seine Socken auf einen Haufen.

Wenn das Fenster blockiert, wasche ich sie." Sie verzog das Gesicht und pustete die Nägel, die Eva lackiert hatte. Abwechselnd in gelb und grün. „Überlege dir das mit dem Mann, Eva, die machen nur Scherereien. Ein Kind oder mehrere – okay. Einen Mann? Braucht niemand. Wie spät ist es? Ich muss Abendessen machen, bevor Schwiegermutti mit den Kindern vom Shoppen zurück ist. Wenn ich mich auf Gerd verlasse, müssen wir verhungern. Er findet erstens den Kühlschrank nur, wenn er Bier sucht, und zweitens weiß er nichts von unserem Herd und dessen magischen Fähigkeiten bezüglich der Essenszubereitung."

„Der Plan." Eva hatte einige Pläne auf dem Karoblock skizziert und wieder durchgestrichen. „Also." Mit großen Augen guckte sie über den Tisch und das nächste leere Blatt Papier. „Wo waren wir?"

Jette legte ihre linke Hand flach auf den Tisch. „Du wolltest den hellblauen Lack auftragen. Male nicht wieder so fürchterlich daneben wie bei meinem Daumen. Der ist komplett grün und sieht aus wie gequetscht."

Eva schraubte das Fläschchen auf und begann Lack aufzutupfen. „Das hier ist die Bank."

„Dieser kleine Punkt?" Amiti schnaubte. „Du sollst nicht auf die Nägel malen, sondern aufs Papier."

Also machte Eva mit Nagellack ein Kästchen aufs Papier. „Das hier ist die Bank."

„Dieses Rechteck? Die Bank ist eher ein Quadrat, seit der Anbau im Hinterhof fertig ist."

Eva wackelte mit dem Zeigefinger. „Amiti, du sollst dich integrieren. Gebäude sind in solchen Skizzen immer Rechtecke, sonst blickt ja niemand durch. Jette, schreib ein B rein, für Bank. Mein Nagellack ist leer und du hast einen Kuli in der Hand." Sie stutzte. „Was soll das G?"

„G", gluckste Jette, „für Geldinstitut. Oder soll ich ein S nehmen für Schotterspender?" Sie zeichnete breit lächelnd und mit weit gestreckten Fingern eine Schlangenlinie weiter. „Von der Bank geht es etwa hundert Meter leicht bergab..."

„Hundert Meter!" Amiti rollte heftig die Augen. „Höchstens zwanzig. Du kannst so schlecht einparken, weil du Entfernungen nicht schätzen kannst."

„Das ist der Einfluss meines Ehemanns. Gerd schätzt seinen Schwanz auf einen halben Meter und sein Selbstbewusstsein so groß wie den

Himamalayalala."

„Es geht nicht um Gerds Gemächt", tippte Amiti auf die Skizze, „sondern um den Zaster."

„...etwa zwanzig Meter leicht bergab", fuhr Jette fort, nachdem sie mehrmals geschluckt und gezwinkert hatte, „geschützt vor neugierigen Blicken von einem riesigen Bauernhof. Auf der anderen Seite ist ein Kundenparkplatz. Vorn die Hauptstraße mit den beiden großen Linden und dem Maibaum und der Bushaltestelle und dem Fußweg zur Kirche hoch, wo dahinter die dumme Kuh vom Finanzamt..."

„Mann, Jette", zischte Amiti, „du sollst nur das in die Grafik zeichnen, was wichtig ist. Wo die dumme Kuh wohnt, direkt neben mir übrigens, ist für unser Ding völlig egal, also lass es weg."

„Hier", tippte Eva auf das Bauernhaus, das dank der skizzierten Kuh deutlich zu erkennen war, „hängt an der Wand eine Kamera, die diesen Bereich erfasst." Sie malte mit Kuli einen Halbkreis in die Skizze. Es sah aus, als hätte die Kuh ein Euter bekommen. Jette zog eine Schnute. „Scheiße."

„Nur", winkte Eva ab, „wenn ich aufs Knöpfchen drücke. Es wäre viel zu teuer, die Aufnahmen ständig zu speichern oder ein System zu installieren, das so was von allein kann. In dieser Hinsicht ist der Sparzwang meines gottgleichen Vorstands überaus praktisch. Er ist ein größeres Arschloch als Jettes verhunzter Himalaya."

„Also", sprach Jette unbeirrbar langsam, „um exakt ungefähr halb zehn plus minus zehn Minuten am Donnerstag stürmen Amiti und ich die Bank." Jette zeichnete zwei Strichmännchen in die Skizze. „Vorausgesetzt, ich bin bis dahin wieder nüchtern und dieser kosmische – komische – Schwindel hat aufgehört. Weiß gar nicht, wie Amiti das macht. Säuft wie ein Loch und steht aufrecht wie eine deutsche Eiche." Sie begann zu kichern. „Eher wie eine thailändische Palme."

„Wird schon", meinte Eva und tätschelte Jette die Wange. „Du hast vier Tage, um wieder auf die Beine zu kommen und den Alkohol abzulaufen. Ein Gramm hat sieben Kalorien, wusstest du das?"

„Sieben Gramm?" Jette betrachtete die Sektflasche mit einem Blick, der stärker wankte als sie selbst. „Da ist mehr drin als sieben Gramm, viel mehr." Sie packte die Flasche am Hals und schenkte sich nach. „Also, sie und ich, wir stürmen die Bank. Amiti trägt die alte Gartenjeans, die vor lauter Dreck fast schwarz ist, dazu die schwarze

40

Jacke, die ich ihr am Montag, also übermorgen, bringen werde." Plötzlich ließ sie die Faust auf den Tisch sausen. „Mensch, das geht nicht! Ich helfe Kränze binden. Die Schule bindet Adventskränze und verkauft sie am Elternsprechtag. Da kann ich mich nicht drücken, die sind eh immer so wenige Leute. Ich bringe dir die Jacke am Dienstag." „Bin ich arbeiten", wandte Amiti ein. „Immer Dienstag, Donnerstag, Samstagnacht. Seit zwei Jahren. Du kannst mir die Jacke an die Tür hängen." „Kommt nicht in die Tüte. An der Jacke hänge ich total. Sie hat fast zweihundert Öcken gekostet, passt mir ausgezeichnet und Gerd hat sie bezahlt." „Dein Mann hat dir ein Geschenk gemacht? Überraschend erstaunlich. Hätte ich dem Penner nie zugetraut." „Ich habe mir die Jacke mit seiner Kreditkarte gekauft. Bin einfach in den Laden, Plastik auf die Theke und unterschreiben." Sie hatte Schluckauf und hickste. „Wenn er seine Abrechnungen prüfen würde, hätte er sich gewundert und mich gefragt, ob ich alle Tassen im Schrank habe, mir eine Jacke für ein halbes Vermögen zu kaufen und mit seiner Kreditkarte zu bezahlen." Sie hielt sich den Kopf. „Egal, ich bringe dir die Jacke am Mittwoch." Jette kritzelte mit dem Kugelschreiber das Wort „Jake" auf ihren linken Handrücken. „Wer zur Hölle ist Jake?"

„Jacke, Jette."

„Jacke!" Sie strich den Jake heftig durch und schrieb „Jacke" darunter. „Ab jetzt gilt: Bis Mittwoch kein Händewaschen." Sie stützte die Ellbogen auf den Tisch und hielt die Hände in die Höhe, als wäre der Nagellack an ihren Fingern nicht trocken. „Ich selbst werde während der Aktion meine schwarze Cordhose anziehen und die dunkelblaue Jacke. Beide", zeigte sie abwechselnd auf sich selbst und Amiti, „beide haben wir Strickmützen auf. Dunkle. Louis' Faschingsknarre ist mit von der Partie." Sie stutzte. „Brauchen wir die, wo uns eh keiner sieht?"

„Oh mein Gott!", stieß Amiti aus und wollte die Hände vors Gesicht schlagen. Dabei landete einer ihrer Finger im Auge. „Zefix, so eine gottverdammte Scheiße, jetzt hab ich den verfluchten Nagellack im Auge, oder?" Sie machte die Augen so groß wie möglich und drehte sich zu Jette. „Kannst du mal gucken?" Sie beugte sich nah zu Jette, die vor Lachen fast unter den Tisch sank. Amiti trat ihr ans Schienbein. „Ob ich Nagellack im Auge habe, du Schäfchen. Natürlich brauchen wir die Knarre, denn nach dem Überfall werfen wir die Knarre in den Pfarrgarten. Damit die Bullen was zu finden haben."

„Wenigstens eine", rollte Eva die Augen, „hat den Plan kapiert. Applaus für dich." Sie stürzte ihr Glas Sekt hinunter, was kein Problem gewesen wäre, hätte sie nicht in der vorigen Runde ordentlich mit Holunderlikör aufgefüllt. Sie spürte den Alkohol augenblicklich im Kopf und im Magen. Sie entließ einen dicken Rülpser in die Freiheit, den die anderen mit einem knappen Nicken begrüßten. „Also", wiederholte Eva mit schwummrigem Blick, „ihr werdet mit der Bank aus der Million werfen und die Knarre in den Pfarrlaufen garteln. Dieser verfixte... verflikte Likör..." Sie versuchte sich zu sammeln. „Die Polizei wird bestätigen, suchen und meine Geschichte finden. So in der Art zumindest."

„Genau." Jette drehte ihr Glas auf den Kopf und schaute. Sie entdeckte einen Tropfen, der sich am Rand sammelte, langsam größer wurde und schließlich fiel. Als er auf die Tischplatte klatschte, streckte sie die Zunge aus und wartete. „Nanu? Ich dachte, da wäre ein Schlückchen übrig?" Sie stellte das Glas weg. „Egal. Amiti, ich nehme die Million zu mir und verstecke sie."

„Auf keinen Fall." Amiti leerte die Likörflasche. „Ich nehme die Million zu mir und verstecke sie."

Jette tadelte mit wackelndem Finger. „Willst wohl gleich am Nachmittag deinen Kühlschrank füllen gehen, kleines Mäuschen? Na, na, was halten wir davon?"

„Quatsch!" Amiti schüttelte die Likörflasche, als würde sie sich wie durch Zauberhand wieder füllen. „Erstens kannst du nicht mal die Weihnachtsgeschenke für deine Kinder richtig verstecken und zweitens hast du gleich nach dem Überfall einen Termin bei Frau Herbst. Willst du die Million etwa in die Schule mitnehmen?"

„Willst du sie in den Getränkemarkt mitnehmen?"

„Dort ist sie unauffälliger gelagert als bei dir. Ich darf die abgelaufenen Saftflaschen mit heim nehmen, deshalb habe ich immer eine große Tasche dabei, die schwuppdiwupp total überfüllt ist. Da lässt sich Knete prima verstecken."

Plötzlich runzelte Jette die Stirn. „Ihr solltet mal sehen, was andere zum Sprechtag mitschleppen. Die Vogelscheuche aus der Parallelklasse hat einen Campingkocher dabei, damit ihr Söhnchen nicht verhungert, während sie zwischen zwölf und eins beim Termin ist. Wo dem dämlichen Fettmopps ein Diättag mal ganz gut täte."

„Der Fritzi", nickte Eva schwer, „der ist nicht nur fett und hässlich, der ist auch doof." Sie streckte den Arm über den Kopf, knickte den Ellbogen und kratzte sich unterhalb des Ohres am Hals. „Wir werden zwei Taschen brauchen. Eine Million ist viel Schotter."

„Okay", meinte Amiti, „ich bringe meine große Möbelhaus-Tasche mit. Da passt ein Kaffeeservice für zwölf Personen rein, inklusive Sahneschüssel, Milchkännchen, Zuckerdose und Kassenzettel. Hast du mehr Likör da?"

„Was willst du mit Likör in der Bank?"

„Einen Kuchen backen." Amiti stand auf. Sie öffnete den Kühlschrank und begann zu suchen. „Das war ein Witz, Eva. Den Likör will ich trinken. Jetzt gleich."

„Wie machst du das nur?" Eva wollte auf ihr Glas zeigen, hatte allerdings zu viel Schwung und stieß die Sektflöte um. Tausend Scherben spritzten in alle Richtungen. „Mist." Sie drehte den Kopf. „Amiti, wo du als einzige von uns keine alkoholbedingten Ausfallerscheinungen hast, holst du den Staubsauger aus dem Schlafzimmer? Er steht hinter der Tür neben dem Schnaps."

„Interessant."

Jette lehnte sich im Stuhl zurück und hielt ihren Kopf mit beiden Händen fest. „Mist, ich bin mit dem Auto da. Hände weg vom Steuer, wenn man was getrunken hat."

„Lenk halt mit den Knien." Mühsam stützte Eva sich auf den Tisch und sortierte die Nagellacke zur Seite. Mit einer Serviette fegte sie die Glasscherben auf einen Teller. „Ich glaube, das war die schöne Oma vom Glas."

Summend kam Amiti mit dem Staubsauger zurück. In der freien Hand hielt sie eine Flasche Rum. „Schau mal, was ich für einen Schatz gefunden habe."

„Jamaika-Rum", jubelte Eva. „Orgi... origi... oina..." Sie kapitulierte.

"Echt aus Venezuela. Hat mir ein Kuchen mal mitgebracht, dem ich Bolivares besorgt habe."

„Egal woher, den mach ich leer." Amiti stellte die Flasche in eine Tischecke, baute in Windeseile den Staubsauger zusammen und beseitigte alle Glassplitter, die auf dem Tisch und dem Boden lagen.

„Himmel, ihr zwei Draufgänger, trinkt euch vor unserem großen Ding bloß keinen Mut an, sonst bleibt die Arbeit komplett an mir hängen."

„Wie denn?", prustete Jette los, „bei dir gibt's nix, wo irgendwas hängen bleiben könnte." Sie lachte und lachte und kriegte sich nur mühsam wieder unter Kontrolle. „Also, wir stürmen in die Bank, packen die Scheinchen in die Tasche und sind wieder raus, wenn Eva den Alarmknopf drückt. Du wirfst das Geld ins Gebüsch und versteckst die Knarre bei dir daheim. Am besten im Fach mit den Essiggurken von deiner Ex-Schwiegermutter. Die sind so eklig, da suchen die Kinder nie."

Eva rieb sich die Stirn und presste zwei Finger gegen die Schläfen. Sie atmete tief durch. „Jette, Schäfchen, ihr werft die Knarre ins Gebüsch und Amiti versteckt die Kohle daheim, sobald sie von der Arbeit zurück ist."

„Ganz genau." Amiti setzte die Rumflasche an die Lippen und nahm einen gewaltigen Schluck. „Ausgezeichneter Stoff. Wie geht es weiter?"

Eva hatte ihr beinahe vergessenes Pickel-Problem wiederentdeckt und drückte daran herum. „Die Polizei wird die Ermittlungen aufnehmen. Leider werde ich nicht mehr sagen können als: Zwei Typen, dunkel angezogen, Knarre. Ist es diskriminierend, wenn ich zwei Männer die Bank überfallen lasse? Sollte ich lieber zwei Frauen nehmen? Oder einen Mann und eine Frau?"

„Und einen Behinderten", wackelte Amiti mit dem Kopf, wobei sie gleichzeitig Grimassen schnitt. „Und einen Ausländer und einen sozial suboptimal gestellten von Armut gefährdeten Angehörigen einer religiösen oder ethnischen Minderheit. Am besten, du schiebst es Bonnie und Clyde in die Schuhe."

„Echt?"

„Nein!" Amiti brauchte einen weiteren großen Schluck Rum. „Wenn du glaubhaft flunkern willst, musst du jedes Klischee ausschlachten. Such dir im Internet die übelsten Gangster, die du finden kannst. Die waren es dann."

„Das ist fies." Eva spürte, wie der Alkohol ihre Speiseröhre zurück nach oben wollte, und schluckte. „Ich werde vor lauter Schreck den Alarmknopf viel zu spät drücken, damit es keine Bilder von euch gibt. Klar, die werden das ganze Dorf auf den Kopf stellen und absuchen. Dabei finden sie die Knarre, sonst nada. Von den Räubern fehlt jede Spur. Am Donnerstagabend treffen wir uns bei dir, Amiti, sobald die Kinder im Bett sind, und teilen den Zaster durch drei."

„Besser wäre Freitagfrüh", lallte Jette. „Die Kinder könnten am Donnerstag aufwachen und womöglich ist Gerd daheim und will wissen, wohin ich... Nee, der will das nie wissen. Nie intere...

interellessiert ihn, wo ich bin. Freitagfrüh passt."

„Freitag muss ich arbeiten." Eva drückte sich mit einer Hand leicht die Kehle ab, um dem Alkohol jede Chance auf ein Wiedersehen mit dem Tageslicht zu nehmen. „Wie normales Volk es eben tut."

„Also Donnerstag." Jette schwankte. Sie hielt sich an der Tischplatte fest. „Wir teilen am Donnerstag nach zweiundzwanzig Uhr dreißig unsere Million gerecht durch drei."

Eva fand ihren genialen Plan in jeder Einzelheit überzeugend. Leider hob Amiti den Finger. „Eine Million kann man nicht ohne Rest durch drei teilen."

„Ah!", stöhnte Eva und stand auf. Schwankend griff sie nach dem Schokocremeglas und einem Löffel. Das Glas war leer. Sie schaute eine Weile hinein und erinnerte sich an die Schokopralinen im Kühlschrank. „Von mir aus kannst du den Euro, der übrig bleibt, haben."

„Großzügig wie immer." Amiti verleibte sich weiteren Rum ein. „Mein Gott, wie hast du es mit deinen Rechenkünsten in die Bank geschafft? Selbst mit einer halben Flasche Rum im Kopf kann ich besser rechnen als du. Es bleibt nur ein Cent übrig."

„In der Bank", stieß Eva die Kühlschranktür zu, „muss ich nie rechnen." Sie ließ sich wieder auf ihren Stuhl fallen, entdeckte erneut das leere Schokocremeglas und guckte hinein. „Welcher Vollidiot stellt ein leeres Glas in den Kühlschrank?"

Kapitel 3
Individualschaden

Donnerstag. Die ganze Nacht war Eva mehr auf dem Klo gewesen als im Bett. Ständig musste sie pinkeln. Sogar als sie um halb sieben geduscht hatte, war es gelaufen, und sie ekelte sich fürchterlich davor. Um alle Spuren zu tilgen, sprühte sie die ganze Dusche mit dem superguten Reiniger ein, wischte nach, spülte ab, polierte, bis die Armaturen glänzten und kam vor lauter Putzen zu spät zur Arbeit. Sie schloss den Tresor auf, nachdem der erste Kunde bereits eine Überweisung abgegeben hatte.

Nun saß sie am Schreibtisch, klickte sich durch die Kontobewegungen diverser Kunden und wunderte sich, wofür die Leute ihr Geld ausgaben. Der alte Hausinger Bauer hatte im Sexshop eingekauft, die Dummtussi, die beim Finanzamt arbeitete, bezahlte den zweiten Strafzettel in diesem Monat und die seit Jahrzehnten allein lebende Madame Delbar hatte sich offenbar eine neue Matratze gekauft, zwei mal zwei Meter, Federkern, und einen Spiegel, der so groß wie die Matratze und von einer Spezialfirma an der Decke befestigt worden war. So, so, so.

Die Uhr unten rechts am Bildschirm zeigte eine Minute vor halb zehn. Höchste Zeit, wie Eva fand. Außerdem musste sie schon wieder Pipi und mit jeder Sekunde wurde der Harndrang stärker. „Zefix", wisperte sie, „wo bleiben die?" Sie reckte den Hals, um in die Nische des Geldautomaten sehen zu können. Dort stand niemand. Am Drucker für die Kontoauszüge war keiner. Alles leer. Wie immer um halb zehn.

Evas Blick glitt durch die Filiale. Belege, Unterlagen, die für Kunden bestimmt waren, eine kümmerliche Topfpflanze mit braunen Blättern, die von der Putzfrau vernachlässigt wurde. In einem Fach neben dem Tresor die Million, nagelneue Scheine, sauber gepresst und gequetscht, einmal durch die Zählmaschine gelassen. Eva hatte lauter Hunderter haben wollen, was die Kassiererin der Hauptstelle mit einer energischen Diskussion zu verhindern wusste. Eine Million in Hundertern wäre ein Berg größer als der Mount Everest. Also waren es keine Hunderter geworden, ein paar Zweihunderter und ziemlich viele Fünfhunderter. Eine Menge Zaster. Ein ziemlich schwerer Berg. Zum Glück schleppte Amiti in ihrem Job viele schwere Kisten und hatte entsprechend trainierte Arme. Für Jette war das nichts. Die lief zwar Kilometer wie ein Aufziehmännchen, hatte aber keine Kraft im Bizeps.

An einem Gurkenglas scheiterte sie und meistens rannte sie gleich zum Wasserlassen aufs Klo. Ihr Beckenboden war seit Louis' Geburt ein Trümmerfeld und zum Wohl der öffentlichen Sicherheit belastete man ihn besser nicht.

Die Tür klackte. Eva war bereit. Sie sprang vom Stuhl und hielt die Hände hoch. „Bitte nicht schießen", japste sie undeutlich.

„Guten Morgen!" Der Mann vor ihr runzelte die Stirn und kam die letzten Meter an den Schalter. „Machst du Turnübungen?"

„Nein!" Eva klatschte die Hände zusammen. „Da ist nur wieder diese winzige Fliege, die mich seit heute früh ärgert." Sie tat, als wischte sie die tote Fliege an die Hose. „Servus, Hopfi, was kann ich für dich tun?"

„Winzige Fliegen", überlegte Hopfi, „ich dachte, bei dieser Kälte wären die längst eingegangen."

„Tja." Eva hatte absolut keine Lust auf Smalltalk. Ihr Herz hämmerte und es schien vor allem gegen ihre Blase zu klopfen. Sie musste dringend austreten. Um den Harndrang zu unterdrücken, stützte sie sich auf den Tresen und verkreuzte die Beine.

Hopfi runzelte die Stirn und machte den Hals lang, als ahnte er ihre missliche Lage. „Ich möchte ein bisschen Geld in Gold investieren. Meine Oma sagt, Gold geht immer. Musst du aufs Klo? Ich kann locker fünf Minuten warten."

„Deine Oma ist ein Finanzgenie." Eva schielte zur Uhr. Es war drei Minuten nach halb. Allerhöchste Zeit. Sämtliche Handwerker, die Brotzeitpause machten, sorgten erst im Dorfladen für Essen, ehe sie zur Bank gingen. Halb zehn, das war die Tageszeit, zu der tote Hose war.

„Ja", stöberte Hopfi sinnlos durch ein paar Prospekte, die am Schalter auslagen, „meine Oma studiert jeden Tag die Aktienkurse in der Zeitung. Gravelfonds und Richmen laufen ganz gut, von der Castaway soll ich lieber die Finger lassen." Er griff nach einem Flyer für Altersvorsorge. „Sie meint, ich solle Anteile an einer Goldmine mit dem treffenden Namen *Golden Craft* kaufen. Nun meine Frage: Gehört einem das Gold, das die Arbeiter aus dem Berg holen? Schicken die mir als Rendite Nuggets?"

Vier nach halb. „Ja." Eva verfolgte die Hüpfer des Sekundenzeigers. „Nein. Also, genau gesagt..." Sie knabberte auf ihrer Unterlippe und suchte draußen, ob sich zwei dunkle Gestalten rumtrieben. „So was kann ich dir nicht auf die Schnelle erklären."

„Erklären?" Der junge Mann lachte. „Wie genau das funktioniert, weiß meine Oma. Ich will investieren." Er griff in seine rechte Jackentasche und zog ein Bündel Geldscheine hervor. Lauter Fünfhunderter, alle in dieselbe Richtung gelegt und wahrscheinlich am Vorabend gebügelt. „Fünfzigtausend auf *Golden Craft*."

„Du bist hier nicht im Spielcasino."

Er ignorierte diesen Einwand. „Ich habe gelesen, die Minen in China würden mehr ausspucken. Die Betreiber drangsalieren die Arbeiter kräftig und zwingen sie mit fiesen Methoden zu unbezahlten Überstunden. Wenn ich da investiere, ist es, als würde ich einen Sklaven kaufen. Für den Ökonomen verlockend, für den studierten Philosophen ein rotes Tuch. Lieber die *Golden Craft*. Die *Golden Craft* ist eine faire Mine. Arbeiter und Angestellte bekommen anständigen Lohn bei vernünftigen Arbeitszeiten und in den letzten acht Jahren hat es nur ein Grubenunglück gegeben. Anderswo stürzt jede Woche ein Schacht ein." Um die Geldscheine war ein Stück Papier gewickelt, das er auseinander faltete. „Da steht, unter welcher Nummer man sie kaufen kann. Das geht über die Börse in Johannesburg." Hopfi schob ihr den Zettel zu. „Geht's dir gut? Dein Gesicht ist so weiß wie Omas neue Stützstrümpfe."

„Alles klar", hauchte Eva. Sechs Minuten zu spät. Sie schnappte nach Luft, als just in diesem Moment die Tür aufging und Amiti und Jette in den Schalterraum traten.

„Das ist nicht gut für den Unterleib." Jette machte eine Figur, als wäre sie ein Gewichtheber und müsste eine schwere Hantel über den Kopf reißen. „Du solltest die ständige schwere Schlepperei aufhören."

„Jaja", nölte Amiti. „Immerhin ziehe ich keine Tropfspur, wenn ich mal was hebe, das schwerer als ein Topf Suppe ist. Ich sage dir, *du* hast von uns beiden das Beckenbodentraining nötig. Nimm die Arme runter, du siehst lächerlich aus."

Hopfi schaute über die Schulter. „Morgen, ihr zwei", grüßte er mit einem Nicken. „Amiti, wir haben letztens gar nicht mehr über den Job gesprochen. Hast du kurz Zeit?"

„Jaja", murmelte Amiti, „der grandios gute Job, der einen Preis im Märchenwettbewerb gewinnen wird." Sie hob den Finger und drohte ihm. „Hör zu, ich habe mich schon von einem Mann verarschen lassen, für ein zweites Erlebnis dieser Art fehlen mir die Nerven. Wenn du also fertig mit deinen Bankgeschäften bist, zupf dich. Ich muss in einer Stunde zur Arbeit und wir wollen vorher ein großes Ding drehen."

Hopfi wirkte keinesfalls gekränkt. „Soll dieses große Ding in den hässlichen Rucksack rein oder warum führst du ihn leer Gassi?" Er drehte sich zurück zu Eva und bemerkte nicht, wie Jette Amiti einen heftigen Hieb mit dem Ellbogen versetzte. „Also, fünfzig für die Goldmine. Wo muss ich unterschreiben?"

Eva schluckte trocken und bückte sich. Sie holte einen Einzahlungsbeleg hervor und zahlte die fünfzigtausend auf das Konto ein. Sie wusste die Kontonummer auswendig. „Die Unterlagen kann ich herrichten und du kommst morgen zum Unterschreiben."

„Morgen?" Hopfis gerunzelte Stirn war eine beeindruckende Kraterlandschaft. „Da muss ich einen Termin wahrnehmen und schaffe eure Öffnungszeiten nicht. Wie wäre heute Nachmittag? Warum geht das nicht?"

Weil, dachte Eva stumm, die Filiale gleich geschlossen wird. Sie zwang sich zu einem Lächeln. „Natürlich. Heute Nachmittag ist prima. Jetzt ab mit dir; du hast gehört, die Mädels haben was vor."

„Wer weiß, was die zwei ausfressen", lachte Hopfi. „Außerdem könnte ich während der Wartezeit Amiti endlich den Job erklären."

Eva spürte es. Sie verlor alle Farbe im Gesicht. „Meine Güte."

„Du solltest zum Arzt, du siehst beschissen aus." Er klopfte kurz auf den Tresen. „Okay, ich schau heute Nachmittag vorbei. Halb zwei? Zwei?"

„Von mir aus."

Hopfi drehte sich herum und schlenderte auf den Ausgang zu. Neben Amiti blieb er stehen. „Hast du die Jacke selbst gestrickt? Sieht cool aus."

„Danke", antwortete Amiti kühl.

„Wie eine Profecto. Kennst du den schicken Laden in Berglau? Die hatten im letzten Winter eine richtig tolle Jacke im Schaufenster hängen, genauso bunt wie deine."

„Abgekupfert und nachgestrickt." Amiti verschränkte ihre Arme. „Weil ich mir achthundert Kröten fürs Original nicht leisten kann und selbst wenn ich im Geld schwimmen würde, wäre mir eine Jacke kaum so viel wert."

„Der Job", schob Hopfi seine Hände in die Hosentaschen, „denk an den Job." Amiti schwieg, streckte den Arm und zeigte auf die Tür. Hopfi setzte sich in Bewegung. „Ich bleibe hartnäckig, keine Sorge."

Kaum war er draußen und die Tür hinter ihm ins Schloss gefallen, stieß Eva den angehaltenen Atem pfosend aus. „Seid ihr wahnsinnig?", kam sie fast über den Schalter herüber. „Solltet ihr nicht aufpassen, ob Kunden in der Bank sind? Überhaupt, ihr seid zwanzig Minuten zu spät und wo ist die große Tasche? Wollt ihr das Geld in den Rucksack quetschen?" Sie zeigte auf Amiti. „Ist das die schwarze Jacke, die du anziehen solltest? Du rennst rum wie ein Paradiesvogel! Ganz Schobenbach kennt deine selbstgestrickte Profundo-Jacke."

„Profecto." Amiti hob die Schultern in ihrer quietschbunten, selbstgestrickten Herbstjacke. Grellgelb, giftiges Grün, leuchtendes Blau, ein Orange heller als die Sonne, da waren alle Farben vertreten, nur keine dunklen.

„Ist meine Schuld", gestand Jette. „Ich habe die ganze Zeit nur an die Handschuhe gedacht, die ich obendrein suchen musste, deshalb habe ich die Jacke vergessen. Als es uns eingefallen ist, grad vorhin, da war die Zeit viel zu knapp."

Eva unterdrückte mühsam ein tiefes Knurren. „Wenn ihr geht, wollte ich die Kamera auslösen, damit es ein verschwommenes Bild der Täter gibt, auf dem sie von hinten zu ahnen sind. Das kann ich vergessen. Was meint ihr, wie viele so bunte Jacken es im Dorf gibt und wie lange die Polizei braucht, bis sie euch hat?" Sie zeigte auf Amiti. „Du gehst zuerst und ich löse aus, wenn Jette rausgeht. Kopf runter, Jette!"

Jette zog blitzschnell den Kopf zwischen die Schultern. Eva stöhnte. „Nicht jetzt. Nachher! Wenn du gehst!" Sie griff nach dem Rucksack. Sie schnupperte. „Habt ihr was getrunken?"

„Zwei Spritz", hob Amiti Zeige- und Mittelfinger, woraufhin Jette ihr den Mittelfinger wieder abknickte und den Daumen streckte. „In Deutschland zeigt man die Zwei so. Meine Liebe, du musst dich integrieren, schließlich willst du Deutsche werden."

„Indem ich die Bank knacke!", ließ Amiti ihre Hände auf den Tresen plumpsen. „Zum Glück fallen Handschuhe bei dieser Kälte nicht auf. Wir schlagen zwei Fliegen mit einer Klappe. Warme Finger und keine Abdrücke auf dem Rucksack."

„Ich bin auch genial." Jette zeigte ihre Hände, die in schwarzen Wollhandschuhen steckten, und wackelte mit den Fingern. „Die sind innen mit Alpaka gefüttert und total warm. Eva, willst du mal fühlen?"

„Nein!", zischte Eva. „Jetzt nicht!" Sie hatte den Rucksack gut gefüllt und begann zu stopfen. Sie schielte auf die Handschuhe. „Na gut, ganz kurz will ich mal fühlen."

Jette hielt ihr das Handgelenk hin und Eva schob zwei ihrer Finger unter den Handschuh. „Ui, schön warm. Wo hast du die her?"

„Vom Weihnachtsmarkt auf der Glentleiten. Genial, oder?"

Eva schob und drückte. „Hast du dir zu den Handschuhen keine Tüte geben lassen? Das kann unmöglich in den Rucksack passen. Ich habe gesagt, eine Million ist ein ganz schöner Berg."

„Mach den Reißverschluss am Rand auf." Jette fasste über den Schalter, um am Reißverschluss zu ziehen. Sie verlor dabei beinahe das Gleichgewicht und lachte los. „Himmel, der Spritz hat es in sich. Mich dreht es die ganze Zeit." Sie hatte den Reißverschluss erwischt. „Da ist so zusätzlicher Stoff eingebaut. Siehst du, geht gleich besser."

„Wird knapp", schätzte Amiti mit kritischem Blick die Außenmaße des Rucksacks. „Wenn mein Mädel nur eine andere Tasche für ihren Speicherstick genommen hätte."

„Eine riesige Tasche für einen Speicherstick?", stieß Eva heiser aus. „Deine Tochter ist völlig durchgeknallt."

Amiti zerrte an den Seitenriemen des Rucksacks. „Wie hätte ich das verhindern sollen? Halt, nimm nicht die große Tasche, die brauche ich heute für den Bankraub des Jahrhunderts? Bei genauer Betrachtung ist dieser Rucksack gar nicht schlecht, immerhin hätte in die Einkaufstasche jeder reingucken können. Was meinst du, was die Leute sagen, wenn ausgerechnet ich mit einer riesigen Tasche voller Zaster durchs Dorf flaniere?"

Jette begann hemmungslos zu kichern. „Endlich wüssten wir, wo unser Geld hingeht!"

„Ist das der Spritz?" Amiti blickte skeptisch. „Du reißt Wortwitze. Du flirtest sämtliche Typen an. Du stolperst über Thallers schwarz getigerte Katze und du legst der Bedienung, die elf achtzig von dir haben will, einen Zehner hin und sagst: Stimmt so. Ehrlich, du solltest weniger saufen."

„Herr, schmeiß Hirn vom Himmel!" Eva stemmte sich mit ihrem halben Gewicht in den Rucksack. Die Scheine gaben nach. Eine gefühlte Ewigkeit später war das Geld verstaut und Eva stellte den Rucksack auf den Schalter. „Los mit euch."

„Moment." Jette suchte mit ihrem schwankenden Finger die Richtung, in der Hopfis Geld lag. Wie mit einer Wünschelrute. „Ich war nie so klar im Kopf wie jetzt. Welche Gauner wären wir, wenn wir die Hälfte dalassen?"

„Das da?" Eva verzog das Gesicht. „Erstens ist das nicht die Hälfte von einer Million, zweitens sind die Nähte vom Rucksack eh zum Zerreißen prall und drittens gehört das Hopfi."

„Hopfi-li, hopfi-la", begann Jette zu singen.

Amiti griff nach den Scheinen. „Da hat unsere singende Spritzdrossel Recht. Wenn wir was dalassen, hast du ein Erklärungsproblem." Also stopfte Eva grummelnd die fünfzigtausend oben in den Rucksack, der übervoll nicht mehr zugehen wollte. Sie drückte und schob. „Der platzt gleich!"

Amiti schnaubte und packte ein Bündel Scheine und schob es seitlich in das Netz, in dem Platz für eine Trinkflasche war. „Ihr beide seid so unflexibel."

Eva zog an der Schnur und verschloss die Klappe. In dem Moment schnappte Jette den Rucksack, um ihn über den Schalter zu lupfen. „Scheiße!", zischte sie, „mein Beckenboden!" Der Arm mit dem Rucksack fiel, baumelte und schlug auf der falschen Seite des Tresens gegen den nicht gut verborgenen Alarmknopf. Hinten im Mitarbeiterbereich, wo die Alarmanlagenschaltung angebracht war, ertönte ein kaum hörbares, eindeutiges Piepen.

„Du Depp!", zischte Eva und wuchtete den Rucksack über den Schalter. „In ein paar Minuten schlägt die Polizei hier auf. Los, weg mit euch!"

„Was ist mit der Kamera? Ist die jetzt angeschaltet?", japste Jette.

„Wenn die Bilder von uns macht, sind wir sowas von geliefert. Wir kommen ins Fernsehen und in den Knast."

„Die Reihenfolge, in der du das sagst, macht mich stutzig!"

„Schnauze! Beide." Amiti zerrte an Jettes Ärmel. „Solche steinalten Kameras machen beschissene Bilder. Niemand wird uns erkennen, wenn ich die Jacke zusammen mit der Knarre ins Gebüsch werfe."

„Die Knarre!", lachte Jette los. „Habt ihr die Knarre aus dem Rucksack geholt, bevor ihr das Geld reingestopft habt? Oder liegt die jetzt unter der Million?"

„Und den fünfzigtausend." Eva wollte am liebsten über den Schalter springen und die beiden würgen. Nur war sie schon in der Schule nicht elegant über einen Bock gesprungen und hinter sich hörte sie den Summton der Alarmanlage. Sie verzichtete auf die sportliche Einlage und das Würgen. „Raus!", befahl Eva streng. „Sofort und mit eingezogenen Köpfen. Der Rest des Plans läuft gefälligst ohne Probleme." Sie holte den Besen aus der Ecke. „Wir treffen uns heute um zehn-dreißig bei Amiti und wehe, es fehlt auch nur ein raschelndes Scheinchen!" Sie stützte sich kopfschüttelnd auf den Besen. „Mit zusammengekniffenen Beinen machst du echt eine traurige Figur. Vielleicht kannst du im Dorfladen schnell aufs Klo?"

Als Amiti und Jette aus der Tür eierten, knallte Eva den Besen heftig gegen die Überwachungskamera. Das Glas zersplitterte. Einen Schlag später lag das Ding am Boden und Eva atmete auf. „Hätten Sie mal lieber in neue Digitaltechnik investiert, anstatt sich auf die alten Filmaufnahmen zu verlassen. Total überbelichtet. Unbrauchbar." Sie ließ den Besen fallen und kletterte über den Schalter zurück in den Mitarbeiterbereich. Da war die zweite Kamera, völlig abseits von jedem annähernd erklärbaren Besenschwung.

Eva holte den Drehstuhl, schob ihn unter die Kamera und stieg hinauf. Es wackelte und drehte sich und nach der zweiten Pirouette hatten ihre Finger die Kabel endlich erwischt. Sie stöpselte ab, klippste das Gehäuse auf und holte den Film heraus. Ein weiterer Dank an die Knausrigkeit des Herrn Weinherr wurde stumm gesprochen, an sein Faible für altmodisches Zeug, das seiner Meinung nach ohnehin viel besser funktionierte als dieser teure, sehr teure, absolut überteuerte Schnickschnack.

Draußen hörte sie laute Stimmen und eifriges Geschnatter. Durch die Gardinen sah sie ein Polizeiauto vorfahren, natürlich ohne Blaulicht und Sirene, um die Räuber, die sich eventuell in der Bank befanden, nicht unruhig zu machen. Eva holte tief Luft. Sie schob den Film in ihren BH, wollte vom Stuhl heruntersteigen und da passierte es: Der Drehstuhl rollte weg ohne sie mitzunehmen, sie verlor die Balance und alles war vorbei.

Glücklicherweise konnte sie sich an den Sturz und den Aufprall nicht erinnern. Ein handtellergroßes Engelchen im weißen Gewand wedelte ihr frische Luft zu: „Du solltest dich schämen. Wie kannst du, nur um an einen kleineren Arsch zu kommen, so eine schlimme Untat anstellen?"

Das kleine Engelchen mit der Piepsstimme wurde von einem ebenso kleinen Kerl im schwarzen Anzug geschubst. Seine winzigen roten Hörnchen und der lange Schwanz passten hervorragend zu dem Dreizack in seiner Hand. „Halt die Klappe, dumme Pute!", fuhr er das Engelchen an. „Es war schon lang Zeit für ein richtig dickes Ding. Jahrelang rackert sie für diesen Schleimscheißer, da hätte sie längst was auf die Seite bringen können."

Eva wollte die beiden fragen, ob sie sich nicht irgendwo anders prügeln konnten und ob es für ein Engelchen schicklich war, dem Bengelchen den Dreizack aus der Hand zu reißen und ihn im Sturzflug über den Teppich zu jagen und in den Hintern zu pieken. Zum Glück verblassten die beiden Figuren und Eva starrte an die Decke, während ihr rechter Knöchel pochte wie verrückt. Hoffentlich war ihr Rock nicht hochgerutscht. Statt der Strumpfhose hatte sie die Overknees gewählt, denn der Zwickel kratzte zwischen den Beinen und nach dem warmen Sommer hatte sie keine Lust auf dieses Kratzen an der Innenseite ihrer Schenkel. Genau dieses Kratzen erinnerte sie an Michael und wenn sie die Wahl hatte zwischen Michael und dem Zwickel... Die Decke sollte dringend gestrichen werden.

Eva rappelte sich hoch und hinkte durch den Kundenraum nach draußen. Ihr Knöchel schmerzte fürchterlich und schwoll spürbar an. Die Tränen, die ihr über die Wangen liefen, waren absolut echt.

Vor der Tür standen Dorfbewohner. Eva erkannte den Schreiner Vitus, der sich eine dicke Leberkässemmel in den Mund faltete, und den Maler Greichel, der für die Restauration der wertvollen Gemälde in der Kirche zuständig war. Er knabberte an einem Käsebaguette. Eine ganze Schar Muttis mit Kinderwagen stand da und machte große Augen. „Bist du überfallen worden? Ist es für die Kinder gefährlich oder dürfen wir mal einen richtigen Tatort anschauen?"

„Nix da!" Eine feste, autoritäre Stimme machte die Tagträume zukünftiger Polizisten-Mamas zunichte. Eva fühlte sich an den Armen gepackt und geschüttelt. „Meine Güte, was hab ich mir Sorgen um dich gemacht, als die Zentrale den Alarm durchgegeben hat! Geht es dir gut? Ist alles in Ordnung? Du siehst fürchterlich aus. Sind die Täter in der Bank oder geflohen? In welche Richtung sind sie davon?"

Eva zwinkerte. „Sarah? In der Uniform und mit den Haaren zum Pferdeschwanz siehst du ganz anders aus als sonst. Hat das Rezept für den Gugelhupf funktioniert? Das Geheimnis liegt im ordentlichen Rühren. Nur wenn man lange rührt, kommt super Gugelhupf raus."

„Himmel, du brauchst unbedingt einen Arzt."

Eva schaute, ob sie eine Spur von Jette oder Amiti entdeckte. Jette war der Spritz zu Kopf gestiegen und das Chaos mit der Knarre und der Kamera machte alles schlimmer. Was hatten die zwei außerdem falsch gemacht? Standen sie womöglich beide heulend an der Ecke und bereuten fürchterlich, was sie getan hatten? Naja, Jette würde heulen, Amiti aus Wut eher einen Baum vermöbeln.

Keine der beiden war zu entdecken. An der Ecke nicht, oben am Wohnhaus nicht, nicht hinter der Trennwand zwischen Bauernhof-

Misthaufen und nicht ganz offiziellem – weil Feuerwehrzufahrt – Kundenparkplatz. Hopfi! Manchmal saß der Doktor der Philosophie (ohne Anstellung) in aller Gelassenheit auf der Bank neben dem Bushäuserl, schaute den Leuten zu und warf mit schlauen Sprüchen um sich. Zum Glück war von Hopfi nichts zu sehen. Eva reckte den Hals und sah die Büsche am Pfarrgarten wackeln. Laut Plan lag dort irgendwo die Knarre. Wie sie den Weg aus dem Rucksack gefunden hatte, vorbei an der Million, war Eva allerdings ein Rätsel. In Sekundenbruchteilen war das nicht zu schaffen.

„Eva!", brüllte die Polizistin Sarah und dabei rüttelte sie Eva heftig. „Du bist nicht bei dir! Sind die Täter in der Bank oder sind sie geflohen?"

„Nein." Eva löste Sarahs Hände von ihren Schultern. „Ja. Die sind auf und davon."

Die andere Polizistin kam heran, nachdem sie die Schaulustigen zur Seite gescheucht und über Funk eine völlig klare, unverschlüsselte Meldung gegeben hatte. Von wegen: „Wir haben einen zwölf-sechzehn". Sie legte eine Hand auf Evas Schulter. „Die Kripo ist unterwegs und es wird ringsum nach den Flüchtigen Ausschau gehalten. Können Sie mir sagen, wie viele Täter es sind?" Sie zückte einen kleinen Notizblock und einen Kugelschreiber und streckte Eva die Hand hin. „Esmeralda Lafayette. Weder mit dem berühmten Franzosen noch mit der Zigeunerin verwandt." Sie zeigte auf die Eingangstür. „Gehen wir hinein? Sie sehen aus, als bräuchten Sie dringend eine Bank."

„So was von dringend." Eva hinkte los. „Ich muss dringend."

„Sind Sie verletzt?" Esmeralda stützte Eva sofort am Oberarm. „Eine Folge des Überfalls?"

Eva spürte den festen Griff mit einem angenehmen Schauer. Sie erzitterte. „Eine lange Geschichte."

„Mein Dienst", tätschelte Esmeralda Evas Schulter, „hat vor einer halben Stunde angefangen. Ich habe praktisch alle Zeit der Welt. Also, was ist mit Ihrem Bein?"

„Verknackster Knöchel", wollte Eva abwinken, als wäre nur eine Lappalie passiert. Sie konnte sich nicht rühren, so nahe stand Esmeralda bei ihr und stützte sie. Selbst durch die schmale Eingangstür hindurch wich die Polizistin nicht von ihrer Seite.

„Ach herrje." Esmeralda schaute über das angerichtete Chaos aus Glassplittern, Scherben und zerdepperter Kamera. „Da ist was kaputt gegangen. Haben die Räuber um sich geschossen?"

Eva zeigte mit dem Finger auf die Kamera, die nicht mehr oben an der Decke hing. „Ich bin mit dem Besen daran hängen geblieben und habe sie runtergefetzt."

„Wollten Sie fegen?"

„Quatsch." Eva humpelte zu einem von zwei Sesseln, in denen gewöhnlich Kunden warteten, wenn es vorn am Schalter mal wieder länger dauerte und niemand da war, der Eva Verstärkung geben konnte. „Ich wollte den beiden Banditen mit dem Besen hinterher. Ich dachte, wenn ich denen von hinten den Besen übern Schädel ziehe, hat sich das mit dem Überfall erledigt."

„Es waren also zwei." Esmeralda ließ Eva erst los, als diese sicher saß. Sogleich zog die Polizistin den Schirmständer heran und drehte ihn auf den Kopf. Sie hob Evas rechten Fuß vorsichtig an und legte die Wade auf dem Schirmständer ab. „Zwei Männer?"

„Ja!", log Eva völlig ungerührt. Nicht weil sie eine abgebrühte Haut war, sondern weil sie vor Schmerzen Sterne vor ihren Augen tanzen sah. „Ich fühle mich ganz schummrig."

„Meine Kollegin hat den Arzt gerufen."

„Das muss nicht sein", ließ Eva die Lider zufallen. „Ich brauche bloß ein paar Minuten Ruhe." Sie hörte Schritte und dachte, es wäre Sarah, die Polizistin, die im Dorf neben der Feuerwehr in einer kleinen Dachgeschosswohnung lebte – beladen mit allem Gewicht dieser Welt und allem, was eine Polizistin zur Aufklärung eines mysteriösen Verbrechens brauchte, so langsam und schlurfend klangen die Schritte. Stattdessen war es die alte Frau Geisslinger, die Eva durch halb geschlossene Augenlider verschwommen erkannte. „Lieber Herr im Himmel", krächzte die Alte, „da draußen ist scheint's das Jüngste Gericht hereingebrochen. Alles voller Bullen."

„Ach", schmunzelte Esmeralda, „sind die Kollegen schon da?"

„Hier auch Polente?" Frau Geisslinger kam langsam näher. Bei jedem Schritt schnaufte sie wie eine alte Dampflok und verdrehte die Augen. „Fräulein, fünfzehnhundert bitte."

„Bedaure." Eva zwinkerte die leichte Benommenheit weg. „Ich kann nicht aufstehen und die Buchung vornehmen."

„Außerdem", fügte Esmeralda hinzu, „ist das Geld geraubt worden." Sie tätschelte Eva die Wange. „Es ist nichts mehr da. Alles weg."

Das Geld. All die Geldbündel hatte Eva in den Rucksack gestopft und sie hoffte, hoffte, betete, es war alles gut gegangen. „Das ist eine komplizierte Geschichte."

Nun lachte Esmeralda. „Wie gesagt, ich habe Zeit." Sie schickte die alte Frau mit einer knappen Handbewegung weg. „Kommen Sie morgen oder übermorgen wieder."

„Übermorgen ist Samstag, da ist geschlossen." Frau Geisslinger drehte eine Kurve und kroch unendlich langsam aus der Bank. „Wie soll ich jetzt meine Putzfrau zahlen?" Sie drehte sich in der Tür um. „Fräulein, wissen Sie zufällig die Kontonummer von der Margit? Sie wissen schon, Margit Beumer, die bei mir schwarz putzt."

Eva hätte die Alte am liebsten sehr heftig geschüttelt oder mit dem Kopf gegen die Wand geschlagen. „Wenn Sie Schwarzgeld überweisen, ist Ihnen gleich die Steuerfahndung auf den Fersen. Nehmen Sie das Bargeld, das Sie daheim im verborgenen Fach hinter dem Nachtkästchen haben, Frau Geisslinger."

„Ein hervorragender Einfall." Die Alte zockelte davon.

Esmeralda öffnete die Bänder von Evas Schnürstiefeln. Mit jeder Schlinge, die gelockert wurde, spürte Eva ihren Puls heftiger im Knöchel. „Wahrscheinlich schlägt sie einen Haken über den Dorfladen und erzählt brühwarm von dem Überfall. Wenn die Gerüchteküche fertig ist, bin ich dreimal überfallen, viermal erschossen und fünfmal entführt worden."

„Banküberfall in Schobenbach", tönte Esmeralda mit weit gestreckten Armen. „Das ist eine Sensation, die nicht oft vorkommt."

„Schon dreimal", winkte Eva ab. „Meine Vorgängerin, die in der alten Filiale unten am Bolzplatz gearbeitet hat, ist dreimal überfallen worden. Deshalb wurde hier in der Dorfmitte neu gebaut."

„Na, diese Rechnung ist nicht aufgegangen."

Eva machte große Augen. „Wieso?"

„Deswegen!" Esmeralda zeigte auf das Chaos, ließ die Arme sinken und schaute Eva mit schiefgelegtem Kopf an. „Sie stehen völlig unter Schock. Hoffentlich reicht er, um den Schmerz beim Ausziehen des Stiefels erträglich zu machen."

Einen kräftigen Ruck später sah Eva keine Sterne mehr vor den Augen tanzten. Alles war schwarz. Ihr war heiß und kalt gleichzeitig, ihr Knöchel pochte und glühte, sie hielt die Luft an. „Oh, dieser Schmerz!"

„Schon vorbei", tätschelte Esmeralda Evas Oberschenkel. „Schicke Overknees. Die sehen echt klasse aus. Warum ist das Geld nicht weg? Haben die Räuber nichts erbeutet?"

Auf diese Frage hatte Eva vier Tage gewartet und sie hatte diese Szene tausendmal in Gedanken durchgespielt. Wobei sie in ihrer Vorstellung nicht mit wehem Fuß im Sessel sondern von einer hellen Lampe ins Gesicht geleuchtet an einem nackigen Schreibtisch saß und ihr ein grimmiger Bär von Kommissar unfreundliche Fragen zuraunzte. Durch seinen ungepflegten Dreijahresbart war sein Nuscheln kaum zu verstehen, die Reste vom letzten Döner klebten ihm am Kinn und dem speckigen Hemd und sein Bierbauch baumelte über den Bund seiner schäbigen Hose. Stattdessen sah sie sich einer bildhübschen jungen Frau gegenüber. „Es lag eine Million bereit", erklärte Eva, „die habe ich den Tätern in den Rucksack gestopft. Außerdem fünfzigtausend, die der letzte Kunde eingezahlt hat."

Esmeralda kombinierte folgerichtig: „Weil das Geld griffbereit lag, haben die Täter nicht gewartet, bis das Schloss des Tagestresors aufging."

„Da ist eh kaum was drin."

„Wer war der letzte Kunde? Könnte er die Täter gesehen haben?" Hat er, dachte Eva, hat er. Leider. Die beiden trantütigen Vollpfosten-Dilettantenräuber waren zu spät, weil sie sich lieber Spritz ins Hirn pumpten, als sich auf das zu konzentrieren, was wichtig war. Aus irgendeinem rätselhaften Grund hatten die beiden Schnepfen den Plan nicht mal zur Hälfte verinnerlicht. „Hopfi war der letzte." Eva fragte sich, ob irgendwer, der nicht im Dorf wohnte, Hopfi unter dessen Spitznamen kannte. Deshalb fügte sie hinzu: „Silvio Hopfenheimer. Wollen Sie seine Adresse haben?"

„Natürlich." Esmeralda pfriemelte an Evas Strumpf herum und rollte ihn nach unten. „Sie haben wunderschöne Augen und tolle Beine, Sie sind richtig heiß. Ich meine, der Knöchel, der ist richtig heiß. Und geschwollen. Wie lief der Überfall ab?"

In dem Moment kam ein Mann herein, der umwerfend gut aussah in seinem dunklen Anzug und den glänzenden Schuhen. Schwarzes, kurzes Haar, helle Augen, glattrasiert, Hände, die wie frisch manikürt aussahen. Groß, schlank, breite Schultern. Ein Lächeln auf den schmalen Lippen – zum Dahinschmelzen. „Ist sie das?" Tiefe Stimme. Wohliger Klang. Er war die Reinkarnation des Liebesgottes. „Frau Eva Sohnemann?"

Esmeralda lachte laut auf. „Sonnemann! Sie heißt Sonnemann. Eva Sonnemann. Detlev, sind das erste Anzeichen einer Demenz?"

Eva fand seinen Namen alles andere als passend. Eros, das wäre was gewesen, oder Amor oder Giacomo, Don Juan oder Claudio. Detlev? Detlev! Sie schauderte.

„Ich muss mich um so viel kümmern, da fallen Kleinigkeiten unter den Tisch." Detlev ging neben ihr in die Hocke. „Frau Sonnemann, berichten Sie genau, was geschehen ist."

Vorbereitung war alles und Eva brauchte die passenden Worte nur mehr wie ein Handtuch vom Halter zu pflücken: „Die beiden Täter stürmten in die Bank und hielten mir eine Pistole vors Gesicht. Ich habe alles Geld in den Rucksack gestopft. Sie sind raus."

„Hm", machte Detlev, wobei sein Blick auf Esmeraldas Hand ruhte, die pausenlos und sehr sanft Evas Bein streichelte. „Zwei Täter also. Wie sind sie reingekommen?"

„Der Kommissar", erklärte Esmeralda, „will alles ganz genau wissen. Sehr genau." Ihr Lächeln war hübsch. Im Moment hatte sie das braune Haar zu einem Zopf geflochten über den Rücken hängen. Ihre braunen Augen blickten sehr verständnisvoll und bemüht. Kurze Fingernägel, keine Ohrringe. Feines Gesicht, glatte, reine Haut. Anfang dreißig. Eva fand sie hübsch und war schlagartig neidisch auf die durchtrainierte Figur. Beim zweiten Gedanken empfand sie grenzenloses Mitleid. Eine solche Figur kam nicht von ungefähr. Laufen, schwimmen, hüpfen. Dafür musste man sich im Fitnessstudio oder durch die Pampa quälen, musste sich begaffen lassen von Leuten, die selbst den Arsch nicht hochbrachten, musste auf Leckereien an Weihnachten oder Sonntagen verzichten. Einfach so auf der Couch hocken und Krieg der Sterne vom Anfang bis zum Schluss gucken, garniert mit Schokoeis oder Pralinen, war nicht drin. Eva schaute zurück zum Kommissar und erinnerte sich an seine Frage, wie die Täter in die Bank gekommen waren. „Durch die Tür."

Als Detlev sich umschaute, wurde Hopfi von der Polizistin Sarah in die Bank geschoben. „Jaja", lachte er, „meine Zeugenaussage wird euch nichts helfen. Als ich raus bin, waren nur Jette und Amiti in der Bank. Wenn die die Köpfe zusammenstecken und tuscheln, ist das kriminell genug. Bankräuber mit Sturmmasken und Knarren sind mir nicht aufgefallen." Er entdeckte Eva im Sessel. „Na, ist meine Kohle vor dem Raub wenigstens gebucht worden?"

„Moment", hob der Kommissar die Hände. „Ich dachte, Sie wären der letzte Kunde gewesen?"

Alle im Raum anwesenden Leute drehten die Köpfe zu Eva, die tief Luft holte. „Amiti wollte wissen, ob die Unterhaltszahlung eingegangen ist, und Jette hat nach dem Termin für den Kinderspartag gefragt. Kundschaft im engeren Sinne würde ich das nicht nennen."

„Also", kombinierte Detlev, „könnten die beiden was gesehen haben. Kann die jemand für mich finden?"

Hopfi hob den Finger. „Ich habe sie gerade im Dorfladen gesehen." Am besten, fand Eva, sie verlöre augenblicklich das Bewusstsein. Wenn nun ein Polizist losging, womöglich mit einem Hund, würde er nicht nur die ins Gebüsch geworfene Knarre finden, sondern als Dreingabe Jette und Amiti im Dorfladen, mit dem Rucksack in der Hand und laut zankend, wer die Beute verstecken und wer es auf keinen Fall tun sollte. Wobei Amiti Recht hatte: Jette war eine Niete, wenn es um Geheimnisse ging und das hier war ein verdammt großes Geheimnis.

„Kommen wir zurück zu den Tätern." Detlev wandte sich wieder Eva zu. „Betraten sie die Bank nebeneinander oder hintereinander?"

Eva wusste nicht, wie man auf Kommando das Bewusstsein verlor. „Keine Ahnung. Als ich hochschaute, standen die zwei hier am Schalter und..."

„...und hielten Ihnen die Pistole ins Gesicht." Detlev hatte genug vom Hocken. Er stand schwungvoll auf, wobei seine Gelenke nicht knackten (im totalen Gegensatz zu Evas Gelenken, die bei der kleinsten Bewegung sämtliche Töne aller Tonleitern von sich gaben), und setzte sich in den zweiten Sessel. „Eine Pistole oder einen Revolver? Wissen Sie den Unterschied?"

Wenn die Knarre nicht unten im Rucksack gelegen hätte, wäre Eva jetzt nicht dumm dagestanden. „Schwarz oder anthrazit", improvisierte sie, schließlich waren alle Knarren irgendwie dunkel. Sie versuchte sich an ihre eigene Faschingszeit zu erinnern, als sie selbst als Cowboy verkleidet auf Klonkrieger und Prinzessinnen geschossen hatte. „So lang." Sie hob die Hände etwa zwanzig Zentimeter auseinander.

Der Kommissar war auf alles vorbereitet. Er zog aus seiner Sakkotasche ein Maßband und maß nach. „Zweiundzwanzig Zentimeter. Ordentliches Kaliber."

„Ungefähr." Eva schaute ihn mit großen Augen an. „Vielleicht schätze ich die Waffe größer. Sie hat mir große Angst gemacht."

„Kommt Ihnen alles größer vor, wenn es Ihnen Angst macht?"

„Spinnen auf jeden Fall." Sie wollte nicht als feige Henne dastehen und räusperte sich laut. „Jedenfalls hatte die Waffe am Lauf vorne so ein Dreieck und oberhalb des Abzugs eine Trommel für Patronen."

„Ein Revolver also", stellte Detlev fest. „Den hielt einer der Täter Ihnen vors Gesicht?"

Evas Hand schoss vor und stoppte nur knapp vor Detlevs Nase. „Sooo dicht."

„Was haben Sie getan?"

Eva ließ die Hand langsam sinken. „Ich wollte Ihnen deutlich machen, wie verdammt nahe ich die Waffe im Gesicht hatte."

„Nicht Ihre Geste", sagte der Kommissar. „Was Sie den Räubern gegenüber getan haben?"

Eva ließ den Kopf hängen. Heute war eindeutig nicht ihr Tag. Sie blinzelte zu ihrem Fuß und fand ihre Lage tatsächlich schlimmer als vor einem Atemzug. Dick und rund und aufgedunsen waren ihre Zehen und der abgesplitterte Nagellack ein katastrophaler Anblick. Sie hätte die Nägel anständig lackieren sollen, anstatt den Geldgewinnungsplan immer wieder mit einer großen Portion Schokopudding zu besprechen. „Ich habe ihnen das Geld gegeben."

„Welches Geld?"

„Bestelltes Geld", mischte sich Esmeralda ein und tätschelte weiterhin Evas Bein, was Eva schrecklich fand. Sie hatte vorgestern Schienbeine und Waden rasiert und jetzt spürte sie bei jeder Berührung die Stoppeln gegen Esmeraldas glatte Haut pieken. Die Polizistin gab nicht zu erkennen, ob sie es bemerkte. „Für wen war es bestellt? Eva?"

„Für einen Scheich." Eva schaute zwischen Detlev und Esmeralda hin und her. „Er war am Montag gleich nach Schalteröffnung da und wollte Dollar in Euro tauschen."

„Hat das am Montag nicht geklappt?", wollte Detlev wissen. „Warum nicht? Tauschen Sie keine Devisen?"

„Weil", schaute Eva ihn an, „er ziemlich viele Euros wollte. Eine Million. Ich sagte ihm, die müsste ich bestellen. Donnerstag wäre die Kohle da."

Detlev legte seine wunderschöne hohe Stirn in Falten. „Gibt es deutsche Scheiche?"

„Wir haben Englisch gesprochen", fauchte Eva leicht böse, „ohne den Slang. Ich weiß nicht, ob er wirklich ein Scheich ist. Er sah halt so aus. Bodenlanges, weißes Gewand, dieses schwarze Kränzerl am Kopf, schwarzer Bart, Sonnenbrille. Na, wie man sie eben aus dem Fernsehen kennt." Sie schaute am Kommissar vorbei zu Hopfi, der mit den Daumen in den Hosentaschen auf den Fersen wippte. „Übrigens ist dein Zaster vor dem Raub gebucht worden."

„Puh", wischte Hopfi sich über die Stirn, „was für ein Glück. Das spart mir nervige Diskussionen mit sämtlichen Versicherungen." Er klatschte in die Hände. „Leute, wie sieht es aus? Muss ich bleiben oder darf ich mir im Dorfladen eine Tofusemmel holen? Wäre schade, wenn sie mangels Nachfrage die vegetarischen Gerichte wieder abschaffen."

Detlev war einverstanden. „Geben Sie der Kollegin draußen Ihre Personalien, die Handynummer und eine kurze Aussage. Wenn ich mehr wissen will, melde ich mich." Er drehte sich zu Eva zurück. „Scheint, als hätten die Täter von dem Geld gewusst. Könnten sie am Montag von der Bestellung Wind bekommen haben?"

„Am Montag", sprach Hopfi von hinten, „sind mir am Bushäuserl zwei Typen aufgefallen. Die haben gekifft."

„Wie bitte?" Geschmeidig wie ein Tänzer drehte sich Detlev zu ihm um. „Das sagen Sie erst jetzt?"

„Na hören Sie mal", lächelte Hopfi, „ist keine Ewigkeit her, seit ich selbst dort saß, den Vormittag mit Kumpels vertrödelte und wir uns Joints reingepfiffen haben. Gut, wir haben wenigstens versucht, sie als Zigaretten zu tarnen, obwohl der Geruch eindeutig ist und alle wussten, womit der Mühlenbacher..."

„Ich", unterbrach ihn der Kommissar, „will nicht wissen, wer hier im Dorf das beste Gras anbaut. Wie sahen die zwei Verdächtigen aus?"

Hopfi rieb sich über seinen kahlen Schädel, während er nachdachte. „Der eine war völlig dunkel angezogen und zappelte eher sportlich auf seinen vier Buchstaben herum. Der andere hatte eine farbenfrohe Jacke an. Beide waren eher schmächtige Kerlchen."

Eva spürte, wie sich eine eiskalte Hand um ihren Hals legte. Das war die perfekte Beschreibung für Jette und Amiti. Jeder auf der ganzen Welt würde sie sofort erkennen. Es war aus und vorbei.

Der Kommissar brummte. „Dunkel angezogen und schmächtig? Die halbe Welt sieht so aus."

„Ich bitte Sie", unterbrach Hopfi die Behandlung seiner Glatze, „am Montag hatte es saukalten Schneeregen. Ich wollte so schnell wie möglich heim zu meiner Oma und habe nicht weiter auf zwei Kiffer geachtet."

„Danke." Detlev hatte ein Smartphone gezückt und sich Notizen gemacht. Er tippte auf dem Bildschirm herum und wischte. „Halten Sie sich bitte zu unserer Verfügung. Das heißt, wenn eine fremde Nummer bei Ihnen am Telefon aufleuchtet, gehen Sie bitte ran, und warten Sie nicht auf die eins-eins-null im Display. Die Polizei ruft nicht von dieser

Nummer aus an."

Hopfi lachte. „Gibt's Idioten, die so was denken?"

„Siehst du", stieß Esmeralda dem Kommissar den Ellbogen zwischen die Rippen, „wir hätten nicht extra bei dir anrufen brauchen, um dir das Gegenteil zu beweisen."

„Du bräuchtest es mir nicht jedes Mal wieder aufs Brot schmieren."

„Du hast damit angefangen."

„Weil ich..." Detlev wischte mit seinem Smartphone das Thema zur Seite. „Lassen wir das. Also, Herr Hopfenheimer, Sie dürfen gehen, und Frau Sonnemann, Sie erzählen mir, wie die Täter das Geld weggeschafft haben."

„Ich hab ihnen einen Scheck ausgestellt." Einen Moment später schmunzelte Eva. „Seien Sie mir nicht böse, was ist das für eine Frage? Natürlich packte ich Bargeld in den Rucksack."

„Keine Tasche?"

Mit seinen vielen Notizen begann er Eva nervös zu machen. „Es war definitiv ein Rucksack."

„Wie sah der aus?"

Tja, wie? Eva versuchte sich zu erinnern und gleichzeitig grübelte sie, ob es klug war den Rucksack genau zu beschreiben. Sollte sie lügen? Einen anderen Rucksack erfinden? Völlig falsche Farben nennen, damit die Polizei nach einem dunkelblauen Rucksack mit silbernen Streifen suchte? Wenn sie behauptete, es sei ein grellgrüner Rucksack mit Totenkopfsymbol gewesen, würde man ihr das eh nicht glauben. Sie glaubte ja selbst nicht, welches Zeug Jette für einen Raubüberfall benutzte, nur weil Amitis große und praktische Tasche anderweitig in Gebrauch war. Der Kindergartenrucksack ihres Sprösslings, der selbst für ein Kind im Kindergarten zu kindisch war – als Gangsterin fiel Jette absolut durch.

„Grellgrün mit einem schwarzen Totenkopf drauf." Eva wetzte auf ihrem Hintern umher. Der Sessel war überaus unbequem. „Ist kaum zugegangen."

Detlev schlug die Beine übereinander. Sein Hosensaum rutschte hoch und trotzdem war kein Stückchen nackte Haut zu sehen. Dieser Mann hatte Stil und Socken mit langem Schaft. Erneut schauderte Eva. Der Schaft...

„Frau Sonnemann", beugte Detlev sich nach vorn, „wollen Sie mich verarschen?"

„Wieso?"

Er tippte sich an die Schläfe. „Welcher Gangster nimmt einen grellgrünen Rucksack mit Totenkopfsymbol, um viel Geld zu verbergen? Da könnte er gleich lauthals schreien: Alle Mann aufgepasst, ich bin ein gesuchter Bankräuber." Er legte eine Hand auf den Tisch. „Wie hat der Rucksack ausgesehen?"

„Die Beschreibung hat sich nicht geändert." Eva verschränkte die Arme. Wenn er so böse guckte, war es mit dem wohligen Schauer sofort vorbei, Schaft hin oder her.

„Sie lügen."

Eva machte eine ausladende Geste mit den Armen und erwischte ihn dabei fast am Ohr. „Glauben Sie halt, der Rucksack sei silberblau gewesen. Oder es war ein roter Koffer. Eine schwarze Reisetasche. Ist mir egal, wonach Sie suchen wollen."

„Das schreibe ich alles auf", griff der Kommissar zu seinem Smartphone. „Falsche Angaben, Frau Sonnemann, werfen kein gutes Licht auf Sie."

Eva schnaubte. „Soll ich Ihnen jedes Wort diktieren? Der Rucksack ist grellgrün mit einem schwarzen lächelnden Totenkopf oben auf der Klappe."

Mit rollenden Augen und geschürzten Lippen schrieb Detlev alles auf. Schließlich setzte er den Stift, mit dem er in sein Smartphone schrieb, ab. „Zwei Wochen habe ich jeden Tag drei Stunden mit dem Drecksding geübt, aber es kann meine Handschrift ums Verrecken nicht richtig lesen und in gedruckte Schrift übersetzen. Dieses dämliche Programm ist so was von für den Arsch. Es hat aus *hellgrün mit Totenkopf* einen *Kalkrand am Tortenkopf* gemacht." Er wischte und tippte einige Zeit. „Wann haben Sie Alarm ausgelöst?"

„Eine Million ist ziemlich schwer. Ich musste den Rucksack mit einer Hand unten stützen, dabei drückte ich den Knopf. Die Täter sind geflohen." In dem Moment berührte Esmeralda den Knöchel und ein heißer Schmerz durchzischte Eva und brachte ihr Gedächtnis in Schwung. Sie holte scharf Luft. „Ich wollte den beiden mit dem Besen hinterher und sie von hinten k.o. hauen. Ich holte weit aus und sprang mehr oder weniger leichtfüßig über den Schalter. Dabei fetzte ich mit dem Besen die Kamera runter. Bei der Landung ist mein Knöchel eingeknickt."

Detlev trat zu den Scherben und dem, was von der Kamera übrig war. „Unsere Spezialisten werden alles prüfen. Vielleicht ist vom Film was zu…" Er bückte sich und fischte aus den Scherben eine kleine Portion

Bandsalat. „Meine Güte, das ist wirklich ein Film. Ein echter Film. Mit den altbekannten Problemen: Überbelichtet, unbrauchbar, völlig für die Katz." Er zeigte auf die andere Kamera, die hinter dem Schalter war. „Die Bilder dieser Kamera könnten helfen, ebenso die Bilder der Überwachungskamera von gegenüber. Jemand soll mir die Bilder besorgen, außerdem brauche ich eine möglichst genaue Beschreibung der Täter."

Kein Problem für Eva. Sie hatte im Internet gesurft und sich Fotos von Männern angeschaut, die wahrscheinlich Banken in Norddeutschland überfallen hatten. Wenn man denen zusätzlich etwas in die Schuhe schob, fiel das nicht weiter auf. Außerdem wurden ihre zwei Favoriten hier in Bayern vermutet, im Voralpenland. Wohl deswegen gab es mehr Fahrzeug- und Personenkontrollen in der letzten Zeit. Sogar Eva war in den letzten beiden Wochen dreimal angehalten und worden. An derselben Stelle, vom selben Beamten, ohne Wiedererkennungswert seinerseits.

Bevor Eva ihre Personenbeschreibungen runterrattern konnte, kamen weitere Leute in die kleine Bankfiliale. Es war eh schon eng, nun war es überfüllt. Einer war ein Sanitäter, der sich um Evas Knöchel kümmerte. Er stellte seinen Koffer ab und packte seine Gerätschaften aus. Der andere Mann war Evas Chef Friedrich Sorglich, mit dem sie gewöhnlich in der Filiale arbeitete. Er brachte Weinherr, den Vorstand, gleich mit, als hätte die beiden jemand informiert.

„Was ist hier los?", fragte der Chef. „Eva!"

Offenbar war sie falsch gelegen. Niemand hatte die beiden informiert und Weinherr war nur zufällig dabei. Wahrscheinlich wollte der Schleimscheißer nach dem abgelehnten Kredit und der Enttäuschung, die Eva nicht hatte verbergen können, auf gut Wetter machen.

„Ich bin ausgeraubt worden." Eva hatte ein Zittern in der Stimme, als stünde sie unter Schock, dabei fiel es ihr nur schwer, ihren Chef anzulügen. Mit Friedrich war sie immer gut ausgekommen, wohingegen der Vorstand...

„Ausgeraubt!", stieß Weinherr aus. „So eine gottverfickte Scheiße! Warum sagen Sie nicht Bescheid!"

„Bevor oder nachdem ich das Geld mitgegeben habe?"

„Das Geld! Oh, mein Gott!" Sorglich stützte sich an einer Wand ab.

„War der Scheich vor dem Räuber da?"

„Welcher Scheich?", wollte Weinherr wissen.

„Der Scheich", legte Eva den Kopf auf den angewinkelten Ellbogen,

„hat mich versetzt. Wissen Sie, Herr Weinherr, reiche und mächtige Männer kümmern sich nicht gern um meine Belange." Wie er mit den Zähnen knirschte und nach einer guten Antwort suchte – diesen Gesichtsausdruck genoss Eva zutiefst. „Mein Gott!" Sorglich warf die Arme in die Höhe. „Mein Gott, o mein Gott! Das Geld, o das Geld!" Er ließ die Arme fallen. „Was ist mit dem Geld?"

„Futsch."

„Das ganze Geld? O mein Gott!"

„Der Tagestresor ist nicht."

„O Gott sei Dank!" Nach einem aufgeblitzten Lächeln knallte Sorglich seine flache Hand gegen den Türstock. „Scheiße! Andersrum wäre besser."

„Zum Donnerwetter!" Weinherr stemmte die Hände in die Hüften. „Von welchem Geld und von welchem Scheich reden Sie beide?"

Sorglich seufzte. Eva seufzte. Der Kommissar seufzte nicht. Mit einem flotten Winken seiner Hand scheuchte er einen Kollegen weg, der sich gerade auf den freien Stuhl neben Esmeralda gesetzt hatte, um Fotos aus einer anderen Perspektive zu kriegen. Detlev, der Mann mit den schönsten Lippen weltweit und dem grässlichsten Vornamen, setzte sich. Esmeralda streichelte Evas Bein. „Es war eine Million für einen Scheich vorbereitet, der heute Dollar in Euro tauschen wollte. Wie Eva mir darlegte, ist der Scheich..."

Jetzt, wo die Worte in sein Gehirn gefunden und er ihren Sinn kapiert hatte, verlor Weinherrs Gesicht alle Farbe. Schneller als Wasser aus dem Spülbecken floss, wenn man den Stöpsel zog. „Eine Million?" Er schluckte. Er holte tief Luft und brüllte: „Eine Million!" Auf dem Absatz fuhr er zu Sorglich herum. „Ja, sind Sie von allen guten Geistern verlassen! Eine Million! Eine ganze verdammte, beschissene, verfickte Million!"

Sorglich begann an seinem Krawattenknoten zu ziehen, was er gewöhnlich nur tat, wenn er mit seiner Frau telefonierte und sie ihm befahl, bevor er nach Hause käme, unbedingt den neuen Kräuter-Tofu zum Grillen zu besorgen und am besten das vegane, gluten- und lactosefreie Hummus und ja nicht schon wieder das Baguette vom Supermarkt mitzubringen, sondern gefälligst das von der Bio-Bäckerei, wo der Bio-Bäcker sein Mehl von einem Müller hat, dessen Produkte allesamt Bio sind und der auf jeden Fall den Mädchennamen der Großmutter des Bauern kennt, der das Getreide angebaut und als

Dünger fürs Feld allerhöchstens einmal an den Grenzbusch gepinkelt hat.

Bevor er sich mit seiner Krawatte strangulierte, rettete ihn Eva: „Was meinen Sie, was ich von dem Scheich wissen wollte, als er am Montag da war?" Sie tippte sich gegen die Stirn. „Die Wechselgebühr von einem Promille wäre ein Vermögen gewesen; war ihm schnurzpiepstrunzegal."

„Betriebswirtschaftlich", raufte Weinherr sich die Haare, „ist das trotz der enormen Gebühr völlig hirnrissig."

„Tja", sank Eva tiefer in den Stuhl, „für betriebswirtschaftliche Leistungen werde ich nicht bezahlt."

„Frau Sonnemann", setzte Weinherr sein Siegerlächeln auf, eben jenes Lächeln, mit dem er vor zehn Tagen Evas Kreditantrag abgeschmettert hatte. „Frau Sonnemann, Sie wissen, wie sehr ich Ihre Qualifikation zu schätzen weiß. Mir hat das überaus große Engagement, das Sie für diese Filiale und Ihre Kunden erbringen, immer sehr gefallen. Niemals wäre ich auf den Gedanken gekommen, Sie würden einem Räuber einfach so Geld mitgeben."

„Ganz so einfach war es nicht", wehrte Eva ab. „Eine Million wiegt einige Kilo; wahrscheinlich ist mir im Rücken was verrissen. Außerdem war die Waffe, die ich im Gesicht hatte, nicht an betriebswirtschaftlichen Diskussionen interessiert. Mir ist mein Leben eine Million wert, besonders, wenn es nicht meine Million ist."

„Eine Million", knurrte Weinherr durch gefletschte Zähne, „eine ganze verdammte beschissene Million."

„Und", hob Eva den Zeigefinger, „fünfzigtausend dazu. Die hat Hopfi eingezahlt, ehe die Räuber kamen, und ich hatte keine Gelegenheit, das Geld wegzuschließen."

„Keine Gelegenheit? Sie hatten keine Gelegenheit sich zu bücken und das Geld in den Schlitz des Tagestresors zu werfen?"

„Ja, wie denn?" Die Wut, mit der Eva Weinherr jetzt anfunkelte, war absolut echt. „Es war Ihre Idee, die Filiale am Donnerstagvormittag nur mit mir zu besetzen, und es war auch Ihre Idee, eingezahltes Geld vor der Kontrollzählung auf den Tresor zu legen anstatt hinein. Ich hoffe, Sie haben mehr Geld gespart als die Million, die jetzt weg ist."

„Und fünfzigtausend obendrein", fügte Sorglich hinzu. Er rieb seine gerötete Knubbelnase. „Mir war nie wohl dabei, Eva stundenlang allein zu lassen, das wissen Sie."

„Schluss mit diesem Thema!", stampfte Weinherr mit dem Fuß auf.

Sofort hatte er sich wieder unter Kontrolle und tat, als hätte er ein Insekt unterm Absatz zermatscht. Er rieb seine Schuhsohle am Teppich. „Bei der unglaublichen Kompetenz unserer Polizei ist das Geld schnell gefunden und die Täter rücken ein. Die Versicherungssumme bleibt niedrig, die Personalkosten auch. Wenn es lang gesuchte Bankräuber sind, können wir Kopfgeld einstreichen." Der Kommissar hatte die ganze Zeit über die Ohren gespitzt, als trüge er riesige Satellitenempfangsanlagen rechts und links vom Kopf. „Darf ich weiterarbeiten? Mir fehlt die genaue Personenbeschreibung von Frau Sonnemann."

Eva schrak zusammen. „Ich bin fast eins sechzig groß, schwarze Haare, blaue Augen, Schuhgröße neununddreißig und ich wiege... Muss ich das sagen?"

Detlev hatte kein Wort mitgeschrieben und schmunzelte. „Frau Sonnemann, die Täter, nicht Sie."

Erneut zuckte Eva. Alle konnten es sehen und der Sanitäter, der mit ihrem Knöchel zugange war, meinte: „Sorry, ich bin abgerutscht. Nun sitzt der Verband, die Salbe hilft gegen die Schwellung und wenn Sie ein paar Tage Ruhe geben, sind Sie bald wieder auf den Beinen. Ich gebe Ihnen eine Spritze gegen die Schmerzen."

„Danke." Eva versank in der Betrachtung des Kommissars. Er sah unverschämt gut aus und er ließ sich von einem Vorstand oder Filialleiter nicht die Butter vom Brot nehmen. Ein toller Mann. Selbstbewusst. Schön. Stark. Mit tadellosen Manieren. Eva wollte ihn nicht wie eine Kuh anglotzen, doch sie fürchtete, exakt diesen Gesichtsausdruck zu präsentieren. „Zwei Täter", sprudelte sie hervor, „beide um die eins fünfundsiebzig und schlank. Beide mit schwarzen Strickmasken über dem Kopf. Beide schwarz angezogen."

„Schwarz?", fragte Detlev. „Sind Sie sicher?"

„Leider nicht."

„Was heißt das?" Wenn er nicht so verdammt gut ausgesehen hätte, wäre das langsam echt nervig geworden. Er beugte sich nach vorn, stützte die Ellbogen auf seine Knie und schob sein Smartphone in die Tischmitte. „Können Sie sich erinnern oder glauben Sie nur sich zu erinnern?"

„Erinnern?" Eva rutschte auf ihrem Hintern hin und her. Der hochgelegte Fuß war ihr eingeschlafen und außerdem musste sie dringend aufs Klo. Vor Nervosität hatte sie den ganzen Morgen über unzählige Kaffees getrunken und die wollten raus. Sie warf einen Blick auf die Uhr. Halb elf. „Wenn man Ihnen eine Knarre vor die Nase gehalten hätte, woran würden Sie sich erinnern?"

Detlev überlegte nicht mal kurz. „An jedes Detail."

„Detail." Eva setzte sich aufrecht und kniff den Hintern zusammen. „Der eine Täter, der mit der Knarre, da bin ich sicher, der hatte dunkelbraune Augen und einen dunklen Fleck direkt hier an der Nase." Sie tippte sich ins Gesicht, rechte Seite des Rückens. Dem Internet sei Dank. „Die Klamotten?" Sie dachte an die Million, die Amiti hoffentlich sicher verwahrt hielt. „Meine Aufmerksamkeit war eher auf den pechschwarzen Lauf des Revolvers gerichtet, wenn Sie verstehen."

„Mhm", machte der Kommissar und runzelte die Stirn. „Sie haben den dunklen Fleck durch die Strickmaske hindurch gesehen?"

„Weil", schnell hielt Eva sich die Hände wie eine Taucherbrille um Augen, „die Augenpartie frei lag und dieses große gestrickte Loch in der Maske fast über die ganze Nase reichte. Vielleicht ein Hautproblem."

„Aha."

Esmeralda rieb Evas Schenkel. „Tut es arg weh?"

„Liebe Kollegin", drehte ihr der Kommissar den Kopf zu, „das spielt jetzt keine Rolle."

„Menschen mit Schmerzen", hob Esmeralda die Nase in die Höhe, „haben keine besonders gute Erinnerung. Wir sollten der Hauptzeugin eine Pause gönnen." Sie wandte sich an Eva. „Kann ich Ihnen was Gutes tun? Hätten Sie gern einen Kaffee?"

„Um Gottes Willen!" Eva stemmte sich vom Sitz hoch und versuchte vorsichtig ihren Knöchel zu belasten. „Meine Nerven sind schon im Arsch." Im nächsten Moment holte sie heftig zischend tief Luft, so weh tat es, als sie nur einen Bruchteil ihres Gewichts auf den Knöchel brachte. „Autsch!"

„Kommen Sie", fasste Esmeralda sie unter. „Ich helfe Ihnen. Wohin möchten Sie?"

Eva hätte sich diese Peinlichkeit lieber erspart, doch sie konnte nicht selbst gehen, nicht auftreten, keinen eigenen Schritt tun. Sie kapitulierte. „Aufs Klo."

Kapitel 4
Pulsbeschleunigung

Die Zwischentür taugte nichts und die zweite Tür draußen diente nur dekorativen Zwecken. Allerhöchstens waren sie beide mit Pappe verkleidete Spanplatten und fingen kein Geräusch ab, das sich den Weg in den Kundenraum bahnte. Wenn sie allein in der Filiale war, kümmerte sie das nicht, da ließ sie es unbekümmert strullern, während auf dem Schalter das Schild verhieß: Kurze Pause. Ein Scherzkeks hatte in einer gebogenen Klammer ein „Pinkel" vor die Pause gesetzt und dahinter ein Männchen auf dem Lokus gemalt.

Jetzt, wo der Schalterraum voller Leute war, rutschte Eva auf der Klobrille herum und suchte nach der Position, wo es nicht plätscherte, allerhöchstens pullerte. Mit durchgedrücktem Becken und aufrechtem Rücken schaffte sie es tatsächlich, den vorderen Rand der Schüssel zu erwischen ohne zwischen Schüssel und Brille hindurch zu pinkeln. Völlig lautlos befreite sich ihre Blase von dem ganzen Kaffee. Der Darm hatte vom Schweigegelübde leider nichts mitbekommen. Eva kniff die Augen zusammen und versuchte krampfhaft, die Unterleibsmuskeln vorn und hinten zu völlig verschiedenen Tätigkeiten zu kriegen. Vorn locker lassen, hinten anspannen. Sie fühlte sich, als wäre sie ein Auto und der Fahrer wollte mit den vorderen Reifen fahren und die hinteren in der Garage lassen.

„Alles in Ordnung?" Esmeralda klopfte leicht an die Tür. „Sie sind schon ziemlich lange da drin?"

Die Antwort kam als langer, lauter Furz und um den zu übertönen, drückte Eva schnell die Spülung. Wasser rauschte. Sie hätte ein Vermögen für ein japanisches Klo gegeben, das auf Knopfdruck Musik spielte, spülte oder sang.

Schnell stand Eva auf und prompt schmetterte ein heftiger Schmerz ihren verletzten Knöcheln zurück ins Zentrum ihrer Aufmerksamkeit. Eva riss den Fuß vom Boden, um das Gewicht vom Knöchel zu nehmen, und ging gleichzeitig in die Knie, um sich auf der Klobrille abzustützen. Sie rutschte ab und landete mit der Hand im Klo. „So eine verdammte Scheiße!"

„Ist was passiert?", klopfte Esmeralda heftiger als zuvor. „Brauchen Sie Hilfe?"

„Nein!" Eva rappelte sich hoch. Zum Glück schien das Wasser in der Schüssel nur deshalb gelb, weil die Keramik aus den Siebzigern stammte und die Lieblingsfarbe aller Leute damals ein ins Ocker rutschendes Gelb war. Jedenfalls hoffte dies der Teil von Evas Gehirn, der den Neubau vor nicht mal zehn Jahren verdrängt hatte. Sie wickelte rasend schnell viel Klopapier ab und wischte sich die Hand trocken. Das Papier ließ sie in die Schüssel fallen und damit sie sich beim nächsten Toilettengang nicht vor sich selbst grauste oder an diese unselige Episode erinnert wurde, spülte sie erneut. Irgendwie flutschte der Klopapierknödel quer, verstopfte den Abfluss und der Wasserspiegel in der Schüssel stieg höher. Eva kniff die Augen zusammen, als einen Finger breit unterm Rand das Wasser aufhörte zu steigen. „Das darf nicht wahr sein", rieb sie sich die Stirn, um gleich darauf einen unterdrückten Schrei zu schlucken und ihre Hand entsetzt anzustarren.

„Was denn?", hörte sie Esmeralda von der anderen Seite der Tür. Eva öffnete die Zwischentür und hüpfte auf einem Bein hinaus. Sie balancierte ihre Gestalt vor dem Waschbecken in eine stabile Position, drehte den Hahn auf und drückte den Seifenspender. „Heute", erzählte sie dem Spiegel, wo durch Esmeraldas mitfühlend lächelndes Gesicht ein dicker Sprung verlief, „heute ist nicht mein Tag." Sie drückte den Seifenspender mehrmals hintereinander und fing die zwei winzigen Schaumbläschen auf, die hervortropften. „Tausendmal habe ich die Putzfrau gebeten, mir neue Seife reinzutun. Verdammte Spar-Nachfüllpackungen und dämliche Sparspültaste."

„Spül-spar-taste." Esmeralda betonte jede Silbe. „Meine Eltern haben einen Sanitärbetrieb, deshalb weiß ich das." Sie verließ die Toilette mit dem leeren Seifenspender und Eva konnte sehen, wie sie gegenüber in der Männertoilette den leeren Seifenspender hinstellte und den vollen mitbrachte. „Glauben Sie mir, Männer waschen sich nur die Hände mit Seife, wenn sie schwul sind oder beobachtet werden. Gucken Sie mal, wann Ihr Chef meckert. Unserer im Präsidium hat vier Monate gebraucht. Wir Frauen haben Wetten darauf abgeschlossen und die Gewinnerin hat uns alle in den neuen Space-Film eingeladen."

Eva drückte den Seifenspender und schnupperte an der Seife. „Meeresduft? Warum hat er Meeresduft und ich bloß Schmierseife?" Esmeralda schnupperte. „Mhm", machte sie, „riecht überhaupt nicht nach Meer. Weder nach altem Fisch noch Seetang, der in der Sonne schrumpelt, nicht nach modernen Booten, an denen Muscheln gammeln, nicht nach Salz, das einem in den Augen beißt und nicht nach verschwitzten, in Sonnencreme getunkten Urlaubern. Sie waren mal am Meer, oder?"

„Ich liebe es", kam Eva ins Träumen. „Ich kann tagelang am Strand unter einem Schirm liegen, lesen und mich überhaupt nicht rühren." Sie bekam angesichts ihres sportlich aussehenden Gegenübers sofort ein schlechtes Gewissen. „Ich bin eine richtig faule Socke. Die einzige sportliche Aktivität besteht darin, zum Essen zu gehen und dem Animateur davon zu laufen."

„Eine lästige Landplage." Esmeralda lehnte sich lässig mit der Schulter gegen die geflieste Wand. „Für das, was die als Sport anpreisen, würde ich meine Pumps nicht ausziehen."

Eva wusch den Schaum von den Händen und spülte sich mit viel Wasser das Gesicht, ehe sie sich von Esmeralda zurück in die Schalterhalle helfen ließ. Dort waren eine Menge Leute mit der Sicherung von Spuren beschäftigt. Eine Frau hatte die Kamera oberhalb des Schalters auseinander genommen und stritt mit Herrn Weinherr. „Die Kamera", fuchtelte Weinherr mit weit gestrecktem Arm, „wird in vorgeschriebenen Abständen von der Sicherheitsfirma gewartet. Wenn kein Film drin ist, hat die Firma Mist gebaut."

„Ich habe bei der Firma nachgefragt." Die Frau im weißen Ganzkörperanzug hatte dezente Ähnlichkeit mit einem Alien. Nicht nur wegen des Anzugs, auch wegen ihrer extrem kurzen lila gefärbten Haare und der riesengroßen stark geschminkten Augen. „Der Filmwechsel wurde im Vier-Augen-Prinzip durchgeführt, dokumentiert und von Ihnen abgezeichnet."

„Ich zeichne alles ab, was man mir vorlegt."

„Ohne es zu lesen?"

Weinherr ließ seinen Blick zur Decke schweifen. „Ich bin zu wichtig, um jeden Müll zu lesen."

„Das hätten Sie mal besser", mahnte die Frau. „Diese Sache wird für Sie nicht gut ausgehen."

„Sie sind ja wohl die letzte Person, die mir ungefragt Belehrungen zusteckt." Weinherr schickte sie mit einem Wink weg. „Ich will Ihren Chef sprechen."

„Ich bin hier die Chefin." Schlagartig wurde es einige Grad kühler im Raum. „Schönen Gruß vom einundzwanzigsten Jahrhundert. Wenn Ihre Versicherung Einsicht in die Akten will, kann sie mich jederzeit anrufen. Es wird mir eine Freude sein." Sie pappte einen dicken roten Aufkleber, der nichts Gutes verhieß, auf die Tüte mit der Kamera.

„Eine sehr große Freude wird es mir sein."
Weinherr setzte zu einem Konter an, öffnete den Mund, entdeckte Eva, setzte sein Siegerlächeln auf und kam zu ihr. „Dumme Ziege", hörte sie ihn murmeln und dem Seitenblick nach hatte die Chefin ihn gehört. „Frau Sonnemann", flötete Weinherr, „wie geht es Ihnen? Ihrem Knöchel? Fürchterliche Sache, fürchterlich. Selbstverständlich haben Sie den Rest der Woche frei."
„Eineinhalb Tage", zog Esmeralda eine Schnute, „holla die Waldfee." Weinherrs Miene versteinerte. „Und nächste Woche." Er schien den richtigen Knopf für seinen sozialen Umgang gefunden zu haben und zog die Mundwinkel weit nach oben. „Die ganze nächste Woche bleiben Sie daheim. Erholen Sie sich von dem Schrecken und kommen Sie wieder auf die Beine. Im wahrsten Sinne des Wortes."
Eva humpelte zum Sessel. „Danke, das ist..." Sie verschluckte sich an ihrer eigenen Spucke, als sie Jette und Amiti entdeckte. Jette fuchtelte wie wild mit den Händen, Amiti hielt die Arme verschränkt und machte ein Gesicht, als würde ein obskurer Geheimdienst und nicht der Kommissar sie befragen. Von dem Rucksack war nichts zu sehen, allerdings auch nichts von Amitis bunter Jacke. Bei herbstlichem Nebelwetter und Graupel stampfte die klapperdürre Amiti in einem Hauch von Sweatshirt durch die Welt. Ging es dümmer?
„Herr im Himmel!", polterte Amiti laut los, „ja, ich gebe es zu! Damit die arme Seele ihren Frieden hat!" Der Kommissar und alle anderen im Raum spitzten die Ohren, was Amiti in ihrer Wut nicht bemerkte. Ihre Wangen glühten. „Im Weltall findet man mehr Partikel als Cents auf meinem Konto. Ich besitze keine warme Übergangsjacke und nur eine total abgetragene, zerfledderte Winterjacke. Im Moment überwiegt Scham vor Kälte, deshalb trage ich lieber keine Jacke als diese eine. So, jetzt wissen es alle, die es interessiert: Ich bin pleite! Zufrieden? Wenn jemand denkt, er könnte diese Sensation im Dorfladen verteilen, soll er sich nicht zu sehr damit brüsten. Die wissen längst, wie tief der Pleitegeier über meinem Haupt kreist, ich muss mich immer von Eva auf einen Kaffee einladen lassen."
„Also", räusperte sich der Kommissar, „ich wäre mit einer weniger lauten Erklärung zufrieden gewesen." Er zeigte auf Eva. „Frau Sonnemann, das sind die beiden Damen, die die Bank verlassen haben, kurz bevor die Räuber kamen?"
„Ja."
„Eine der beiden", zeigte er auf Amiti, „meinte, ihr sei unten an der

Straße ein Mann aufgefallen, der eine bunte Jacke trug. Patchworkmuster in Neonfarben. Quietschbunt."

„Bei allen Heiligen!", stieß Eva aus. „Würde ich nie anziehen. Für meine Figur sind schrille Farben der modische Tod."

„Schmarrn." Esmeralda strich über Evas Rock. „Ein richtig heftiges Pink würde Ihnen stehen. Als Rollkragenpulli oder Stulpen."

„Stulpen? Mit meinen Tretern kann ich keine Stulpen tragen. Meine Waden sind dicker als anderer Leute Oberschenkel."

„Natürlich können Sie." Esmeralda ließ ihren Blick über Evas Gestalt gleiten. „Zu einem dunklen Rock und einer dunklen Strumpfhose. Würde klasse aussehen." Sie stupste Eva leicht in die Seite. „Meine Schwester Konsti hat ein Modegeschäft. Wollen wir mal ein bisschen anprobieren gehen?"

Mit großen Augen erinnerte sich Eva an die Frau, die ihr in der Latte-Macchiato-Schlange eine Visitenkarte zugesteckt hatte. „Hier ist Mode groß angesagt", flüsterte sie, „Konstantina Lafayette, du liebe Güte."

„Hey", freute sich Esmeralda, „da hätte meine Schwester Rabatt geben können, immerhin kennen wir uns."

Der Kommissar räusperte sich. „Ich wollte keine Diskussion über Mode vom Zaun brechen, sondern wissen, ob einer der Täter eine bunte Jacke getragen hat. Allerdings..." Er kratzte sich an der schönsten Nase, die Gott einem Mann je verpasst hatte. „Wenn Sie dermaßen gegen bunte Farben sind, hätten Sie sich diese Jacke gewiss eingeprägt."

„Sie ist nicht gegen bunte Farben", verschränkte Esmeralda die Arme. „Sie hat bisher nicht die richtigen probiert."

Detlev rollte die Augen und nippte an dem Kaffee, den ihm ein uniformierter Polizist in die Hand gedrückt hatte. „Mm", machte er, „lecker. Wo ist der her?"

„Dorfladen", zeigte der Polizist Richtung Tresor. Dahinter war die Außenwand des Gebäudes, es folgte ein Parkplatz, eine abschüssige Straße und wenn man an deren Ende rechts abbog und nach fünfzig Metern stehen blieb, blockierte man direkt vor dem Dorfladeneingang die Durchfahrt. Eva war neidisch auf so viel Orientierungssinn. Wenn sie in eine Richtung deutete, war es immer die falsche und statt Dorfladen erwischte sie die Kläranlage oder den Bestatter. „Der Kaffee", sagte der Polizist, „kommt aus dem Dorfladen, die Bohnen aus der Murnauer Rösterei."

Einen weiteren großen Schluck Kaffee ließ der Kommissar eine Weile im Mund hin und her rollen, ehe er schluckte. „Das ist der beste Kaffee seit langem." Er hob den Becher zu Jette und Amiti. „Was ist mit Ihnen?"

„Ich mag die chilenischen Bohnen nur als Espresso", sagte Jette. „Alles andere hat Milch drin und Milch macht dick und träge und das kann ich nicht leiden. Ich mache um alles, was irgendwelche Kalorien hat, einen ganz großen Bogen."

„Mensch", tatschte Amiti ihr die flache Hand leicht gegen den Hinterkopf, „er meint den Überfall, nicht den Kaffee."

„Welchen Überfall?" Jette kassierte den zweiten leichten Tupfer. „Ach, *diesen* Überfall." Sie zeigte mit beiden Zeigefingern auf den Fußboden. „Diesen hier."

Einen forschenden Blick später machte sich der Kommissar wieder Notizen in sein Smartphone. „Jetzt dreht mir das Drecksding aus „minderbemittelt" ein „minderverwickelt". Gibt es das Wort überhaupt?" Er knurrte wie ein böser Wolf. „Diese App ist die mieseste, die ich je installiert habe." Er wischte und tippte und schaute schließlich hoch. „Sie haben die Bank also nach diesem Hopfenheimer verlassen?"

Jette runzelte die Stirn. „Sie haben das *minderbemittelt* auf meine Person bezogen? Oder?" Sie schnalzte heftig mit der Zunge. „Ich habe einen Rotzlöffel zum Sohn und eine Giftkröte zur Tochter, Herr Kommissar, ich weiß, wann man schlecht über mich spricht und Sie streichen gefälligst das „minderverwickelt" sofort aus Ihren Notizen. Das ist eine Unverschämtheit, eine bodenlose Frechheit." Sie verschränkte die Arme und schaute böse. Dieser Blick entlockte ihren Kindern höchstens ein müdes Lächeln. Der Kommissar hatte anscheinend keine Kinder. Er drehte sofort sein Smartphone in ihre Richtung. „Meinen Notizen nach verfügt Frau Schulze angeblich über keine nennenswerten finanziellen Mittel. Sie ist minderbemittelt."

Jette lief puterrot an. „Also..." Sie nahm das Smartphone und schaute genauer. „Tatsächlich. Also, das finde ich Amiti gegenüber ein bisschen anmaßend. Meinst du nicht, Amiti? Eva?"

Eva war unschlüssig, Amiti dachte kurz nach. „Es ist nicht das beste oder schönste Deutsch, für einen Kommissar reicht es."

Jette reichte dem Kommissar das Smartphone zurück. „Amiti, du knickst gegenüber Autoritäten zu schnell ein. Du musst nicht alles schlucken, was ein Offizieller dir sagt."

„In dem Fall habe ich die Wahrheit geschluckt."

„Er könnte es anders formulieren. Weniger drastisch."

„Noch weniger?" Amiti schnaubte. „Das endet mit lächerlich unverständlichem Bürokratendeutsch. Eine suboptimal ausgeprägte Kapitallage mit alljährlich steigender negativer Gewinnspanne."

„Meine Damen...", versuchte Detlev sein Glück.

„Weißt du", fuhr Jette ungerührt fort, „jemand müsste diesen Beamtenjargon in verständliche Sprache übersetzen. Minderbemittelt. Ehrlich, ich dachte, er würde meinen, ich hätte nicht mehr alle Tabletten im Klistier."

„Blister. Jette, du meinst den Blister. In dem sind Tabletten verpackt."

„Blister?" Jette dachte nach. „Klistier, ganz sicher."

„Nein, nein." Amiti begann breit zu grinsen. „Klistier ist was völlig anderes, meine Süße."

„Meine Damen...", versuchte Detlev es erneut.

„Was?", fuhr Jette ihn an. „Was wollen Sie überhaupt?"

„Ich stehe mit meinen Fragen gerade am Anfang", stellte der Kommissar fest. „Sie werden Ihre Konzentration ein paar Minuten auf mich bündeln müssen. Zuerst einmal: Das Ding für die Tabletten ist ein Blister."

Zustimmendes Nicken und Murmeln kam von den Leuten, die ringsum mit der Sicherung der Spuren beschäftigt waren.

„Also", hob der Kommissar an. „Sie kamen in die Bank, als dieser Hopfenheimer am Schalter stand? Kennen Sie ihn näher?"

Eva nickte, Jette wog den Kopf von links nach rechts, Amiti scnaubte.

„Er hängt die meiste Zeit sinnlos im Dorf rum und labert die Leute mit irgendwelchem Quatsch zu. Äußerst undurchsichtig, wenn Sie mich fragen."

Der Kommissar leerte seinen Kaffeebecher. „Die Kollegen prüfen ihn bereits. Ich werde bald wissen, welchen sozialen Hintergrund er hat und womit er seine Brötchen verdient."

„Wohl eher Brote", warf Esmeralda ein. „Er hat mal locker fünfzig Riesen einbezahlt, um in eine Goldmine zu investieren. Also, ich würde nur Geld in eine Goldmine investieren, wenn ich mehr als genug davon hätte."

„Wenn man mehr Gold als genug hat", überlegte Amiti, „braucht man nicht in eine Mine zu investieren."

„Geld, nicht Gold."

Amiti schloss die Augen und kassierte von Jette einen freundschaftlichen Knuff gegen den Oberarm. „Ich dachte, du hättest einen Deutschkurs gemacht? Dabei verstehst du die Hälfte falsch."

Detlev räusperte sich. „Haben die beiden Damen eine Beobachtung gemacht, die mit dem Überfall zu tun haben könnte?"

Beide hatten kugelrunde ahnungslose Schafaugen im Kopf, wobei Amitis Schafaugen überzeugten und Jettes Blick an aufgesetzter Dummheit nicht zu übertreffen war. Eva fasste sich an den Kopf. „Herrschaftszeiten", murmelte sie.

„Was?", fuhr Detlev zu ihr herum und dabei hatte der schönste Mann unter der Sonne die Stirn in viele Falten gelegt. „Ich dachte, Sie hätten Schmerzmittel bekommen?"

„Ich äh..." Eva ließ blitzschnell alle Ausreden durch ihr Hirn sausen. „Ich dachte, die beiden *müssen* was gesehen haben." Sie schluckte trocken. „Schließlich gingen sie raus und die Räuber kamen rein. Da war keine Minute dazwischen."

„Wie gut", kratzte sich Detlev am Kinn, „ist Ihr Zeitgefühl? So generell?"

„Meinen Sie", verschränkte Eva die Arme, „mit meinem Gefühl stimmt was nicht?"

„Grobes Foul." Esmeraldas Tätscheln war mittlerweile mittig des Oberschenkels angekommen. „Sag einer Frau niemals, mit ihrem Gefühl würde etwas nicht stimmen."

„Also", mischte sich Jette ein und dabei hob sie den Finger, als wäre sie in der Schule.

Detlev zeigte auf sie. „Ja?"

„Also", ließ Jette die Hand sinken, „als wir raus sind", tauschte sie einen langen, auffälligen Blick mit Amiti, „sind wir an zwei Männern vorbei. Unten am Bushäuserl. Ich dachte, die warten auf den Bus."

Jette war eine verdammt schlechte Schauspielerin. Das war sie früher in der Schule schon gewesen, wo sie einmal eine kleine Sprechrolle bekommen hatte und danach immer der Baum oder ein Busch oder eine Laterne hatte sein müssen. „Beide waren mittelgroß und schlank, dunkle Haare, kurz geschnitten. Dunkel angezogen. Einer hatte braune Augen und der andere blaue Augen und ein Manjou-Bärtchen. So Ende dreißig, Anfang vierzig." Sie suchte Amitis Blick. „Nicht wahr", fuhr sie fort, „der hübschere hatte eine sehr bunte Jacke an, die haargenau zu dem Knackarsch in seiner schwarzen Jeans passte. Grelle Farben. Dazu schwarze Stiefeletten."

„Aha", sagte Detlev.

„Oha", sagte Esmeralda.

„Hä?", fragte Jette.

Esmeralda schaute unverwandt zum Kommissar. „Diesen Tonfall kenne ich. Warum glaubst du den beiden nicht?"

Der Kommissar stellte seinen leeren Kaffeebecher in einen Koffer mit vielen interessanten Gerätschaften, mitten zwischen Pinzetten und Plastiktütchen und der Besitzer des Koffers bekam es nicht mit. „Die beiden Damen lungerten heute im Dorfladen herum und konsumierten dabei", er wischte schnell auf seinem Smartphone zurück, „zwei Aperol Spritz und drei doppelte Kakaolikör, unterbrachen ihr Besäufnis, um in die Bank zu gehen, und danach kehrten sie in den Dorfladen zurück, wo die Kollegen sie gefunden haben und beide bereits mehrere starke Espressos intus hatten."

„Espressi", tönte eine Stimme von unter dem Schalter her. Ein Mann im weißen Anzug hob den Kopf. Von ihm war im Halbdunkel kaum das Gesicht zu erkennen. „Es heißt Espressi, das ist der richtige Plural."

„Wir sind nicht in Italien", gab Detlev zurück. „Gott sei Dank, sonst würde der Cappuccino an die fünf Euro kosten. Ihr Mafiosis wisst, wie man Touristen ausnimmt."

„Mafiosi, wenn überhaupt."

„Andrea!", hob Detlev den Zeigefinger.

„Detlev!", gab Andrea zurück und es klang wie „Dett-e-leff! Da iste eine Euro fir de Kassa fo de Plural fellig."

„Und für dich ein Euro in die Kasse für üblen Akzent."

„Stronzo!" Andrea tauchte wieder unter den Schalter, wo er mit einem Pinsel feines Pulver verteilte und einen Singsang auf Italienisch murmelte, der sich nicht nach einem Kompliment anhörte.

Detlev beobachtete ihn eine Weile, ehe er seine Aufmerksamkeit zurück auf Eva richtete. „Ich habe den Faden verloren. Wo waren wir stehen geblieben?"

„Sie glauben den Mädels nicht", erinnerte ihn Eva. „Was ich nicht verstehe. Betrunkene und Narren sagen immer die Wahrheit."

„Pf!", machte Jette, „und in welche Kategorie sortierst du uns ein?"

„Dich eindeutig bei den Betrunkenen", klopfte ihr Amiti leicht auf die Schulter.

„Oder bei den Narren", überlegte Detlev. „Haben Sie am Donnerstagvormittag nichts anderes zu tun als sich zu betrinken?"

„Jessas!" Jette packte sich selbst am Kopf. „Der Termin in der Schule! Wie spät ist es? Verdammt, ich muss zur Sprechstunde. Habe ich eine Fahne? Riecht man was?"

„Sprechstunde?", entfuhr es Eva schneller als sie die Worte zurückhalten konnte. „Du hast ausgerechnet *heute* einen Termin?"

„Warum nicht?"

„Na", fauchte Eva, „wegen dem Überfall hier!"

„Des Überfalls", verbesserte Amiti ungerührt, ehe sie einen besonders mitfühlenden Blick aufsetzte. „Eva, du kleines Schäfchen, als Jette den Termin vereinbarte, konnte sie von dem Überfall nicht im Geringsten ahnen."

„Ja!", stieß Jette aus, „eben!" Sie suchte mit eifrigem Blick nach der Uhr. „Weil der Übertritt ansteht und wenn man da nicht regelmäßig in die Sprechstunde kommt, sacken die Noten ab. Herrschaft, die Lehrer wollen schon genau wissen, ob dem Nachwuchs fürs Gymnasium volle Rückendeckung von daheim zukommt." Sie atmete auf. „Puh, richtig gerechnet. Fünfzehn Kilometer laufen, Stelldichein im Dorfladen, Bank, Sprechstunde – alles unter einen Hut gebracht. Will mir jemand high five geben?"

„Das heißt", notierte der Kommissar, „wir können bei dieser Lehrerin anfragen, ob Sie einen Termin hatten?"

„Haben." Jette ließ ihre erhobene Hand sinken. „Wenn Sie mich gehen lassen, schaffe ich ihn und es ist extrem wichtig." Sie drehte den Kopf zu Amiti. „Ich wollte sie fragen, ob sie das Beispiel in HSU klug gewählt fand. Woher sollen die Kinder wissen, warum sich Wasserdampf an der Innenseite des Badfensters niederschlägt, wenn man badet oder duscht? Also, in unserem Badezimmer schlägt sich nix nieder und den Aggregatszustand Plasma haben sie nicht im Heft stehen. Laut Grundschulordnung..."

„Ähäm", machte der Kommissar mit strengem Blick. „Trotz der zeitlichen Enge haben Sie wildfremde Männer genau betrachtet und obendrein liefern Sie mir eine Beschreibung, die wie auswendig gelernt klingt? Kein Zeuge, der aus dem Stegreif spricht, beschreibt eine Person akkurat vom Kopf zu den Schuhen. Sie lügen mich an."

Eva spürte einen heißen Schauer durch ihren ganzen Körper rauschen. Ihr wurde flau im Magen. Sie spürte, wie er anschwoll, um seinen Inhalt blitzschnell auszustoßen. Oben oder unten, das war die Frage, mit der Eva sich beschäftigte, als just in diesem Augenblick alle Geräusche verstummten und jeder im Raum richtete den Blick zur Eingangstür, selbst jene, die völlig versunken in ihre Arbeit gewesen waren.

Begleitet von der Polizistin Sarah kam eine Frau in den Schalterraum.

Es war eine Frau, zweifellos, obwohl man von ihr absolut nichts erkennen konnte. Der schwarze Ganzkörperschleier verbarg alles vom Haaransatz bis zu den Zehenspitzen. Sie war vollständig in das schwarze, wallende Gewand gehüllt. Schwarze Schuhe trug sie und die Hände steckten in schwarzen Handschuhen. Selbst die Augen waren hinter einem dunkelgrauen Netz im Sichtfeld des Schleiers verborgen.

„Boah", murmelte einer im Raum, „vor Schreck ist mir fast das Herz stehen geblieben. Ich dachte, da schwebt Preußlers kleines Gespenst in den Raum. Hätten sie nur voriges Jahr das Burka-Verbot durchgeboxt."

Sarah, die neben der verhüllten Frau ging, suchte Detlevs Blick. „Diese Frau spricht nur drei Worte sehr mieses Englisch: change one million. Kann ihr bitte jemand erklären, was hier passiert ist, und sie wegschicken? Vielleicht Andrea? Vielleicht spricht sie ja Italienisch?"

Eva fiel die Kinnlade bis zum Boden und ihr Herz setzte einige Schläge aus. Zum Glück guckten alle auf die Frau und niemand auf sie. Detlev schluckte hart und erhob sich von seinem Platz. Langsam ging er auf die verhüllte Gestalt zu. „Sprechen Sie Deutsch?"

Als Antwort kam ein unverständliches Gemurmel in einer völlig fremd klingenden Sprache und die Frau wich zurück hinter die Polizistin.

„Ich glaube", sagte Esmeralda, „sie spricht Arabisch."

„Ach nee." Detlev warf ihr einen bösen Blick zu. „Außerdem spricht sie offenbar nicht gern mit einem Mann. Los, Kollegin Lafayette, deine Oma stammt aus dem Iran. Da ist Arabisch für dich kein Problem."

„Du schlachtest jedes Klischee aus."

„Dein Vater, Kollegin, hat eine Marokkanerin geheiratet. Du sprichst garantiert Arabisch."

„Ich bin Deutsche."

„Mit Migrationshintergrund." Detlev streckte den Arm und zeigte auf die verhüllte Frau. „Los jetzt!"

Esmeralda schaute die Frau an und begann zu sprechen. Fremde Töne. Knarzend, guttural. Eva staunte und sie kam aus dem Staunen nicht mehr raus, als Esmeralda zu sprechen aufhörte und die verhüllte Frau antwortete. Tiefe Stimme, leiser als ein Flüstern. Wahrscheinlich hatte sie unterm schwarzen Tuch einen Schnurrbart, schiefe Zähne und ein richtig hässliches mit Warzen überzogenes Gesicht.

„Also", übersetzte Esmeralda schließlich, „sie ist hier, um zu fragen, ob die Million bereitliege, die der Scheich erwartet. Der Scheich besucht momentan einen Freund der Familie und würde mit dem Helikopter kommen. Um Zeit zu sparen, will er es nicht vorgezählt bekommen, da vertraut er der deutschen Gründlichkeit."

Detlev zupfte an seiner hellgrauen Krawatte. „Ist sie die Frau des Scheichs?"

Esmeralda fragte, woraufhin die Frau die Hände in die Luft warf und für einen kurzen Moment der Saum einer weiten schwarzen Hose zu sehen war.

„Nein." Esmeralda schüttelte den Kopf. „Sie ist ein Dienstmädchen. Ich erkläre ihr die Sache mit dem Überfall. Vielleicht kann der Scheich Geld in der Stadt tauschen oder seine Millionen mit Kreditkarte verschleudern. Übrigens, alle Männer sollten zur Seite treten, damit die Frau nicht versehentlich einen Mann berührt, wenn sie geht."

Wenig später trat Detlev trat ans Fenster und schaute der Frau nach. Er zog die Lamellen des Vorhangs auseinander, damit Platz für seinen messerscharfen Blick war. „Wenn die Dienstmädchen in der Stretch-Limousine gefahren werden, wie will der Scheich das toppen?"

„Helikopter", kam Esmeralda zurück an Evas Seite. „Für einen Anflug im Helikopter haben wir alle den Arsch zu weit unten."

Detlev ließ den Vorhang zurück in seine ursprüngliche Position gleiten. „Darf ich die Toilette benutzen?"

Sorglich zeigte auf die Tür zu den Diensträumen, die während der Öffnungszeiten verschlossen war und wegen der besonderen Umstände nun offen stand. Jemand hatte den Zeitungsständer zum Türoffenhalter deklariert. „Zweite Türe rechts. Bin grad selbst gewesen. Die Putzfrau hat gestern gut saubergemacht."

„Danke." Detlev machte sich auf den Weg. „Danach reden wir über die beiden Männer im Bushäuserl und ich will wissen, was andere Leute ringsum beobachtet haben. Die Bank liegt mitten im Dorf, da muss jemand was gesehen haben."

Für einige Momente glaubte Eva sich in Sicherheit vor Detlevs Blicken. Sie sank gegen die Lehne, schloss die Augen und schnaufte tief durch. Sie spürte Esmeraldas feste, intensive, prickelnde Berührung auf ihrem Knie. „Schmerzen?"

Eva lauschte in sich. „In der Spritze war ein Wundermittel."

„Wenn ich Sie allein lassen kann", stand Esmeralda auf, „erkundige ich mich bei den Kollegen, ob es Neues gibt. Viele Bankräuber schaffen nur eine Flucht von wenigen hundert Metern und ich könnte mir vorstellen, in diesem Dorf ist selbst das unmöglich."

Kaum war Esmeralda weg, winkte Eva Jette und Amiti heran. Amiti nestelte an den Ärmeln ihres dunkelblauen dünnen Sweatshirts. Fürchterlicher Schnitt, fand Eva, überhaupt nicht passend für die zierliche Amiti, die in dem Fummel wie ein Skelett im Überwurf aussah. Wahrscheinlich ein spottbilliger Gelegenheitskauf im Second-Hand-Shop. „Bist du irre?", zischte sie. „Bei null Grad halb nackig rumzulaufen, ist beinahe verdächtiger als die bunte Jacke anzubehalten. Hättest du dir nicht wenigstens eine andere Jacke besorgen können? Himmel, du wohnst fünfzig Meter ums Eck!"

Amiti und Jette gingen beide in die Hocke und kamen mit dem Gesicht sehr nah an Eva heran. „Eva", flüsterte Jette, „wir haben ein Problem."

„Wie groß und welche Farbe?", hauchte Eva.

„Also", begann Jette flüsternd zu erzählen, „wir waren gerade hinterm Bushäuserl angekommen und Amiti wollte die Knarre..."

„Leise! Verdammt bist du wahnsinnig?"

Jette flüsterte leiser: „Amiti wollte..."

„Wenn du so wisperst", hauchte Eva, „verstehe ich kein Wort. Du musst irgendwas finden, das in der Lautstärke zwischen Mückensummen und Ameisenhusten liegt, so ein dezentes Flohniesen zum Beispiel."

Jette rollte die Augen. „Also, Amiti wollte die Knarre aus dem Ruckfack... äh... Rucksack fischen, um sie ins Gebüsch zu werfen. Sie hatte die Klappe gerade offen, als wir laute Schritte und Reifenquietschen hörten. Völlig panisch hat sie den Rucksack komplett mit der Kohle..."

„Verdammt: Pst!"

„...mit dem Zaster in den Pfarrgarten geworfen und ihre bunte Jacke hinterher."

Eva fasste sich an den Kopf und rieb. Stümper. Dilettanten. Blutige Anfänger. Verloren die Nerven bei ein bisschen Reifenquietschen und lauten Schritten. Ausgerechnet Amiti, die es mit ihrem Mann gern mal im Schwimmbad in der Umkleide getan hatte und da waren jede Menge Schritte zu hören gewesen. Ausgerechnet Jette, die mutterseelenallein und ohne Handy durch die Pampa joggte und es nicht mal seltsam fand, wenn ihr ein fremder Mann die ganze Strecke über folgte. „Der Kommissar", flüsterte Eva, „ist misstrauisch geworden. Er glaubt uns von der Geschichte kein verdammtes Wort. Wenn irgendwer den Rucksack findet und die bunte Jacke..."

„...ist es binnen Sekunden vorbei", flüsterte Amiti. „In der Jacke steht nämlich mein Name."

„Was?" Evas Aufschrei war lauter als gedacht und alle in der Bank schauten zu ihr. Esmeralda runzelte die Stirn, der Vorstand und der Chef ebenfalls und zum Glück kam gerade in dem Moment der Kommissar zurück in den Raum. Er begutachtete seine Hände. „In der Männertoilette ist die Seife ausgegangen, deshalb musste ich mir die von den Damen borgen. Wäre prima, wenn jemand nachfüllen könnte."

Die Chance! „Vielleicht", fragte Eva laut, „kann jemand die Putzfrau informieren? Mir tut zum Telefonieren der Fuß viel zu viel weh."

„Ich mach das." Mit leicht roten Wangen schnappte Sorglich sich auf dem Weg zum Telefon eine Praline aus der Schüssel, die Eva gewissenhaft jeden Montag und Mittwoch neu bestückte. Sie schauderte, als Sorglich die Finger abschleckte, ehe er wählte. Nie wieder würde sie aus der Pralinenschüssel essen und nie wieder etwas anfassen, das Friedrich angefasst hatte, nachdem er zur Toilette war. Unmöglich, wie sie nach kurzem Nachdenken feststellte.

Sie wollte gern länger über dieses Hygieneproblem grübeln und sich damit von den essentiellen Lebensproblemen ablenken, derer sie aktuell eine ganze Menge hatte, als es im Raum still wurde. Von der Eingangstür wichen Männer und Frauen gleichermaßen zurück und machten einer Erscheinung Platz, die Eva vom ersten Moment ihrer Begegnung an gehasst hatte: Die Versicherungsmaklerin.

Eva hasste diese Frau aus tiefster Seele und mit aller Inbrunst. Einen Meter achtzig groß und – geschätzt – nur ein halbes Lot schwer, wobei das gesamte Gewicht auf ihre Möpse verteilt war. Sie trug Schuhe mit Absätzen, die Eva nicht im Traum beherrschte. Ihr knapper Rock endete genau dort, wo Männer hinschauten, wenn sie einer Frau auf den Hintern guckten. Dazu trug sie eine kurze Anzugjacke, ein schickes Tuch um den Hals und am Handgelenk eine teure Uhr. Blondes Haar zu einer Bürofrisur gesteckt weckte nur eine Fantasie: Ihr die Klammer lösen und sehen, wie die Mähne über den Rücken rauschte, bevorzugt in einer Stellung bei Dämmerlicht und Zweisamkeit.

„Frau Geisslinger!", sprang der Vorstand auf die Sexbombe an. „Ich bin so froh Sie zu sehen. Wie geht es Ihrer Frau Großmutter? Ist sie gut auf den Beinen?"

„Danke der Nachfrage, Herr Weinherr", flötete Frau Geisslinger. „Meine Oma ist ein wahres Stehaufmännchen. Jeden zweiten Tag schikaniert sie ihre Putzfrau und an den Tagen dazwischen schaut sie hier in der Filiale vorbei. War sie heute nicht da?" Ihr kühler Blick streifte Eva. „Meine Oma hat ein Faible für *starke* Frauen, die keinen Mann brauchen, um ein Geschäft am Laufen zu halten." Dabei rollte dieses Biest die rot geschminkten Lippen zu einem Lächeln. Mist. Ihre Zähne waren strahlend weiß und gerade und ein umwerfender Kontrast zum Rot des Lippenstiftes. Leider war kein Farbstoff an den Schneidezähnen zu finden, der die Erscheinung ins Peinliche hätte gleiten lassen. „Wie hoch ist der Schaden, mein lieber Herr Weinherr, wissen Sie das?"

„Auf den Cent genau." Weinherr legte seine Hand an Frau Geisslingers Rücken. Er schob sie sanft zu der Tür, die in das Besprechungszimmer führte. „Tauschen wir uns in Ruhe darüber aus. Darf ich Ihnen die Tasche abnehmen?"

„Ach", zwitscherte die Geisslinger, „in der trage ich nur meinen Tablet und ein paar sehr private Dinge herum."

Kondome, mochte Eva wetten und sie verfolgte mit dunklem Blick, wie Weinherr sich an den Schreibtisch im Besprechungszimmer setzte und die Geisslinger vor ihm auf dem Schreibtisch Platz nahm. Sämtliche Kerle im Raum, das bemerkte sie und dabei wurde ihr Blick düster, verfolgten, wie Geisslingers Rock eine Nuance höher rutschte und den Ansatz ihrer Strümpfe zeigte.

„Spitze und Strapse", schnaufte Eva tief durch. „Scharf wie ein frisch geschliffenes Messer."

„In der Tat." Detlev wandte sich ihr zu, kam neben sie und setzte sich auf den Platz, den bisher Esmeralda innegehabt hatte. „Naja, sein Anzug könnte eine Nummer exklusiver und einen Hauch enger sein." Er neigte den Kopf, als Weinherr den Arm streckte und die Tür schloss. Die Tür mit dem Knauf auf der Außenseite und der Klinke innen. Damit man jederzeit aus dem Besprechungszimmer heraus kam, ein böser Räuber jedoch nicht hinein, sollte sich dort jemand verschanzt haben. Gerade war zu sehen, wie Geisslinger ihre Jacke öffnete und ihr pralles Dekolletee nach vorn sprang. Mit diesen Argumenten wollte sie wohl den Versicherungsschaden bearbeiten. Klack. Die Tür war zu.

Detlev holte aus seiner Sakkotasche sein Smartphone. „Also, meine Damen, ich will es erneut wissen. Was haben Sie gesehen oder glauben Sie gesehen zu haben?" Er blickte zwischen Jette und Amiti hin und her. „Wer möchte beginnen?"

„Dauer das länger?", fragte Amiti zurück. „Wissen Sie, ich muss zur

Arbeit. Donnerstags arbeite ich immer von elf bis zwei im Getränkemarkt."

„Gut", machte Detlev und zückte den schmalen schwarzen Stift, mit dem er in sein Smartphone schrieb. „Sagen Sie mir Ihren Namen und Ihre Adresse. Ich komme später bei Ihnen vorbei."

„Mein Name ist Amiti-Wan Schulze."

„Sind Sie Deutsche?"

„Beinahe." Amiti zog die Hände in die Ärmel ihres Shirts zurück. „Mein Ex-Mann heißt Schulze und mein Antrag auf Einbürgerung läuft."

„Na", traktierte Detlev sein Smartphone, „das scheint mir nur Formsache zu sein. Sie sind ja bestens integriert, nicht wahr? Woher stammen Sie?"

„Thailand."

„Wie ist es dort mit der Kriminalität?"

Wollte er höflich sein oder Amiti aus der Reserve locken? Sie jedenfalls wirkte wie die Schlange vor der Maus. Sie schien ihn jeden Moment anzufallen und mit einem asiatischen Kampfsporthandgriff zu töten.

„Übler als hier."

„Tatsächlich." Detlevs vorgetäuschtes Lächeln erreichte seine Augen nicht. „Die Adresse. Bitte."

„Dorfstraße fünf." Amiti drehte sich herum und verließ hoch erhobenen Hauptes die Bank. Sie konnte nicht sehen, wie der Kommissar schweigend auf einen Polizisten in Uniform zeigte, der in all dem Trubel ratlos rumgestanden hatte. Als er Detlevs Wink bemerkte, heftete er sich an Amitis Fersen. Detlev wandte sich an Jette: „Warum waren Sie gegen Viertel vor zehn in der Bank?"

Falle, Falle, Falle! Alles in Eva verkrampfte sich und sie stöhnte auf, als hätte sie Schmerzen in ihrem Knöchel. Sie griff nach dem Fuß.

„Ach du meine Güte, Herr Kommissar, sind Sie an meinen Fuß gestupst? Mir bleibt vor Schmerz total die Luft weg. Mir ist gar nicht gut. Alles beginnt sich zu drehen."

In den paar Sekundenbruchteilen, in denen Detlev überlegte, ob er mit einer unbedachten Bewegung den beinahe halben Meter zwischen seinen Knien und Eva hatte überwinden können, zeigte Eva unauffällig mit dem Zeigefinger auf das Plakat an der Wand, das den Spartag in der Ferienwoche ankündigte.

Detlev schaute zu Jette zurück. „Also, Frau..."

Jette starrte mit tausendfach gerunzelter Stirn auf das Sparwochen-Plakat. Sie starrte. Sie zwinkerte. Sie starrte wieder. Endlich konnte

Eva sehen, wie der Groschen fiel. „Mensch!", stieß Jette aus, „das ist das Plakat mit den Terminen. Ich dachte, da wird Werbung für eine Altersvorsorge gemacht, wegen der vielen Kinder auf dem Foto und den Sparschweinen." Sie lachte künstlich auf. „Meine Güte, deswegen hängt das Plakat im Dorfladen und am Schwarzen Brett und am Gemeindeaushang und... Wegen Spartag. Ich heiße übrigens..."

„...Henriette Bonhöfer", fiel ihr ein Polizist ins Wort. Er streckte den Arm und reichte dem Kommissar einige Blätter. „Die Kamera gegenüber zeichnet digital auf und das sind die ersten Ausdrucke. Man sieht zwei Personen auf dem Vorplatz."

„Danke", machte der Kommissar, ohne einen Blick auf die Bilder zu werfen. „Woher kennen Sie diese Dame?"

„Ach", begann der Polizist zu schmunzeln, „wir sind uns heute schon mal begegnet. Oben im Filz." Er schob die Hände in die Hosentaschen und richtete seine gesamte Konzentration auf Jette, vorwiegend auf ihre Beine, ihre Taille, ihre Brüste. „Sie hat uns angerufen, weil zwischen dem Bienenhaus und dem Fischweiher drei Ponys frei rumliefen. Vom Besitzer nichts zu sehen."

Er schien Jette jeden Moment die Kleider vom Leib zu reißen. Eva begann versonnen in ihrem Ohr zu bohren. Er war ungefähr im gleichen Alter wie Jette, er trug keinen Ehering, er sah gut aus. Sportlich und kräftig. Kurzes, braunes Haar, freundliche Augen. Dreitagebart.

„Die Ponys", berichtete er weiter, „haben Frau Bonhöfer nicht weiterjoggen lassen. Sie musste warten, bis die Kollegin und ich da waren."

„Sie haben sich als Cowboy verdingt und die Pferde eingefangen?"

„Nein." Jettes Dauerlächeln begann peinlich zu werden. Auffallend peinlich. „Er hat auf dem Weg ins Filz bereits rumtelefoniert und die Besitzerin der Ponys ausfindig gemacht. Damit ich weiterlaufen konnte, hat er die Aufmerksamkeit der Ponys auf sich gelenkt." Sie ließ sich das Dauergrinsen offenbar einzementieren. „Danke dafür."

„Sie mussten dringend weg", erinnerte sich der Polizist. „Haben Sie Ihre Verabredung einhalten können oder ist Ihnen der Überfall dazwischen gekommen?"

„Ich wollte", zeigte Jette auf die Tür, „mit der Lehrerin meines Sohnes sprechen. Übertritt. Vierte Klasse." Sie strich sich durchs Haar.

„Da kann man nicht oft genug das Gespräch mit dem Lehrer suchen", stimmte ihr der Polizist zu. „Mein Neffe war letztes Jahr mit Übertritt dran. Ich wollte ihn schon gar nicht mehr besuchen, so sehr hat seine Mutter, also meine Schwester, mir die Ohren mit der Schule abgekaut."

„Hätten Sie nach den Ponys nicht Feierabend gehabt?", schien Jette sich dunkel zu erinnern. „Der ist wohl dahin?"

„Macht nichts." Der Polizist winkte ab. „Auf mich wartet daheim niemand."

„Auf mich auch nicht", flüsterte Jette und Evas Lächeln wurde breiter. Allerdings fiel es sofort in sich zusammen, als der Kommissar sich räusperte: „Ich dachte, Sie hätten zwei Kinder und einen Ehemann?"

„Der soll sich zum Teufel scheren." Unverwandt schaute Jette den Polizisten an. „Louis hat heute Religion und kommt um eins, Luise wegen AG Umwelt erst um vier." Ihre Finger spielten mit ihren dunkelblonden Haarsträhnen als wären es Gitarrensaiten. Sie befeuchtete ihre Lippen. Deutlicher ging es nicht.

Der gut aussehende Polizist reagierte wie alle Männer und kapierte. „Herr Kommissar, wenn Sie keine Fragen mehr an die Zeugin haben, würde ich sie gern nach Hause bringen."

„Mich?" Detlev rollte die Augen. „Gott bewahre, nein!"

„Mich", sagte Jette betont. „Das wäre sehr nett von Ihnen, Herr..."

„Christopher", reichte der Polizist ihr die Hand. „Christopher Siewert."

„Das", winkte Detlev mit den Blättern in seiner Hand, „muss warten. Erst will ich wissen, warum Sie in der Bank waren."

„Weil die Zentrale mich geschickt hat", sagte Christopher Siewert. „Warum sonst?"

„Wie wäre es", blickte Detlev hoch, „wenn Sie, Herr Siewert, Ihrer Arbeit nachgehen, und Frau Bonhöfer mir meine Fragen beantwortet? Wenn Sie sie nach Hause bringen, haben Sie genug Zeit zum Quatschen."

So, wie die beiden sich ansahen, dachte Eva, würden sie übereinander herfallen, ehe die Haustür richtig ins Schloss gefallen war. „Tja", stellte sie fest, „ab einem gewissen Alter hat man einfach keine Zeit mehr, um sich langsam kennenzulernen. Da wird der Kaffee hinterher getrunken."

Detlev schaute sie verblüfft an. „Sei's drum. Frau Bonhöfer, warum waren Sie in der Bank?" Er wartete ein Weilchen. „Herr Siewert..."

„Ja? Ja! Ja." Der Polizist drehte sich grummelnd herum und widmete sich irgendeiner anderen Arbeit. Von Polizeiarbeit hatte Eva ohnehin keine Ahnung. Wovon sie allerdings Ahnung hatte, das waren

Männerpopos und der von Herrn Siewert war eine Augenweide durch und durch. Wenn sie nur einige Kilo leichter wäre und weniger Doppelkinn hätte, wäre er durchaus einen Flirt wert gewesen. Nein, besser, wenn Jette das übernahm. Sie guckte Christopher nach wie hypnotisiert und als sie sich schließlich umdrehte und endlich den Kommissar anschaute, war ihr Blick glasiger als nach einer Runde Spritz im Dorfladen. Ihr Lächeln war breiter als ihr Gesicht lang war. „Spartag." Sie zeigte mit halbherzig gestrecktem Finger auf das Plakat. „Die Sparbüchsen meiner beiden Kinder sind randvoll. Ich wollte wissen, wann in den Ferien der Spartag stattfindet und sie die Schweine schlachten lassen können."

Detlev machte sich einen Vermerk. „Das hat nicht lange gedauert, nehme ich an. Als Sie und Frau Schulze die Bank verließen, sind Sie Richtung Dorfmitte gegangen?"

„Wer ist Frau Schulze?" Jette schüttelte den Kopf, bis Eva ihr mit dem gesunden Fuß einen leichten Tritt ins Schienbein versetzte. „Ach, Amiti. Meine gute Freundin Amiti. Als Frau Schulze ist sie mir nicht geläufig. Ja, wir sind aus der Tür raus und rechts, den leichten Berg runter, über die Straße und am Bushäuserl vorbei zum Dorfladen."

„Im Bushäuserl", schrieb Detlev die knappe Wegbeschreibung mit, „haben Sie zwei Männer gesehen, die Sie außerordentlich gut beschreiben können. Wie kommt das?"

Jette war mit ihren Gedanken ganz wo anders. Sie hatte den Hals lang gestreckt und flirtete mit Christopher Siewert, der mit einem Klemmbrett in der Hand seine Augen nicht von Jette nehmen konnte. Sie kicherte und drehte sich zu Eva. „Der sieht toll aus, oder?"

„Ja."

„Richtig nett ist er auch, oder?"

„Ja."

Jette unterdrückte ein Quietschen und klatschte in die Hände. „Der ist ein Volltreffer, das spüre ich. Eva, kannst du am Wochenende die Kinder nehmen? Bittebittebitte."

„Auf jeden Fall." Eva zeigte mit spitzem Finger auf ihr Bein. „Wir machen wir uns ein sehr langes Harry-Potter-Wochenende. Wir fangen samstagfrüh mit dem Stein der Weisen an und wenn wir vor der Glotze Pizza essen, schaffen wir bis Sonntagabend den zweiten Teil der Heiligtümer." Sie wusste, wie sehr Jette in der Erziehung ihrer beiden Kinder Fernsehkonsum verdammte. Die beiden durften nur ausgewählte Dokumentationen gucken oder manchmal einen

Spielfilm, der allerdings alle paar Sekunden unterbrochen wurde, um über das Geschehen zu sprechen und zu diskutieren, warum die Personen im Film wie handeln und was das mit den anderen Akteuren macht.

Entsprechend vorwurfsvoll schaute Jette, als sie den Kopf leicht schief legte, die Arme verschränkte und einen Schmollmund zog. „Das ist nicht fair." Gleich darauf war ihre gute Laune zurück. „Ist mir wurscht! Macht, was ihr wollt, solange ich das ganze Wochenende mit einem wundervollen Mann, der nicht mein eigener ist, ficken kann. Den werde ich so was von fertig machen."

Der Kommissar hatte diese Abmachung aufmerksam verfolgt und notiert. „Danke, das war alles. Lassen Sie sich von Kollege Siewert heimfahren."

Jette schaute ihn verdutzt an. „Wollen Sie nicht mehr wissen, warum ich mir die zwei im Bushäuserl so genau angeschaut habe?"

„Erledigt." Detlev nahm die Blätter zur Hand. „Bei Ihrem Männernotstand springen Sie alles an, was bei drei nicht auf dem Baum ist. Zum Glück bin ich schwul."

Schwul! Eva machte vor Schreck einen Satz, rutschte vom Stuhl und landete auf dem Hintern, während ihr Bein unverändert auf dem Schirmständer ruhte. Sie spürte, wie ihr Rock rutschte und griff schnell mit beiden Händen nach dem Saum. Sie starrte an die Decke. Die Sache mit der Seife, natürlich! Außerdem der verdammt gut sitzende Anzug, die gefeilten Fingernägel, die Art, wie er der blonden Versicherungshexe eben nicht hinterher geguckt hatte. So ein Mann konnte nur schwul sein. Sie machte gedanklich ein Häkchen hinter diesen potenziellen Kandidaten. „Immer sind Homos die umwerfend schönen Leute..."

„Danke." Detlev hielt ihr ein Blatt über die Nase. „Sind das die Täter?"

„Können Sie mir hochhelfen?"

Detlev rümpfte die Nase. „Kollegin Lafayette, können Sie mal Hand anlegen?"

Esmeralda war schon da und griff Eva unter die Arme. „Detlev, du bist so ein Arsch. Die Frau ist nicht giftig." Behutsam fühlte sich Eva zurück in den Sessel bugsiert. „Alles in Ordnung?"

Eva versuchte mit den Fingern das größte Chaos aus ihrer Frisur zu bringen. „Zeigen Sie mal die Bilder, Herr Kommissar." Eva schaute kurz hin. Wenigstens hatten Jette und Amiti die Köpfe runtergenommen und liefen gebückt. Unscharf waren die Bilder außerdem. Warum alle Welt so stolz auf die Überwachungstechnik war, wenn jedes Handy bessere Bilder hinbekam? „Das sind sie." „Wow", legte Detlev den Kopf schief, „was für eine bunte Jacke. Sieht aus wie eine von Profecto." Er hob den Blick. „Ist das eine Profecto-Jacke?"

Eva rieb sich die Stirn. „Wer zur Hölle ist Profecto?"

„Eine super trendige Modemarke. Dieser teure Laden in Berglau verkauft Profecto-Sachen." Er überlegte, während er das Bild betrachtete. „Die Jacke hat letzte Saison über achthundert Euro gekostet. Ein erfolgreicher Verbrecher kann sich so was leisten. Es wäre hilfreich, wenn Sie die Jacke zweifelsfrei identifizieren könnten. Nur wenige Läden gibt es landesweit und von dieser Jacke bestimmt weniger als tausend Stück."

„Bedaure." Eva fand immer eine Delle, wenn sie sich über die Stirn strich. Sie begann zu kneifen. „Bevor ich in dem Laden was zum Anziehen finde, müsste ich ein Jahr lang auf Nulldiät gehen. Da kaufen nur Zaunlattennägel ein. Scheiße, dieser Pickel tut sauweh."

„Der Rucksack hingegen ist..." Detlev runzelte die Stirn. „Ist das ein Totenkopfrucksack? Die Farbe könnte grellgrün sein." Er wischte durch seine Notizen. „Da haben Sie mich ja gar nicht angelogen."

„Warum hätte ich sollen?"

„Weil..." Er entschied sich für einen schnellen Themawechsel. „Erstaunlich, wie eine Million in diesen Rucksack passen kann."

„Und fünfzigtausend." Eva versuchte sich aufzusetzen, was nicht leicht war mit dem hochgelagerten Bein. „Als das Geld nicht reinpasste, meinte einer der Täter, ich müsse nur den Reißverschluss an den Seiten öffnen. Da wäre eine Platzreserve versteckt."

„Das haben Sie gemacht?"

„Natürlich."

„Wie hat der Täter gesprochen? War ein Akzent dabei?"

Eva stützte den Kopf auf die Hand. „Haben Sie mich das nicht schon einmal gefragt?"

Der Kommissar blätterte in seinem Smartphone. „Nein."

Eva ließ den Kopf auf der Hand liegen, obwohl ihr Ellbogen auf der harten Lehne zu schmerzen begann. „Ein bisschen ins Schwäbische vielleicht, osteuropäisch oder asiatisch, ein schweres Amerikanisch könnte durchgeklungen haben. Ich habe kein gutes Ohr für Akzente, ich weiß nicht einmal, ob Amiti mit Akzent spricht."

„Immerhin", fand Detlev, „ist die Jacke ein guter Anhaltspunkt. Ich werde rumfragen lassen, ob im Ort jemand eine Profecto-Jacke besitzt oder eine Person mit einer solchen Jacke gesehen hat." Natürlich, ächzte Eva innerlich. Amiti, das kleine Schaf, lief ständig mit dieser Jacke herum. Die Wolle hatte sie in dem Laden gekauft, der anderer Leute ausrangierte Dinge für wenig Geld vertickte und damit eine wohltätige Sache unterstützte. Eine Kiste voller Wollreste war es gewesen und Eva erinnerte sich genau, wie sie Amiti für verrückt erklärt hatte. „Aus so vielen Resten kann man nix machen. Da sind von jeder Farbe nur dreißig Gramm übrig." „Doch", hatte Amiti bestanden, „das sind genau die Farben von der coolen Profecto-Jacke und die Menge reicht locker für einen Grashalm wie mich. Ich werde der einzige Mensch auf der ganzen Welt sein, der eine stylisch gefakte gestrickte Profecto hat."

„Finden Sie nicht", hielt Detlev die Ausdrucke auf Armeslänge von sich und legte den Kopf schief, „die beiden sind recht klein und zierlich?" Eva wusste, worauf er hinaus wollte, und runzelte die Stirn. „Finden Sie nicht", motzte sie, „beide laufen gebückt und mit eingezogenen Köpfen?" Sie streckte den linken Arm. „Selbst oberblöde Bankräuber entdecken die Kamera am Haus gegenüber und wer nicht vom Fach ist, weiß nicht, ob sie ständig filmt oder nur auf Knopfdruck. Es ist sicherer sich klein zu machen."

„Was ich meinte", stand der Kommissar auf und schlenkerte Leben zurück in seine strammen Beine, „das waren wirklich zwei Männer? Keine Frauen?"

Wieder eine Falle. Wenn dieser Kommissar mal keine Lust mehr auf Polizei hatte, konnte er nach Kanada gehen und Bären jagen. Eva behielt die Ruhe. „Da müssten die beiden arg androgyn sein, allerdings springt Jette nicht auf Männer an, die nicht wie Männer aussehen."

„Falls", hob Detlev den Finger und tippte sich an die Nase, „es diese Männer nicht ausschließlich in ihren Träumen gab."

Kapitel 5
Naturgewalten

Weinherr ließ es sich nicht nehmen, Eva nach Hause zu fahren, nachdem er den Beifahrersitz mit einer Plastiktüte abgedeckt hatte. Er parkte mitten im Hof und wischte, nachdem Eva die Tür geöffnet hatte, mit einem Taschentuch den Griff ab. Er half ihr die Treppe hoch, mit spitzen Fingern und ungemütlich schiebend, aber immerhin, half ihr in die Wohnung, indem er sie am Ellbogen zerrte, aber immerhin, und er bugsierte sie an den Esstisch, wo sein Blick auf die drei leeren Sektflaschen, die leere Likörflasche und die restlos leere Rumflasche fiel, die Eva seit dem Gelage mit den Mädels nicht aufgeräumt, sondern nur zusammengeschoben hatte. Immerhin. Überhaupt hätte sie mal mit dem Staubsauger durch die Bude gehen sollen, bevor ein Mann den ganzen Saustall sah. Obwohl... Sie verharrte kurz bei diesem Gedanken und fand die Unordnung für ihren obersten Chef ganz passend.

„Frau Sonnemann." Weinherr schnupperte und rümpfte deutlich die Nase „Kommen Sie wieder zu Kräften und ruhen Sie sich aus. Wenn Sie Hilfe brauchen, rufen Sie mich jederzeit an. Jederzeit." Er trat eine besonders große Wollmaus flach und schob sie unter den Tisch, damit sie dort von den Krümelfreunden betrauert werden konnte. „Ich kenne einen guten Psychologen, der Ihnen helfen kann, wenn Sie mit der Situation überfordert sind."

Eva zerrte den Stuhl von der anderen Tischseite heran, um ihr Bein dort abzulegen. „Gewöhnlich mache ich am Wochenende sauber, nur diesmal ist was dazwischen gekommen."

Wieder dieser skeptische Blick zu den Sektflaschen.

„Ich meine", wuchtete Eva ihre Wade auf die Sitzfläche und ließ den Knöchel sacht baumeln, „am Samstag waren meine Freundinnen zu Besuch und hinterher hatte ich keine Lust zum Aufräumen." Das war vier Tage her? Eva schob schnell hinterher: „Sie waren am Sonntag da. Glaube ich. Oder am Montag. Dienstag? Die Zeit verfliegt ja wie nichts."

Weinherr starrte mit leicht hochgezogener Augenbraue. „Ich meinte den Überfall und seine Folgen. Dafür hätte ich einen guten Psychologen an der Hand. Ob der sich mit Messies..."

„Also bitte!" Eva entdeckte in einer Flasche einen Rest Sekt. Sie packte die Flasche am Hals. „Danke, ich komme zurecht."

„Sind Sie sicher?"

Einfach um ihm eins auszuwischen, setzte Eva die Sektflasche an die Lippen. Sie nahm einen großen Schluck und stutzte. Irgendwas hatte sie im Mund, das nicht perlte. Es war nicht der Sekt, der nach ein paar Tagen offenen Rumstehens eh nicht mehr perlte, es war anders. Stückig. Fest. Mit Fortsätzen? Am liebsten hätte Eva ausgespuckt und am allerliebsten diesem Arsch von Weinherr mitten ins Gesicht. Sie zwang sich mit vollen Backen zu einem schiefen Lächeln samt heftigem Nicken.

„Wie gesagt", Weinherr nahm seinen Autoschlüssel in die Hand, „rufen Sie mich bei Bedarf an."

Eva nickte ohne Unterlass und schaute zu, wie Weinherr ihre Wohnung verließ. Selbstgerechtes Arschloch. Während der gesamten Autofahrt hierher, geschlagene drei Minuten, hatte er pausenlos von den Tätern gesprochen. Was das für unreife, miserable Kerle wären. Was denen einfiel, einfach so *seine* Bank zu überfallen und *sein* Geld zu klauen. Wie gerissen die waren, wenn sie extra warteten, bis sich die Summe lohnte. Woher zum Kuckuck die gewusst hatten, wann der Scheich kommen wollte. Was für niederträchtige Gestalten es waren, denen man unbedingt beikommen musste. Wie unfähig die Polizei war. Anstatt gleich alles abzuriegeln, hatten die nur Leute geschickt, die mit den ausgedruckten Bildern Passanten befragten und ausnahmslos auf den Pfarrer verwiesen wurden. „Der Pfarrer!" Weinherr tippte sich an den Kopf. „Diese gottverdammten, dämlichen Arschlöcher glauben alles!"

Kaum schlug die Tür hinter dem Bankvorstand ins Schloss, würgte Eva und spuckte das, was sie im Mund hatte, in ihr Wasserglas, das zum Glück immer am Tisch stand. Dort schwamm nun eine dicke, fette, eklige, ertrunkene Fliege. Eine mit bläulich schimmerndem Körper und Haaren hinten im Genick. Wahrscheinlich hatte sie ihre Beinchen in jedem Kuhfladen zwischen hier und dem Rest der Welt gehabt. Würgend stemmte Eva sich vom Stuhl hoch. Auf einem Bein hüpfte sie ins Bad, ließ sich vor der Kloschüssel auf die Knie fallen und übergab sich. Ein mächtiger Schwall halb verdauten Kaffees ergoss sich. So verdammt viel Kaffee wie seit dem Aufstehen hatte sie in ihrem ganzen Leben zuvor nicht getrunken. „Arschloch", flüsterte sie mit dem Kinn auf der Klobrille. „Ich hoffe, deine Frau entdeckt den knallroten Lippenstift an deinem Hemdkragen."

Sie rappelte sich hoch, spülte sich den Mund aus und griff zum

Telefon. Amiti oder Jette. „Mir scheißegal, welche von euch zweien ich zuerst erwische. Ich will wissen, wo der Zaster ist."

Eva wählte Amitis Nummer, wartete kurz und verfluchte den Tag, an dem die kleine Leonie das Licht der Welt erblickt hatte. Oder besser: Den verdammten Abend, an dem Amiti sich in Reizwäsche geworfen hatte, um ihren dämlichen Ehemann nach seinem Kumpelurlaub zu überraschen, zu verführen und neun Monate später mit einem Kind zu beglücken. Auf die Idee mit dem Urlaub war er eh nur gekommen, weil er – ach, welche Plage – seit Jahren eine Familie zu ernähren hatte und mal eine Pause brauchte. Mit seinem Kumpel zwei Wochen nach Thailand. Da war Amiti übel sauer gewesen, schließlich hätte sie das Land ihrer Herkunft gerne besucht und sie hätte ihren Gatten gewiss davon abhalten können, zwei geschlagene Wochen lang die Naturschönheiten in den Bordellen zu bestaunen. Es war rausgekommen, nachdem der Kumpel einen dummen Spruch auf den Anrufbeantworter gesprochen hatte und Ludovica wissen wollte, was Thaimösen seien, die Papa im Urlaub so geschmeckt hatten und ob Mama das mal kochen konnte.

„Leonie", flötete Eva, „Schätzchen, sag, ist deine Mama in der Nähe?"

„Wessen Mama sonst?"

Dieses Schnappige hatte das Kind zweifelsfrei vom Vater. Der polterte gern und oft mit seinem geistigen Tiefflug herum. Um sein Niveau zu finden, musste man in einer Tiefgarage suchen. Oder im Mariannengraben. Im Erdkern. Eva zwang sich zur Ruhe. „Ja, Liebes, sag, ist Mami in der Nähe?"

„Nähe?" Leonie überlegte. „Wenn man die Entfernungen auf dem Erdball als Relation nimmt, ist sie durchaus in der Nähe."

„Gib sie mir, bitte, bitte."

„Geht nicht. Mama ist weg. Als sie von der Arbeit kam, war ein Mann da, der mit ihr gesprochen hat. Danach hat sie uns einen Teller Butterbrote geschmiert, Kräutersalz drauf getan und ist weg. Viel zu viel Kräutersalz, das würde ich ihr mitteilen, wenn ich wüsste, wo sie ist."

Eva konnte Leonies diebisches Grinsen geradezu vor sich sehen. Die kleine Göre war eine hinterlistige Ausgeburt der Hölle, tat vornrum schön und jagte einem gleichzeitig von hinten ein Messer ins Kreuz.

„Hast du sie aufs Handy angerufen?"

„Da kommt der übliche Spruch. Wahrscheinlich ist die Karte wieder mal gesperrt."

Eine normale Antwort auf eine normale Frage. Wow. Mit dem Kind, überlegte Eva, geschahen Wunder. „Ich starte später einen neuen Versuch."

„Lieber nicht", sagte Leonie, „wenn sie wieder stundenlang mit dir telefoniert, hört sie sich mein Referat nie an. Mein Thema sind die größten Bankräuber des zwanzigsten Jahrhunderts und Mama meint, damit würde sie sich auskennen."

„Was?", stieß Eva aus.

„Ja", machte Leonie, „genau meine Reaktion." Damit legte die kleine Kröte auf und Eva schickte einige sehr unflätige Flüche ins Universum, ehe sie Jettes Telefonnummer wählte. Da ging nur der Anrufbeantworter ran. War Jette mit Christopher Siewert zugange? Hatte sie ihre Kinder zu Freunden verfrachtet, um daheim freie Fahrt zu genießen? Sie wollte deswegen bissige Kommentare eindeutigen Inhalts auf den AB sprechen, erinnerte sich an das Drama zwischen Amiti und Peter und ließ es bleiben. Nur ein Schnauben entkam ihr, bevor sie auflegte und die Handynummer wählte. Nach mehr als einer Minute wurde sie aus der Leitung geworfen.

„Scheiße", flüsterte sie. „Alle haben Sex, nur ich nicht. Die Welt ist ein Sammelsurium an Ungerechtigkeiten."

Eva versuchte Amitis Handynummer und kassierte die übliche Ansage, die Nummer sei nicht bekannt. Wenn Amiti nur den Job in der Fleischerei angenommen hätte, anstatt sich im Getränkeladen zu verdingen. Ja, sie hätte Schnitzel, Braten und Gulasch schneiden müssen, hätte Salami, Leberkäse und Schinken kennen müssen, hätte gesehen, wie die Viecher vorn lebendig rein und hinten tot in die Theke kamen, aber sie hätte Geld für eine Sim-Karte gehabt. Geld! Nicht bloß ein reines Gewissen. Eva ließ das Telefon auf die Theke gleiten. „Scheiß Buddhisten."

Eine Weile stand Eva in der Küche, mit den Armen auf die Theke gestützt und den schmerzenden Knöchel in die Luft haltend. Ihre Gedanken rasten und gingen sämtliche Möglichkeiten durch, ohne eine Lösung zu finden, die ihr gefiel. Jette unerreichbar fern in den Armen eines tollen Mannes, Amiti am Ende der Welt irgendwo unauffindbar. „Scheiße." Eva erinnerte sich, wie Amiti zu ihrer eigenen Hochzeit zu spät gekommen war. Sie hatte im Auto eine Kreuzspinne entdeckt und Kreuzspinnen vertrugen auf den Tod keine geschlossenen Räume. Deshalb hatte die Trauzeugin ein Glas und ein Blatt Papier besorgen müssen, um die Spinne einzufangen.

Gemeinsam mit dem Fahrer suchten sie einen guten Platz für die Spinne, wobei Amiti mit ihrem Kleid in einen Kuhfladen geriet. Das Reinigen mit allen Brillenputztüchern der Trauzeugin kostete mehrere Minuten und bis die verheulte Trauzeugin wieder vorzeigbar war, kamen alle vierzig Minuten zu spät.

Eva rechnete nach. „Eine Drittelmillion, dafür fünf unruhige Nächte und ich muss als Spesen eine Packung Schmerztabletten gegen das Magengrummeln abziehen. Der Stundenlohn passt." Sie stemmte sich von der Theke weg und hopste zur Tür. „Alle Drecksarbeit bleibt an mir hängen." Sie zog eine Jacke an. Wegen des Hochnebels und des Tiefdruckgebiets mit dem passenden Namen Kelta war es eisig. Die realen null Grad fühlten sich wie dicke Minusgrade an. Sie schlang einen Wollschal um ihren Hals und schlüpfte in den Stiefel. Dazu stellte sie behutsam ihr Körpergewicht auf den verletzten Knöchel. Ganz langsam, um die Schmerzen in erträglichem Rahmen zu halten. In einen Schuh kam sie mit dem Verband allerdings nicht.

„Immer muss ich alles selbst machen." In Gedanken ging sie die Strecke bis zum Pfarrgarten durch. Mit dem Auto war es in einer Minute zu schaffen, wenn keines der vielen Kinder auftauchte, die gern mal unangekündigt auf die Straße sprangen. Zu Fuß brauchte man fünf Minuten, falls man schnell genug marschierte, um der Quasselstrippe am Brunnen zu entkommen. Wenn man der in die Fänge geriet, dehnte der Weg zum Pfarrhof sich auf mindestens eine Stunde. Außer, man täuschte einen Überraschungsangriff der Russen vor, indem man sein Smartphone zum Klingeln brachte. Die Quasselstrippe fürchtete die Russen wie nichts anderes, sprang beim ersten Klingeln hoch und versteckte sich in ihrem Haus, wo sie hinter den Gardinen hervor lugte und wartete, bis sie den vermeintlichen Russenangriff vergessen hatte. Dann kroch sie erneut aus ihrem Häuschen, setzte sich an den Brunnen und verwickelte ihre Opfer in ausufernde Gespräche. Diesmal lauerte die Quasselstrippe nicht. Hinter ihrem Küchenfenster brannte Licht, ihre Haustür stand einen Spalt offen und die Gardinen bewegten sich sacht.

Das Dorf war leergefegt, wie Eva erleichtert feststellte. Sie trat sehr vorsichtig auf, ganz sanft, und zog den verletzten Knöchel nach. Jedes Mal, wenn sie ihr Körpergewicht vom verletzten Knöchel nahm, gab es einen heftigen Stich, der vom Fuß durchs Bein in den gesamten Körper sauste und hinter den Augen zu heftigen Lichtblitzen führte. „Himmel", stöhnte sie, „wenn eine Geburt so wehtut, will ich keine

Kinder."

Im Dorf war sie bekannt wie ein bunter Hund, kein Wunder, wo sie die Bankfiliale, bei der fast jeder Einwohner ein Konto hatte, die meiste Zeit allein schmiss. Wo sie im Dorfladen einzukaufen pflegte (wenn sie nicht gerade aus einem Hang zur Sparsamkeit heraus den Discounter in der Stadt wählte) und gern einen Kaffee trank und sich mit ihren Freundinnen traf. Außerdem war sie seit Ewigkeiten Kassier des Frauenverbands und Kassenprüferin des Sportvereins. Eva kannte das Team im Kindergarten und die Leute, die in der Schule arbeiteten, sie wusste, wer der Schriftführer im Schützenverein war, wann der Gartenbauverein seine Sitzungen hatte und wer unter dem Helm und dem Mantel von St. Martin steckte und sein Pferd nur zu diesem einen Anlass im Jahr auf Hochglanz striegelte, während die Mähre das übrige Jahr vernachlässigt auf der Weide stand. Sie wusste, wer sich als Nikolaus verkleidete und auf Bestellung und gegen kleinen Obolus Kindern die Leviten las. Schande über Wolfi, fiel es ihr ein. Wenn der Kerl in diesem Jahr wieder in der Kneipe versumpfte und mit seinem Krampus die Kasse des Traditionsvereins versoff und am nächsten Tag den Kindern die Leviten mit einer Fahne las... Das wäre nicht weiter aufgefallen, denn die meisten Kinder hatten mächtigen Respekt vor dem Nikolaus, nur einige hatten sich gefragt, warum der Nikolaus einen Fleck auf der Hose hatte und nach Pipi roch? War der sturzbesoffene Kerl nach seiner Kneipentour am ersten der beiden Nikolaustage im Straßengraben gelandet, hatte sich selbst vollgepinkelt und war von der Zeitungsfrau um fünf Uhr früh nach Haus gebracht worden. Zum Glück hatte es viel Schnee und das Kostüm war nur nass, nicht schlammverkrustet. Eva erinnerte sich, wie sie Wolfi mahnend angesehen hatte, als er die Rechnung für die Beseitigung der Urinflecken ein paar Tage später an die Reinigungsfirma überwiesen hatte. „Nie wieder trinkst du Schnaps, bevor alle Kinder bedient sind. An beiden Tagen bedient sind."

„Du hättest meinen Krampus sehen sollen", wollte Wolfi sich verteidigen. „Der hat am fünften Dezember leicht geglüht und am sechsten vor lauter Rausch ständig mit seiner Kuhglocke gebimmelt. Rute und Sack sind weg. Die hat bestimmt einer mitgehen lassen."

Eva schaute böse. „Nie wieder! Schwöre oder ich tippe aus Versehen deine sechzig Euro achtzig ohne Komma in die Überweisung."

„Ich lasse eine Retoure buchen", konterte Wolfi.

Eva begann zu tippen. „Heute um 16 Uhr beginnt mein Urlaub. Meine

Vertretung übernimmt der dämliche Azubi, der letztes Mal statt tausend Rupien tausend Euro an deinen Freund in Indien überwiesen hat. Erinnerst du dich, was das für ein Drama gab? Willst du dem Trottel wirklich zumuten, er solle eine Überweisung mit falschem Betrag abfangen, bevor sie auf dem Konto der Wäscherei gebucht wird? Na, Wolfi, ich wünsche euch viel Spaß und ich sage dir, ich werde in den drei Wochen Urlaub nicht ans Telefon gehen und meine Mails garantiert nicht anschauen. Ich bin nicht zu erreichen!" Sie ließ ihre rechte Hand über dem Nummernblock der Tastatur schweben. „Was ist nun? Schwörst du dem Schnaps vor der Belehrung ab?"

Heute schmunzelte sie über die Geschichte und den geleisteten Eid und wähnte sich leichtfüßiger denn je. Wie angewurzelt blieb sie stehen, als sie um die abknickende Vorfahrtsstraße bog und den Menschenauflauf in der Dorfmitte sah. Sämtliche Leute hatten sich am Vorplatz versammelt, dazwischen standen Polizisten und die Quasselstrippe in der dunkelroten Strickjacke hatte ihr Revier offenbar vom Brunnen zum Maibaum verlagert. Sie nahm den Zeigefinger zu Hilfe, den sie jedem ungewollt in die Brust piekte. Eva rollte die Augen und schimpfte sich selbst für ihre Dummheit. *Natürlich* sind *alle* gekommen." Sie machte auf dem Absatz kehrt, zumindest auf dem einen, den sie benutzen konnte. Besser, sie schlich sich zurück nach Hause, ehe sie jemand entdeckte.

„Hey!", rief ihr eine tiefe Stimme entgegen, „ich dachte, du legst dich hin und verdaust deinen Schock?"

Eva drehte sich ein Stück weiter und schaute mit zusammengekniffenen Augen zu der Hausbank, die versteckt hinter einem großen Buchsbusch stand. Sie beugte sich zur Seite und sah Hopfi dort sitzen. Genau vor dem riesigen alten Bauernhof, der seiner Oma gehörte. Im vorderen Hausteil, der nach Süden blickte, wohnte die Oma zusammen mit Hopfi. Sie hatten es sich auf drei Etagen bequem eingerichtet und die Oma lebte von ihrer mageren Bauernrente und den Mieterträgen. Der Rest des Hauses, also das, was früher Stall und Tenne und die Räume fürs Gesinde gewesen waren, hatte drei Reihenmittelhäuser und ein Reiheneckhaus ergeben. Hübsche Gärten dabei, Stellplätze für die Autos im Hof. Alles bestens vermietet in einer Gegend, die nicht weit von München und der Autobahn lag und außerdem in der Nähe eines Gewerbegebietes, von dem aus ein internationaler Konzern hervorragende Medizin in die ganze Welt schickte. So gute Jobs trieben die Preise, erweiterten die

Namen auf den Klingelschildern um einige akademische Titel und ließen die verwitwete Oma mit dem einzigen Enkel in wirklich gutem Licht erscheinen. Tatsächlich stand hinter Hopfi im Fenster eine Salzkristallleuchte, bestückt mit einem Teelicht.

Eine schnelle Ausrede musste her. „Ich wollte meinen Schock kurieren", humpelte Eva näher. „Leider ist in meinem Kühlschrank absolut nichts, was dafür taugt. Ich muss was einkaufen."

„Witzig", schmunzelte Hopfi, „du hast nicht mal eine Tasche dabei." Er nahm das Knie runter und setzte sich aufrecht. „Der Dorfladen führt keine Plastiktüten mehr und Papiertüten gibt es nur für Frischware und gegen saftigen Aufpreis."

„Ist richtig so", erinnerte sich Eva. „Wenn ich mir schon Tüten ins Haus hole, anstatt mein Oberstübchen vorher zu bemühen und mir eine Tasche mitzunehmen, sollen die ruhig ordentlich kosten." Sie tat, als würde sie sich nachdenklich am Kopf kratzen. „Ich werde fragen, ob ich mir einen Korb leihen oder mit einem der Einkaufswägen fahren darf. Ist quasi ein Notfall, da werden die ein Auge zudrücken, meinst du nicht? Bequem wäre es außerdem, wenn ich ein Einkaufswägelchen hätte. Hat deine Oma einen Rollator, den sie mir leihen könnte?"

„Irrsinn", fand Hopfi. „Mit deinem verletzten Fuß gehörst du ins Bett oder auf die Couch. Was ist mit Jette oder Amiti?" Er stutzte. „Wo sind die überhaupt? Außerhalb deiner Arbeitszeiten findet man euch meistens im Dreierpack." Ein verschmitztes Lächeln trat auf sein Gesicht. „Sag bloß, die Damen haben etwas zu tun, das wichtiger ist als dein Fuß?"

„Scheint so." Der Schmerz in Evas Fuß wurde übermächtig. Sie hopste die paar Meter zu Hopfi und ließ sich neben ihn auf die Bank sinken. „Jette hat mit einem Polizisten angebandelt und scheint mit ihm alles nachholen zu wollen, was die letzten beide Jahre mit ihrem Mann nicht mehr lief. Ich kann es ihr nicht verdenken; ihr Mann ist ein Depp. Amiti? Nicht mal ihre Kinder wissen, wo sie ist."

„Hm." Hopfi zog aus seiner Jackentasche sein Smartphone. Er wischte kurz darauf herum. „Unter dieser Nummer heißt es, sie sei dem Anbieter nicht bekannt."

Eva warf einen Blick auf die Nummer. „Die Karte ist schon lange gesperrt. Amiti hat die Rechnungen nicht zahlen können."

Hopfi wischte wieder. „Die Gedanken eines Menschen öffnen sich erst, wenn seine Lage ausweglos ist."

„Hä?" Eva rieb sich das Gesicht.

„Weißt du ihre aktuelle Nummer?"

„Auswendig. Allerdings höre ich denselben Text wie du bei deiner Nummer."

„Okay." Hopfi steckte das Smartphone weg. „Wie wäre es, wenn ich für dich einkaufen gehe?"

„Nicht nötig", lehnte Eva ab. „Wirklich nicht nötig."

„Tatsächlich?" Er schmunzelte breit und dabei bildeten sich Lachfältchen um seine Augen. „Du quälst dich fünfhundert Meter zu einem Geschäft und würdest dich dieselbe Strecke samt Ballast wieder nach Hause kämpfen, sagst aber, es sei nicht nötig? Eva, wir kennen uns mein ganzes Leben lang. Du wolltest zwar nicht mit mir zum Abschlussball gehen, einkaufen kann ich durchaus für dich."

Ganz genau. Wenn sie sich nicht so irre lange kennen würden, wäre er vielleicht sogar ihr Typ. Abgesehen vom Äußeren. Sie hätte gern einen Kerl, der groß und kräftig war und dunkle Haare hatte, keinen Mann, der sie nur um eine Handbreit überragte, seine Glatze mit Stolz trug und eine Brille auf der Nase hatte. Nett war er und ein Kumpel, kein Mann, der sie mit einem Blick von den Füßen fegte und genau deshalb war es mit dem Abschlussball nix geworden.

„Nur verknackst." Eva stand von der Bank auf. Sie machte einen kleinen Schritt und ignorierte dabei die Schmerzen. Sie kam sich vor wie die kleine Meerjungfrau im Originalmärchen von Andersen, nicht wie in der weichgespülten Kulleraugenversion. Schmerzen bei jedem Schritt, als führen glühende Messerklingen in ihre Fußsohle. „Ich muss das allein hinkriegen, Hopfi, daheim wartet ja keiner auf mich. Selbst wenn du mir einkaufst, bleibe ich allein."

„Hey!" Eine Gestalt mit dunkler Hose und Jacke winkte und joggte näher. „Hey, was machen Sie hier? Sollten Sie sich nicht ausruhen?"

„Herr im Himmel", brummte Eva, „die braun-grünen Uniformen waren modisch bestimmt nicht der letzte Schrei, aber gerade habe ich mich gefragt, ob ich jemanden bei der Post kenne."

„Post?" Die Polizistin Esmeralda Lafayette zupfte an ihrer Jacke. „Die Post kommt in Gelb und Blau."

„Nur", hob Eva den Finger, „wenn der Typ bei der Post angestellt ist. Sonst kommt ein Subunternehmer und zwar ganz in diesem dunklen Blau oder in Jeans und T-Shirt. Ja, vorige Woche stand ein Typ in Jeans und T-Shirt vor meiner Tür und wollte ein Paket abgeben. Er konnte dieses Gerät, auf dem man den Empfang quittieren muss, kaum bedienen. Ich habe ihn hochkant rausgeworfen und ihm mit der Polizei gedroht. Solche Betrüger würden jede Masche mitnehmen, wenn sie nur in fremder Leute Wohnungen nach Wertgegenständen wühlen könnten. Wissen Sie was? Er zauberte einen Dienstausweis aus der Tasche, der aussah, als hätte er ihn selbst designt." Sie wollte sich an die Stirn tippen, entschied sich lieber für ein Kratzen am Kopf und piekte sich den Finger ins Auge. Schnell blinzelte sie die Tränen weg und tat, als wäre nichts passiert. „Er war tatsächlich im Auftrag der Post unterwegs, wie ich während eines wütenden Telefonats erfahren habe."

Esmeraldas Augen wurden immer runder und immer größer. Sie tippte mit spitzem Finger auf ihre Schulter, wo ein aufgesticktes Abzeichen prangte. „Daran erkennt man es auf jeden Fall."

Eva wischte sich die letzte Träne aus dem Augenwinkel. „Ich gebe einen Fliegenschiss auf Sticker, die es für fünfzig Cent das Stück im Internet gibt. Ab zwanzig Stück ist der Faden zum Aufnähen inklusive."

„Echt?" Esmeralda streichelte das gestickte Kunstwerk. „Echt."

Schnell räusperte sich Eva. „Das da ist echt. Erkennt man natürlich sofort."

„Echt jetzt?"

„Absolut." Eva packte all ihre Selbstsicherheit in ihre Stimme. Wie bei alten Leuten, denen sie der Rendite wegen einen Bausparer verkaufte. „So was von absolut. Ich meine, das ist aufgestickt, nicht bloß aufgenäht. Da war eine unterbezahlte Stickerin in Bangladesch oder Kambodscha bestimmt zwanzig Minuten mit beschäftigt."

„Du bist absolut durchgedreht." Hopfis Lächeln ging immer mehr in die Breite. „Stellen Sie sich vor, sie redet nicht nur verwirrendes Zeug, sie will einkaufen gehen. Mit ihrem kaputten Fuß!"

Es war, als wischte jemand alles Sentimentale aus Esmeraldas Blick. „Das muss jemand anderes tun." Sie rückte ihre Mütze zurecht. „Sie sollten die Verletzung nicht als Lappalie abtun, sonst wird es schlimmer und die Heilung dauert länger."

„Ich wollte für sie einkaufen."

„Prima." Esmeralda dankte Hopfi mit Handschlag. „Sie gehen einkaufen und ich bringe Frau Sonnemann nach Hause. Was", wandte sie sich an Eva, „soll er besorgen?"

Eva wollte am liebsten wie Rumpelstilzchen mit viel Getöse in den Erdboden fahren oder sich alle Gliedmaßen ausreißen, äußerlich blieb sie völlig ruhig. Unbewegt. Starr. „Brot."

„Außerdem?", fragte Hopfi und es klang gar nicht wie das letzte Außerdem, das Eva gehört hatte. Sie sah deutlich das Gesicht der Bedienung vor sich, die nach sechzig Gramm Kochschinken, dreißig Gramm Pfeffersalami, einer dünnen Scheibe Leberkäse und der nicht gewollten und durch drei Scheiben Mortadella ersetzten vierzig Gramm Leberwurst schnauzte: „Außerdem!" Eva ließ das Wiener Würstchen, das ihr durch den Kopf spukte, Würstchen sein und hauchte: „Nein."

„Nur für Brot?", fasste Hopfi sich an den blanken Kopf. „Da hättest du zum Bauern hochgehen sollen. Der Hinweg ist genauso lang und heim hätte dich der Senior aus Mitleid mit dem Bulldog gebracht."

„Butter", sagte Eva schnell, „ich brauche Butter."

Hopfi stöhnte auf. „Bei deiner Geschwindigkeit ist das Brot verschimmelt und die Butter ranzig, ehe ich fertig bin. Ich werde einfach einen Schwung Lebensmittel besorgen. Gibt es etwas, das du verabscheust und nicht daheim im Kühlschrank haben willst?"

„Light-Produkte."

„Wer kauft das schon." Hopfi stand von der Bank auf und marschierte los. „Ich muss nachher telefonieren. So in guten zwei Stunden bin ich mit den Einkäufen bei dir."

Esmeralda zeigte auf den Boden. „Warten Sie hier. Ich hole das Auto und bringe Sie heim."

Damit sie zu der Sorge um die Kohle und die Jacke obendrein ein schlechtes Gewissen bekam? „Nicht nötig. Wirklich nicht nötig. Ich schaffe das."

„Natürlich." Esmeralda legte den Arm um Evas Schultern und drückte sie fest. „Sie sind eine richtig taffe Frau und schaffen eine ganze Menge allein. Trotzdem. Sie *müssen* nicht alles schaffen und nicht alles allein auf die Reihe kriegen. Sie dürfen sich helfen lassen." Sie zwinkerte, ließ Eva sitzen und holte das Polizeiauto.

So wurde Eva zum zweiten Mal an diesem Tag nach Hause gebracht. Esmeralda half ihr die Stufen hinauf, schön langsam, Schritt für Schritt, half ihr mit der Tür, indem sie aufschloss, während Eva an der Wand lehnte, und dem Ausziehen von Jacke, Schal und Stiefel, half ihr ins Wohnzimmer auf die Couch und füllte den Wasserkocher mit Wasser. „Eine Tasse Tee wird Ihnen guttun. Wo ist der Tee? Wo sind die Tassen?"

Eva zeigte auf die Schränke und beobachtete, wie Esmeralda Tee kochte, eine Tasse auf den Wohnzimmertisch stellte, den Zucker brachte und ein Teelicht entzündete. „Nehmen Sie sich eine Tasse", meinte Eva, doch Esmeralda lehnte ab. „Ich bin im Dienst und muss wieder zurück zu meinem Kollegen. Wenn Sie möchten, schaue ich nachher vorbei?"

„Mhm", machte Eva und schloss ihre Hände um die heiße Tasse. „Das wäre schön."

„Prima." Esmeralda bückte sich und drückte Eva einen Kuss auf die Lippen. „Ich kann es kaum erwarten, Süße."

Eine geschlagene Stunde saß Eva auf der Couch wie versteinert. Den Fuß hochgelegt, die Hände um die Tasse geschlossen, den Mund offen. Sie starrte mit kugelrunden Augen dorthin, wo Esmeralda gestanden hatte. Sie spürte, wie der Tee kalt wurde. Langsam beruhigte sich ihr Herzschlag und endlich schaffte sie es zu schlucken. „Also... So was..." Sie stellte die Tasse auf den Tisch.

Tickend zog der Sekundenzeiger eine Bahn nach der anderen. Er zerrte den Minutenzeiger mit sich und schließlich den Stundenzeiger. Eva beobachtete dieses Spiel mit großer Aufmerksamkeit und stellte nach einer weiteren Stunde fest: „Also... So was..."

Plötzlich durchfuhr sie ein heißer Schreck. Ihr messerscharfer Blick fand die Wollmäuse, die unter dem Tisch eine Party schmissen und sich mit den Bröseln neben dem Schrank verabreden wollten. Die Flusenkompagnons riefen zum Marathon. Die Rennstrecke schien über eine dicke Staubschicht zu führen, quer durch das Wohnzimmer in die Küche, wo eine Reihe Brotkrümel die Ziellinie markierte. Erster Preis: Spinnwebentuning fürs Schlierieninterieur.

„Scheiße!" Eva sprang auf die Füße und sauste ins Bad. Auf dem Weg dorthin schnappte sie sämtliche Kleidungsstücke, die in den Ecken und Winkeln lagen: Den Pulli vom letzten kalten Abend auf dem Sofa, die Unterhose mit dem Loch am Bund, die sie längst hätte wegwerfen sollen, die Jeans mit der aufgewetzten Stelle zwischen den Beinen, den Rock, an dem der Knopf fehlte, und ein Rock, der sich nicht hatte bügeln lassen und deswegen in hohem Bogen gegen die Wand geflogen war. Auf seinem Weg zu Boden hatte er ein Bild mitgenommen und die Scherben des Glasrahmens lagen unter einem Blusenberg. Sie wechselte täglich die Bluse, oft zweimal täglich, weil sie fürchterlich schwitzte und ihr Achselschweiß sie vom Geruch her an Röstzwiebeln erinnerte. Röstzwiebel mit Jägerschnitzel, dazu Spätzle und Gurkensalat. Eva spürte ihren Magen knurren und dachte: Scheiß Genetik.

Sie fand hinter der Topfpflanze den fürchterlich aussehenden und kratzenden Rüschen-BH, den sie nie getragen hatte. Sie fand eine Strumpfhose mit Karomuster, die prima zu dem unbügelbaren Rock passen würde. Wenn sie den Rock in die Reinigung gab und die Strumpfhose wusch und sich vielleicht ein Paar neue Stiefel kaufte, womöglich in dieser Boutique...

„Keine Zeit!", schimpfte sie mit sich selbst und stampfte mit dem falschen Fuß auf. Ein heißes Stechen zischte durch den Knöchel, den sie während der letzten Minuten, in denen sie durch die Bude geflitzt war, völlig vergessen hatte. „Mist! Mist! Mist!" Wenn sie nicht gestampft hätte, wäre das Verstauchte vielleicht sogar schon verheilt? Eva verabscheute sich für ihre Impulsivität und stopfte alle Klamotten in den Wäschekorb, der so viel Arbeit auf einmal nicht schlucken wollte. Ein Spalt stand offen und ausgerechnet die bequemen Schlüpfer für ihre Tage lagen oben auf. „Miiiiisssstttt!" Sie stemmte sich mit beiden Händen auf den Deckel und drückte mit ihrem ganzen Gewicht. Der Wäscheberg gab nach. „Haha!", frohlockte Eva, „mein Übergewicht ist zu viel für uns beide!"

Ein triumphierendes Lächeln auf den Lippen hopste sie einen guten Meter zurück, um zu sehen, ob der Wäschekorb aus Rattan nun den passablen Anblick einer Frau bot, die Beruf und das bisschen Single-Haushalt spielend unter einen Hut brachte.

„Scheiße!" Sie ließ die zum Triumphtanz erhobenen Arme sinken.

Rattan ist ein Naturmaterial, erinnerte sich Eva, was der Verkäufer gesagt hatte. Offenbar eines, das sich nie mit Naturgewalten anlegen musste. Jedenfalls war der Korb kaputtgegangen. Die Flechtstruktur hatte nachgegeben, der Frotteeschlafanzug mit dem Schokofleck auf dem Teddybärchen quoll hervor. Wenn Esmeralda wieder kam und das Bad benutzen wollte (natürlich benutzte Besuch das Bad, wenn es nicht frisch geputzt und auf Hochglanz poliert war), wenn also Esmeralda das Bad benutzte, würde sie den uralten Schlafanzug sehen, die Nase rümpfen und auf der Stelle gehen.

Es klingelte an der Tür.

„Scheiße! Scheiße, Scheiße." Eva packte alles, was an Wäsche nicht in den Korb passte, stopfte es blitzschnell in die Waschmaschine und drückte den Startknopf, ohne sich um Waschmittel oder das gewählte Programm zu scheren.

Schnell humpelte sie aus dem Bad zur Wohnungstür. Sie zupfte an ihren Haaren und ihren Klamotten und öffnete mit einem langgezogenen: „Hi…"

„Servus." Es war nicht Esmeralda, sondern Hopfi. „Meinetwegen musst du dir die Haare nicht zausen." Schnurstracks ging er Richtung Küche. „Du siehst blendend aus."

„Jaja." Eva warf die Tür zu und humpelte ihm nach. „Entschuldige." Sie stützte sich auf die Theke und stellte sich, um den schmerzenden Fuß zu entlasten, wie ein Storch auf ein Bein. „Ich wollte nicht patzig sein. Danke fürs Einkaufen."

Hopfi stand neben der Pappschachtel, in der er die Einkäufe hatte. Er lächelte verschmitzter als sonst. „Mhm", machte er. „So bin ich eben. Philanthrop durch und durch." Er packte aus. Brot. Butter. Käseaufschnitt und Camembert in einer Menge, die Eva nie zu bestellen gewagt hätte, weil sie die fiesen, abschätzigen, gemeinen, boshaften Blicke der dürren Verkäuferin fürchtete. Kochschinken. Zwei Debreziner. Vier große Tafeln Schokolade, Traube-Nuss und ganze Orangenscheiben. Erdbeermarmelade, Croissants zum Aufbacken. Vier Liter Milch in der Pfand-Glasflasche, außerdem eine Flasche Sahne, Frischkäse und einen Eisbergsalat, zwei rote Paprika, eine Gurke, zwei Zucchini.

„Wow", atmete Eva tief ein, „sehe ich aus, als bräuchte ich übers Wochenende so viel zu essen?"

„Ich dachte, wegen deines verletzten Beins bekommst du bestimmt Besuch und ihr könnt gemeinsam kochen."

„Wow", machte Eva erneut. „Wie fühlt es sich an, dermaßen tolle Dinge zu kaufen – in diesen *Mengen* zu kaufen – und keine kritischen Blicke oder dummen Kommentare zu ernten? Nein, sag nichts. Ich kann mir das Leben im Paradies vorstellen." Eva hangelte ihre Geldbörse aus der Handtasche, die über dem nächsten Stuhl hing. Ihre andere Handtasche mit dem anderen Portmonee hatte sie in der Bank vergessen. Zum Glück besaß sie mehrere Handtaschen und mehrere halbwegs akzeptabel gefüllte Geldbeutel. „Was bekommst du dafür?"

„Nichts."

Eva schnitt eine kurze Grimasse. „Der Einkauf ist mehr Freundlichkeit als nötig. Zahlen tu ich selbst."

„Ach, Eva." Hopfi stützte sich auf die Theke. „Du weißt über meine finanzielle Situation besser Bescheid als ich."

„Ja", nickte Eva, „Oma hat Geld ohne Ende, gepaart mit nicht existenten Ansprüchen. Sie fühlt sich im Luxus, wenn in der

Vollmilchschokolade ganze Nüsse versteckt sind."

Hopfi ignorierte die Kritik. „Sie schiebt ihr Vermögen auf diese Weise am Finanzamt vorbei. Weißt du, wie viel zu klein der Freibetrag für Enkel ist, wenn in der Erbmasse ein fünfspänniges Reihenhaus steckt und außerdem ein erschlossenes Baugrundstück von drei Hektar Größe am Staffelsee, das in einige üppig bemessene Grundstücke geteilt werden kann, um ein paar mehr Leuten den Blick auf den See zu ermöglichen? Gut, die in zweiter Reihe und alle Spaziergänger sehen nichts mehr vom See, aber das Leben ist so. Einer muss verlieren, damit ein anderer gewinnt."

„Sie will wenigstens ihr Bargeld an der Steuer vorbei bringen." Eva fischte einen Fünfziger aus dem Geldbeutel. „Trotzdem stehe ich nicht gerne in anderer Leute Schuld."

Hopfi schaute auf den Geldschein, unverändert lächelnd. „Ich glaube nicht an das Prinzip von Schuld und Sühne."

„Wie viele Semester hast du Philosophie studiert?", ließ Eva die Hand mit dem Geld sinken. „Das waren auf jeden Fall zu viele, wenn du darüber den Glauben verloren hast. Mitten in einem oberbayerischen Dorf, wo der Pfarrer für die letzte Aussegnung dreißig Minuten gebraucht hat und anschließend zwei Stunden lang den beunruhigten Gästen erklärte, man käme nicht automatisch ins Fegefeuer, wenn man sich einäschern und die Asche zu einem Diamanten pressen ließe. Ungläubiger Judas, ungläubiger, das haben die Klageweiber über dem Sterbebildchen vom alten Lindner gemurmelt."

„Ich glaube an Gelegenheiten", richtete Hopfi sich auf. „Mit der Zeit schwindet die Erinnerung an das bloße Sein, wohingegen das Erlebte stärker wird. Der Mensch lebt durch das, was er erlebt. Wer nichts erlebt und sich nicht zu Erlebtem hinreißen lässt, der existiert als schlichte Immobilität und verliert darüber sein Dasein und die Erinnerung an das Ich, das andere Menschen in ihren Gedanken von ihm pflegen."

Eva starrte ihn an. Sie versuchte stumm zu wiederholen, was er gesagt hatte. Was rauskam, glich einer Abhandlung in Altgriechisch respektive Böhmisch oder dem Liedtext eines alten, deutschen Schlagers, da war Eva sich nicht ganz sicher. „Nimmst du nun den Fünfziger?"

„Auf keinen Fall." Hopfi lachte. „Du kannst dich auf andere Weise revanchieren."

Eva sah sich auf dem Rücken liegen und sehr unanständige Dinge tun, schließlich musste es einen Grund geben, wenn ein hervorragend ausgebildeter Mann wie Hopfi weder eine feste Arbeit noch eine Freundin hatte. Gut, das mit der Arbeit konnte sie sich erklären. Wer zum Teufel brauchte heutzutage einen Philosophen, wo der Sinn des Lebens sich auf drei Worte beschränken ließ: Geld, Geld, Geld. Die Tonnen, in denen man liegen und sich das nachdenkliche Gesicht von der Sonne wärmen konnte, bis ein großer Alexander vor einem stand und Schatten warf, waren offensichtlich nicht üppig gestreut. Aber die Freundin! Er sah gut aus und hatte Knete, wenn ihn trotzdem keine wollte, dann wegen einer aus der Norm fallenden Sexualität. Das war für Eva keine Option: „Ich will auch heute nicht mit dir zum Abschlussball gehen."

Er lachte. „Leg bei Amiti ein gutes Wort für mich ein."

„Puh", machte Eva, „was Männer angeht, ist sie vollauf bedient. Als kostenloses Hausmädchen – Hausmännchen – könntest du bei ihr landen, nicht als Galan."

„Sie soll für mich arbeiten."

„Als was?", runzelte Eva die Stirn und knäulte den Fünfziger in der Faust zusammen. „Was euch jungen Kerlen so durch den Kopf spukt... Dir wird es ziemlich schlecht gehen, wenn Amiti mit dir fertig ist. Den letzten Typen, der ihr ein unanständiges Angebot machte, hat sie unangespitzt in den Boden gerammt. Verbal natürlich. Sie hat seine Avancen in den falschen Hals bekommen."

Hopfi lehnte sich an die Arbeitsplatte der Küche und schob die Einkäufe dabei zur Seite. „Ich bin weder dumm noch ungebildet, aber was euch Mädels durch den Kopf geht, werde ich nie verstehen. Nein, Eva, es ist ein ganz normaler Job, nichts, was irgendwie verwerflich wäre, sofern man den hierzulande gesellschaftlich anerkannten Moralkodex zugrunde legt."

„Du kennst Amiti gar nicht." Eva ließ den zerknüllten Geldschein in das Eiserne-Reserve-Glas hinter ihrer Kaffeemaschine fallen, damit er ein paar Münzen und kleineren Scheinen Gesellschaft leistete. „Du weißt überhaupt nicht, was sie kann oder will und ich weiß überhaupt nicht, wie du sie bezahlen willst. Für einen anständigen Job, die Steuern und Sozialabgaben reicht die Kohle deiner Oma nämlich nicht. Einen Minijob, in dem sie ausgebeutet wird, hat sie schon."

Sein Lächeln wurde breiter. Er stieß sich von der Arbeitsplatte ab. Aus seiner hinteren Hosentasche holte er ein silbernes Etui. Er öffnete es, entnahm eine Visitenkarte und legte sie auf den Tresen. „Ruf mich an, wenn ihr das nächste Mal einen Kaffee trinkt. Vielleicht kriege ich sie rum, wenn sie mich besser kennt."

„Sex. Ich wusste es."

„Ein Job." Hopfi tippte auf seine Visitenkarte.

Eva brachte ihn zur Tür. „Du weißt von den drei Kindern, die sie hat?"

„Obendrein", nahm er die Klinke in die Hand, „hat sie überhaupt gar keinen einzigen Knopf Geld. Oder? Wenn sie nicht zufällig durch eine Nacht-und-Nebel-Aktion oder ein zwielichtiges Ding an einen Haufen Knete kommt, sollte sie sich mein Angebot anhören."

„Angebot", murmelte Eva. „Rumkriegen. Wenn ein Mann mir gegenüber von einem Angebot spräche, zu dem er mich rumkriegen wollte, würde ich mir neue Unterwäsche kaufen und kein Büro-Outfit."

„Überlasse ihr das Geld, wenn es hilft."

Das Geld! Schon wieder dieser heiße Blitz! Eva fühlte, wie er vom Scheitel bis zur Sohle schoss. Das schöne Geld lag entweder im Pfarrgarten oder jemand hatte es gefunden und die Jacke auch, beides der Polizei gegeben und Amiti saß längst im Knast und ging nicht ans Telefon, weil eine böse Knastaufseherin ihr alles abgenommen und sie längst mit einem Besenstiel vergewaltigt oder an einen rüpelhaften Mistkerl von der Männerseite für eine Schachtel Zigaretten verhökert hatte. Eva schauderte. „Bitte nicht der Besenstiel."

„Besenstiel?"

Eva hatte Hopfi völlig ausgeblendet. „Ich meine", stammelte sie, „ich werde Amiti deinen abgelehnten Fünfziger geben und ein gutes Wort für dich einlegen."

Hopfi trommelte mit den Fingern auf die Pappschachtel und stieg langsam die Treppe hinab.

„Übrigens", fiel es Eva wieder ein und sie humpelte einen Schritt hinter Hopfi her. „Was war das, das du vorhin von dir gegeben hast? Als ich die Tür aufgemacht habe?"

„Nichts." Hopfi nahm die Schachtel andersrum. „Deine Nachbarin hat einen arabisch klingenden Namen, da habe ich sie begrüßt."

„Das hat sich nach mehr als nur Salam aleikum angehört?"

Sein Grinsen wurde breiter und er verschwand um die Biegung der Treppe. „Ich habe drei Jahre in Kairo studiert, gelebt und gearbeitet. Wusstest du das nicht?"

Eva hörte die Tür unten ins Schloss fallen. Sie humpelte zum Wohnzimmerfenster und schaute die Straße hinunter. Von Hopfi war nichts zu sehen. Wenn er zurück in die Dorfmitte ging, konnte er ihrem Adlerauge nicht entkommen. Es klingelte. „Hat der arbeitslose Herr Doktor der Philosophie was vergessen. Durch und durch vergeistigt, möchte ich sagen." Eva hopste zur Tür und öffnete mit einem breiten Lächeln auf den Lippen. „Wie kommt man auf die Idee in Kairo zu studieren?", fragte sie. „Warum nicht Boston oder Chicago oder London, wenn schon Geld keine Rolle spielt?" Eva lachte in sich hinein, bis ihr Blick klar wurde, ihr das Lachen gefror und der letzte Rest als etwas aus ihrer Kehle kam, das sich nach Frosch anhörte: „Quak."

Esmeralda kicherte. „Ich war nie in Kairo."

„Ich dachte..." Eva zeigte auf die Treppe und gleich darauf hinter sich aufs Wohnzimmer. „Ich dachte... Also..." Sie machte einen Schritt rückwärts. „Hopfi war gerade da."

„Ein netter Kerl", machte Esmeralda.

„Wegen der Einkäufe", sagte Eva schnell. „Nur wegen der Einkäufe. Mein Gott, die Einkäufe müssen in den Kühlschrank!" Sie drehte sich herum und humpelte davon. „Er hat in Kairo studiert." Sie bemerkte, wie Esmeralda die Tür schloss und ihr folgte. „Weil er gerade raus zur Tür war und es gleich wieder klingelte, dachte ich, er hätte etwas vergessen. Dabei war er es gar nicht. Komisch, ich hätte ihn unten auf der Straße sehen müssen, wenn er Richtung zu sich nach Hause gegangen wäre, denn er wohnt ja mitten im Dorf im Haus seiner Oma. Dort, wo ich vorhin völlig erledigt auf der Bank saß. Die Bank hat übrigens Hopfis Großvater selbst gemacht. Er war ein begnadeter Holzschnitzer und hat in der Stube einen Herrgott..." Eva hörte auf zu sprechen. „Ich plappere zu viel, oder?"

„Auf jeden Fall." Esmeralda war trotzdem fröhlich, öffnete den Kühlschrank und räumte alles, was Hopfi auf die Theke gestellt hatte, in die leeren Fächer. „Herr Hopfmüller ist mit dem Auto weggefahren. Richtung Ortsausgang. Deshalb konntest du ihn nicht am Fenster sehen." Sie schmunzelte. „Hübscher junger Mann. Anfang dreißig, oder?"

Eva dachte an das Geld im Pfarrgarten. War es in die richtigen Hände gekommen oder hatte es sich jemand unter den Nagel gerissen, der sie richtig tief in die Scheiße reiten konnte? „Möglicherweise."

„Auf den ersten Blick wirkt er wie ein ewiger Student, der am liebsten Omas Enkel ist. Dazu allerdings passt sein Auto nicht", fand Esmeralda. „Kein ewiger Student leistet sich so einen geilen Flitzer.

Hast du die Uhr an seinem Handgelenk bemerkt? Die ist von dieser Firma, die jedes Stück in Handarbeit herstellen lässt und ihren Uhrmachermeistern ein Monatsgehalt zahlt, von dem ich nur träumen kann."

Eva stutzte. „Wer ist Uhrmacher?"

„Aha", machte Esmeralda. „An Hopfenheimer hast du also nicht gedacht, woran dann? An den Überfall? Das Geld?"

„Ganz genau." Eva unterdrückte den nächsten tiefen Seufzer, der sie gewiss in Erklärungsnot gebracht hätte. „An jedes einzelne verdammte Scheinchen."

Esmeralda legte den Kopf leicht schief. Sie kam näher und nahm Evas Gesicht in die Hände. „Es ist ja alles gut gegangen, nicht wahr?" Sie hauchte einen Kuss auf Evas Lippen. „Dein Knöchel verheilt und mehr als ein tiefer Schreck bleibt nicht." Ein weiterer Kuss folgte. „Komm, lass mich dich ablenken."

Das klang gut und Evas Herz schlug bis in den Hals. Sie schluckte trocken und musste kurz husten. „So was", hauchte sie heiser, „hab ich noch nie gemacht."

„Geküsst? Ich glaube dir vieles, das nicht." Esmeralda küsste sie erneut. Sie trat einen Schritt näher, schloss die Augen und Eva spürte Esmeraldas Zunge an ihren Lippen. Sie öffnete den Mund. In der Schule hatte sie mit ihrer besten Freundin Zungenküsse geübt und das hatte fast so angenehm gekribbelt wie jetzt.

Kapitel 6
Retourkutschen

Es klingelte Sturm. Dingdongdingdongdingdong. In Gedanken sah Eva den Postboten vor der Tür stehen, der eines von einer Million Päckchen brachte für das Pärchen oberhalb. Dort war nie jemand daheim. Herr Stresemann und Frau Müller arbeiteten als Piloten für dieselbe Fluglinie, wurden ständig in unterschiedliche Richtungen dieser Welt geschickt und wenn sie gleichzeitig daheim waren, merkte Eva es am durchdringenden Gestank nach vergorenem Fisch, der durchs Treppenhaus zog. Es stank nicht oft dermaßen bestialisch, sonst hätte Eva sich längst eine andere Bleibe gesucht. Wahrscheinlich führten die beiden ihr Eheleben anderswo und brauchten die deutsche Adresse nur, um die vielen Pakete irgendwo ankommen zu lassen, in die all das verpackt war, was sie im Internet bestellten.

Eva rollte sich auf die andere Seite und zog die Decke bis übers Ohr. Stresemann bestellte Laufschuhe und Klamotten, Zeugs für das Aquarium, in dem er wahrscheinlich ein Krokodil pflegte, das nur alle sechs Monate mit vergorenem Fisch gefüttert werden musste. Frau Müller bestellte alles, was haltbar war. Nudeln, Reis, Konserven jeder Art, Gewürze, Klopapier. Klopapier? „Ja!", hatte Frau Müller völlig begeistert erzählt. „Im Abo! Ich brauche an die ganzen Hygieneartikel nicht mehr selbst zu denken. Alle acht Wochen schickt mir die Firma Roundsave Klopapier, Küchentücher, Zahnpasta und alles, was man als Frau eben braucht. Das ist superduper praktisch."

Oft stapelten sich in ihrem Flur die Pakete für Stresemann-Müller und wenn einer der beiden mal daheim war, führte der erste Weg nicht nach oben in die Wohnung mit dem niemals geschätzten Bergblick, sondern zu Eva. „Liebe Frau Sonnemann", hieß es immer, „waren Sie wieder so nett ein Paket anzunehmen?"

„Ja", flötete Eva stets zurück, „sogar freundlich genug für zwölf Pakete. Kommen Sie, ich helfe Ihnen hochtragen." Wobei sie sich tunlichst bemühte, das Paket mit dem aufgedruckten Dildo nicht obenauf zu legen.

Dingdongdingdongdingdong. Am Freitag. Freitags legte der Postbote eine sehr lange Brotzeitpause im Dorfladen ein und kam meistens gegen sechzehn Uhr dreißig bei Eva an. Dermaßen spät war es nicht, also konnte es nicht der Postbote sein, der Sturm klingelte.

„Grausam", murmelte eine verschlafene Stimme neben Eva und die Bettdecke wurde höher gezogen. „Ich besorge dir einen anderen Klingelton, so viel ist sicher."

Die wunderbarste Stimme der Welt von dem wundervollsten Menschen der Welt am allerbesten Ort der Welt! Eva rollte sich herum und streckte ihren nicht mehr schmerzenden Knöchel ins Freie. „Ich geh aufmachen."

„Nö", widersprach der Deckenberg. „Der nervige Klingler wird aufgeben. Irgendwann. Falls wir ihn lange genug ignorieren."

Eva belastete vorsichtig ihren Fuß und es war in Ordnung. Es zog und stach, nur ein kleiner Schmerz, der zu vernachlässigen war. „Ich komme!", brüllte Eva und das Geklingel hörte schlagartig auf.

Unter der Decke brummte es. „Du könntest kommen, wenn du hier bei mir im Bett bleibst."

„Musst du nicht zum Dienst?"

„Morgen. Erst morgen." Endlich zog sich Esmeralda die Decke vom Gesicht und blinzelte ins Dämmerlicht des Schlafzimmers. Am Abend vorher hatte Eva nur die Vorhänge vorgezogen, für alles andere war keine Zeit gewesen. Eva spürte ihre Wangen heiß werden, als sie sich an die Küsse erinnerte, die Berührungen, das Vertraute, obwohl sie Esmeralda erst wenige Stunden kannte. Erstaunlich, wie einem jemand den Kopf verdrehen konnte.

Jemand anderes hämmerte gegen die Wohnungstür und dieser jemand hatte kein Kopfverdrehen im Sinn. „Eva! Mach endlich auf! Wenn du nicht gleich in die Gänge kommst, passiert ein Unglück! Verdammt, ich muss pinkeln!"

Jette! Es traf Eva wie ein Hammer. Der Überfall, das Geld, der kaputte Beckenboden. Jette und Amiti waren wirklich gute Freundinnen – und richtig große Schafe. Ausgerechnet das größere der Schafe musste pinkeln. So schnell wie möglich stakste Eva zur Tür. Sie spürte ein angenehmes Ziehen an der Innenseite ihrer Oberschenkel, das absolut nichts mit dem verstauchten Knöchel zu tun hatte. Sie drückte die Türklinke runter und Jette stürmte herein. Ohne die dicke Winterjacke auszuziehen oder aus den schneebedeckten Stiefeln zu schlüpfen, hechtete sie ins Badezimmer, schlug die Tür zu und Eva vernahm den stärksten Urinstrahl aller Zeiten und das seligste Seufzen.

In Windeseile war Jette fertig und stand wieder vor Eva, die Winterjacke bis zur Taille hochgezogen, den Wollschal eng um den

Hals und die selbstgehäkelte Mütze saß schief. „Verdammt, Eva, was treibst du so lange? Ich versuche dich anzurufen, seit die Kinder aus dem Haus sind, und jetzt klingele ich seit einer gefühlten Ewigkeit Sturm." Sie zog sich die Mütze vom Kopf und strubbelte sich die Haare. Ihre Wangen waren rot und ihre Augen strahlten wie damals, als sie Gerd im Schwimmbad kennengelernt hatte. Sie wickelte sich den Schal vom Hals. „Ein bisschen was ist total schief gegangen..." Sie hatte genug Luft geholt, um einen sehr langen Vortrag zu halten. Blitzschnell presste Eva ihr die Hand auf den Mund und zog sie Richtung Wohnzimmer. Ein mahnender Blick ließ Jette verstummen.

„Mein Gott", sagte Eva möglichst aufgeregt und laut, dabei schossen aus ihren Augen tödliche Blitze, „wegen der Überraschung für Amitis Geburtstag?"

Jette guckte wie eine Kuh. Kugelrunde Glotzaugen, zwischen den Ohren nicht einen Funken Verstand. Der lange Schal baumelte wie ein Schwänzchen. Eva schnitt Grimassen und zeigte auf die Schlafzimmertür. Wie es sich anfühlte, mehrere Minuten, bis endlich draußen ein Auto über den Hang Richtung Haus fuhr, mit seinen Scheinwerfern kurz ein Muster auf die Flurwände warf und Jette ein Licht aufging.

„Ja." Sie begann breit zu lächeln. „Ja, ganz genau." Sie machte den Hals lang und versuchte einen Blick ins Schlafzimmer zu werfen. „Die Bauchtänzerin hat mir den Kurs abgesagt."

Nun glotzte Eva wie eine Kuh. Wenn das so weiterging, konnten sie Subventionen für alternative Landwirtschaft beantragen. „Schade", kapierte Eva endlich. „Komm in die Küche. Ich mache dir einen Espresso."

„Lieber einen Cappuccino." Jette zog die Jacke aus und hängte sie über die Türklinke. Sie schlüpfte aus den Stiefeln und äugte dabei ins Schlafzimmer, wo sie nichts als einen Deckenberg zu sehen bekam, bis Eva die Tür zuzog, den Arm streckte und zur Küche zeigte.

Kichernd hüpfte Jette in die Küche. Eva folgte ihr und schloss zur Sicherheit auch diese Tür. Sie schaltete den Kaffeeautomaten an.

„Uiiiiii", machte Jette, „wer ist es, wer ist es, wer ist es? Wie bist du an ihn gekommen und..." Sie wurde ernst und stemmte die Hände in die Hüften. „Wie lange?"

Eva zog ihre Jogginghose hoch und den Fleecepulli tiefer. Sich mehr anzuziehen, dazu war sie nicht gekommen. Sie trug nicht mal Unterwäsche. Sie überlegte, ob sie sich Socken holen sollte, entschied sich aber dagegen. Diesen Moment der Unachtsamkeit hätte Jette für eine peinliche Situation genutzt, wäre ins Schlafzimmer gepoltert und hätte spioniert. Nein. Für dieses Tamtam war es viel zu früh. Eva drückte die Cappuccinotaste. „Und? Was läuft zwischen dir und diesem Polizisten?"

„Huh", machte Jette und schüttelte die Hand, als hätte sie sich die Finger verbrannt, „heißes Thema. Seine Ausdauer ist der Grund, weswegen ich mir einen Cappuccino gönne. Im Espresso wäre für so viel Sex gar keine Energie drin." Sie nahm die Tasse, die Eva ihr reichte. „Er hat mich nach Hause gebracht, wir sind uns im Flur um den Hals gefallen und ich hatte zum ersten Mal in meinem Leben einen Orgasmus..." Sie wurde tatsächlich rot im Gesicht. „Ich hatte Sex im Stehen."

Evas Kinnlade schlug beinahe auf dem Boden auf. „Im Stehen?"

„Christopher", nippte Jette an ihrem Cappuccino, „ist durchtrainiert wie Schwarzenegger. Nur sieht er viel besser aus. Er hat mir die Kleider vom Körper gerissen, alle meine Bedenken mit einem Kuss zur Seite gefegt, mich hochgehoben und..." Sie trank den Cappu auf einen Zug. „Ist deine Maschine kaputt? Die Milch ist gar nicht richtig heiß."

„Nein!"

Jette setzte die Tasse härter auf der Theke ab als sie gewollt hatte.

„Ein paar Minuten später haben wir es auf der Couch getan und ich bin wieder gekommen. Kannst du dir das vorstellen?"

Eva stellte ein Glas unter den Kaffeeautomaten, füllte den Milchbehälter erneut und drückte die Taste für Latte Macchiato. „Ist das nicht Sinn und Zweck, wenn man miteinander schläft?"

Jette winkte ab. „Mit Gerd bin ich nie gekommen. Er hat jedes Mal Theater zu sehen bekommen."

„Ist ja schrecklich."

„Absolut." Jette schaute in ihre leere Tasse. „Mir ist in den Jahren, die ich mit ihm verheiratet war, echt was entgangen."

Eva nahm ihr Kaffeeglas in beide Hände und nippte am Milchschaum. „Die Milch ist völlig in Ordnung. Heiß wie immer. Wahrscheinlich ist dein Gespür für heiße Sachen von den Fingern und der Zunge zwischen die Beine gerutscht. Was ist jetzt mit Gerd? Schickst du ihn in die Wüste? Stellst du ihm seine Koffer vor die Tür? Ziehst du mit den Kindern aus? Wie soll es weitergehen?"

„Als erstes", hob Jette den Zeigefinger, „habe ich um halb zwölf einen Termin beim Anwalt. Ich muss unbedingt wissen, wie es mit dem Haus aussieht, ob ich Gerd rauswerfen kann, wann Christopher einziehen darf – in seiner kleinen Bude kann ich unmöglich mit zwei Kindern wohnen – und ob ich überhaupt was von Christopher sagen soll und wie das nun rechtlich alles läuft. Ich dachte, halb zwölf, den Termin kriege ich locker gebacken, aber du machst ewig nicht auf und ich brauche zwanzig Minuten bis Weilheim und nochmal zwanzig Minuten, bis ich einen Parkplatz gefunden und..."

„Warum bist du überhaupt hergekommen?" Eva holte das Kaffeepad aus der Maschine und warf es weg. „Meine Wohnung liegt nicht mal auf dem Weg nach Weilheim."

„Wegen der Kohle!"

„Welcher Kohle, meine Süße?"

Eva verschluckte sich an ihrem Kaffee. Sie hustete und prustete und schaffte es gerade noch, ihr Glas auf die Theke zu stellen und den überschüssigen Kaffee in die Spüle zu spucken. Tränen liefen ihr über die Wangen. Wenn Jette sich jetzt verplapperte... Nein, Jette war zum Glück sprachlos und starrte Esmeralda mit offenem Mund an.

Esmeralda hatte einen von Evas Bademänteln an. Obwohl sie den kleinsten aus dem Schrank genommen hatte, schlabberte der Stoff um ihre schlanke, durchtrainierte Gestalt und das Dekolletee war tiefer als es anständig war. Jette schnappte nach Luft, als Esmeralda Eva einen Kuss auf die Lippen drückte. „Welche Kohle, Süße?"

Jette absolvierte den Grundkurs zur Salzsäule.

Esmeralda klopfte Eva auf den Rücken. „Geht's wieder?"

Blitzschnell musste Eva sich was einfallen lassen, wie sie Amitis Geburtstag und Kohle und auf keinen Fall Geld in dieselbe Geschichte einfließen lassen konnte. Fantasie war schon früher beim Aufsatzschreiben nicht ihre Stärke gewesen. Sie trank zuerst einmal von ihrem Kaffee und schaute zu Jette, die immer mehr Ähnlichkeit mit einer Statue bekam. In Kuh-Form.

„Kohle", sagte Eva schließlich, „für den Bauchtanz."

„Hä?" Esmeralda schmunzelte. „Wozu das denn?"

Eva schwenkte ihre Latte im Glas. „Wir wollen Amiti zu ihrem Geburtstag mit einem Bauchtanz überraschen und dafür brauchen wir ein Stück Kohle, um uns die Augen schwarz zu schminken."

„Kajal geht besser." Esmeralda nahm Eva das Kaffeeglas aus der Hand. „Am liebsten würde ich dir den Milchschaum vom Körper lecken, aber solange deine Freundin da ist, beschränke ich mich aufs Trinken."

„Gute Idee", überlegte Eva halblaut und als ihr klar wurde, was sie gesagt hatte, drehte sie sich schnell zum Kaffeeautomaten. Eine Latte Macchiato zu machen, dauerte mit diesem Automaten exakt dreiundvierzig Sekunden. Aus lauter Interesse hatte Eva diese Zeit einmal gestoppt und deshalb wusste sie genau, wie lange Jette nicht atmete. Als die Latte fertig war, atmete Jette sehr lange und sehr tief aus. „Ich bin gleich weg", flüsterte sie heiser. „Ich wollte nur ..." In ihrem Hirn war die Hölle los. Hätte man ihren Kopf mit Kernspin aufgenommen, wäre ein wahres Feuerwerk zu sehen gewesen, tausend Farben und dort, wo die Neuronen kommunizierten, tausende von Explosionen. Sie machte den Mund auf und suchte nach Worten. „Ich muss jetzt los."

Esmeralda lachte, als Jette aus der Küche flitzte, im Flur in die Schuhe sprang und ihre Jacke falsch herum anzog. Eva eilte ihr nach. „Jette..." Jette hob die Hände vors Gesicht. „Ich wollte dich nicht... euch nicht... Mein Gott, ist das peinlich!"

„Ist es gar nicht."

Jette bemerkte den Irrtum mit ihrer Jacke und schlüpfte wieder heraus. „Ich dachte, du liegst mit einem Mann im Bett, dabei ist es eine Frau." Sie zeigte mit der Häkelmütze in der Hand auf die Küche und senkte die Stimme: „Das ist nicht irgendeine Frau."

Eva verschränkte die Arme und legte den Kopf tadelnd schief. „Die Kollegin von deinem Christopher." Sie beugte sich näher zu Jette und flüsterte: „Vielleicht ist das mit dem Orgasmus so ein Polizisten-Ding? Ich hatte heute Nacht nämlich auch mehr als einen und das war das Tollste, Schönste und Beste, was mir je passiert ist."

„Wem sagst du das." Nickend stülpte Jette sich die Mütze über den Kopf und wickelte sich den Schal um den Hals und hetzte die Treppe nach unten. Eva hörte die Tür ins Schloss fallen und Jettes altes Auto aufheulen. Sie war schneller weg als der Teufel vor einem Exorzisten Reißaus nahm.

Langsam kam Eva zurück in die Küche, wo Esmeralda an der Theke lehnte. Ihre nackten Füße tippelten auf dem Fliesenboden. Eva betrachtete sie eine Weile. Was, wenn sie unterm Bademantel nichts trug? Die Vorstellung, Milchschaum von ihrem wundervollen Körper zu lecken, sie gleich hier in der Küche auf den Boden zu drücken, nur den Bademantel auseinander zu schlagen und sie gleich hier zu lieben...

Genau das tat Eva. Sie ließ den Postboten (oder wer es sonst war) klingeln und das Telefon unbeantwortet. Sie scherte sich nicht um den

Signalton ihres Smartphones und ignorierte das Klopfen an der Tür und die laute Frage ihrer Nachbarin: „Eva, bist du da?" Die Tür ist zugefallen und ich brauche meinen Ersatzschlüssel?" Sie nahm nur undeutlich wahr, wie der Schlüsseldienst kam und die Nachbarin sich wegen der horrenden Kosten beschwerte. „Zweihundert Euro! Sind Sie verrückt! Es ist weder Sonntag noch Feiertag und Sie dürfen für weniger als fünf Minuten Arbeit gar nicht so viel Geld verlangen!" Als der Schlüsseldienstmann nuschelte: „Nehmen ich Karte", hatte Eva den sie wusste nicht mehr wievielten Höhepunkt binnen vierundzwanzig Stunden.

Erst am Samstagfrüh, nachdem sich Esmeralda in die Arbeit verabschiedet hatte, spürte Eva ihren gesunden Menschenverstand zurückkehren. Er klopfte zaghaft an ihre Stirn. „Sorry", gähnte er, „ich war eine Weile weg. Was gibt es Neues vom Zaster?"

Eva lehnte sich gegen das Fenster und schaute hinunter in den Hof, wo Esmeraldas schwarzes, sportliches Auto parkte. Esmeralda schaute nach oben und winkte. Eva winkte zurück. „Zaster?", blökte sie ihren Verstand an.

„Die Kröten", mahnte er lauter als zuvor. „Der Schotter, der blöderweise im Pfarrgarten gelandet ist."

„Flöten gegangen." Eva beobachtete jede Bewegung dieser wundervollen Frau und bemerkte missbilligend, wie ihr Verstand sich vordrängte. „Was?", maulte sie ihn an. „Was soll ich mit dem Kies?" Sie hauchte einen Kuss hinunter und Esmeralda schickte einen herauf, ehe sie mit dem Auto davon fuhr. „Sie hat an meinen drallen Kurven Stellen gefunden, die richtig geil reagieren. Damit ist das Abnehmen vom Tisch."

„Jaha", meinte ihr Verstand, der generell ein ausgesprochen schlechter Gesprächspartner war. „Aber..." Eva hasste es, wenn er Sätze mit „Aber" begann, denn sie endeten immer in einer Katastrophe. „Aber wenn jemand den Rucksack findet, in dem das Geld und die Knarre sind, und die Jacke, in der Amitis Name steht, wird deine liebe Freundin auspacken und dich für ziemlich lange Zeit in den Knast bringen und was denkst du, was Esmeralda davon hält, wenn sie dich durch dicke Eisengitter hindurch lecken und berühren muss, wenn sie durchs Gitter ihre Finger in deine...?"

Katastrophe! Ihr fuhr ein heißer Schrecken durch den ganzen Körper. Schlagartig schwitzte sie und sie hasste es, wenn sie vor Aufregung schwitzte und ihr das Röstzwiebelaroma in die Nase stieg.

„Amiti!", stieß sie aus und langte nach dem Telefon. Sie wählte Amitis Nummer. Niemand ging ran. „Jette!" Sie wählte Jettes Nummer und hatte Glück. „Hallo, Luise", flötete Eva so ruhig wie möglich, „sag mal, ist die Mama da? Ich muss sie sehr, sehr dringend sprechen."

„Eva", hörte sie eine leicht genervte Antwort, „du sprichst mit Luise, nicht mit Amitis Leonie. Ich bin durchaus in der Lage zu einem normalen kommunikativen Gespräch."

„Entschuldige bitte." Eva rieb sich die Stirn und suchte nach Pickeln oder vollen Mitessern, die ihren Fingernägeln zum Opfer fallen könnten. „Ihr hört euch am Telefon total gleich an. Was zur Hölle ist bei euch los? Macht deine Mutter diesen Lärm?"

„Sie streitet volle Kanne mit Papa. Er zieht nach Köln um."

„Köln?" Eva ging zum Kaffeeautomaten. Sie hatte Appetit auf eine Latte Macchiato, eine Scheibe Brot mit Butter und Honig und absolut keine Lust jemals wieder Kalorien zu zählen. „Will er wegen der Firma umziehen?"

„Pustekuchen." Luise wartete einen Moment, denn im Hintergrund machten sich Jette und Gerd gegenseitig lautstark Vorwürfe. Als die beiden Luft holten, fuhr Luise fort: „Papa hat eine Geliebte in Köln, samt kleinem Kind. Damit ist er rausgerückt und nun brennt die Luft."

„Oh Gott." Eva lehnte sich an die Theke. „Wollt ihr rüberkommen? Du und Louis?"

„Amiti hat Louis mit zum Fußball genommen und ich soll Vokabeln lernen." Im Hintergrund hörte Eva es scheppern. Als wäre Porzellan zu Bruch gegangen. Als wäre alles Porzellan des Haushalts zu Bruch gegangen. Luise sagte: „Weißt du was, ich bin in zwei Minuten bei dir."

Sie legte auf und Eva nahm einen großen Schluck Milchschaum in den Mund. Sie rollte ihn zwischen Zunge und Gaumen und schluckte schließlich. Das Glas war nicht leer und das Brot nicht geschmiert, als es an der Tür klingelte. „Wow", stand sie vom Esstisch auf, „das Mädel ist wirklich flink."

Allerdings war es nicht Luise allein. Amiti stand mit vor der Tür. Sie hatte riesige Schneeflocken im pechschwarzen Haar, die schmolzen und dicke Tropfen hinterließen. Dunkel erinnerte sich Eva an den Wetterbericht, das hartnäckige Tiefdruckgebiet und das energische Kratzen von Nachbars Schneeschaufel über die geteerte Einfahrt am sehr frühen Morgen.

„Ui", machte Eva und trat von der Tür zurück, damit ihre Gäste nicht länger im Treppenhaus stehen mussten. „Amiti, die meisten sind auf

Winterjacken umgestiegen oder zumindest warme Übergangsjacken. Du hingegen rennst halb nackig im Sweatshirt rum."

„Scherzkeks", fand Amiti. „Ich würde viel lieber meine selbstgestrickte bunte Jacke tragen oder mir mit einem unverhofften *Geldsegen* eine schicke Winterjacke kaufen."

„Ach du Scheiße!", stieß Eva aus.

„Wenn du willst, kannst du meine haben", zog Luise den Reißverschluss ihrer Jacke auf und schlüpfte aus den Ärmeln. „Ich will eine neue schwarze Jacke. Schwarz ist modern, bunt ist was für Hippies oder Bankräuber." Sie stellte die Schuhe auf den Vorleger. „Habt ihr einen Schimmer, was die Räuber angeht? Das ganze Dorf rätselt, wer sie sein könnten. Mal ehrlich, Fremde ohne Ortskenntnisse verlaufen sich nicht in ein Kaff wie Schobenbach." Sie ging in die Küche und nach einem ernsten Blick, den Amiti und Eva getauscht hatten, folgten die beiden Frauen. Luise stand am Kühlschrank und suchte sich durch die Jogurts. „Bei uns ist heute das Frühstück ausgefallen, weil Papa seine Bombe hat platzen lassen." Sie nahm sich einen Bananenjogurt aus dem Fach. „Hopfi hat zwei Fremde gesehen, auf die deine Beschreibung passt. Meine Deutschtype hätte dich die Beschreibung nochmal machen lassen, so nichtssagend und vage war sie." Sie holte einen Löffel aus der Schublade. „Die haben sich zwischen Kirche, Dorfladen und Bank rumgetrieben. Sogar beim Rosenkranz waren sie dabei."

„Du besuchst die Messe?" Eva machte eine tiefe Verbeugung. „Chapeau!""

„Iwo!", winkte Luise mit dem Löffel ab. „Hat mir Greta erzählt, die flitzt zweimal die Woche in die Kirche. Sie ist fromm genug für uns beide."

„Fremde in der Kirche?" Eva versuchte möglichst unauffällig zu wirken. Sie machte für Amiti einen Cappuccino und biss zwischendurch von ihrem Honigbrot ab.

„Mhm", machte Luise. „Die alte Bienen-Hanni fand die Typen komisch, weil sie ihr gesagt haben, sie solle abschwirren. So unfreundlich ist sonst niemand zu ihr. Wie auch, wo sie ihren Honig lieber verschenkt als verkauft, selbstverständlich an ausgewählte Personen, die in ihrer Gnade stehen. Na, die Typen kriegen allerhöchstens den ungefilterten Honig mit den Insekten drin."

Eva hatte eine Augenbraue hochgezogen und schaute dem Kaffee zu. Sie vergaß völlig ihre Augenbraue wieder runterzunehmen. „Die Bienen-Hanni." Erst Hopfi – schon wieder Hopfi – und nun die Bienen-

Hanni. Die Bienen-Hanni war keine gute Zeugin. Zwar trieb sie sich ständig im Dorf rum und wusste immer einen Platz zum Einkehren und Kaffeetrinken, allerdings war sie der festen Meinung, vergangenen Sommer hätte die Muttergottes beim Baden am Weiher ihren Bikini ausgezogen und eine Ziege wäre Schlittschuh gelaufen.

„Damit", hob Luise den Löffel hoch, „hat die Polizei außer dir zwei weitere Zeugen. Es sollen Phantombilder gemacht werden, was schwierig ist. Bilder kann man mit Worten nicht hinlänglich beschreiben. Sagt Hopfi."

„Der!" Eva stellte den fertigen Cappuccino auf den Tisch. „Setz dich, Amiti, ich hole schnell ein paar Kekse und ziehe mich endlich an. Es ist fast Mittag und ich laufe im Bademantel herum."

„Fast Mittag?", runzelte Amiti die Stirn. „Mit deinem Zeitgefühl stimmt was nicht."

„Das ist bestens!", rief ihr Eva zu und flitzte ins Schlafzimmer, während sie sich das restliche Honigbrot mit drei großen Bissen einverleibte. Sie kramte kauend eine Jeans und einen Pulli aus dem Schrank und fand dabei Hopfis Visitenkarte. Hervorragend! Sofort griff sie zum Telefon und wählte seine Nummer. „Dr. Silvio Hopfenheimer", las sie murmelnd vor und zwang das kleingeschredderte Honigbrot in ihren Magen. „Berater in neuheitlichem Denken. Durch Perspektivwechsel zum Erfolg." Damit konnte sie nichts anfangen und sie war froh, als er ranging. Nebenbei suchte Eva aus der Schublade ein schickes Halstuch. „Hey", sagte sie leise, „ausgeschlafen?"

„Machst du Witze?", lachte Hopfi. „Es ist halb zehn."

„Amiti ist hier." Eva drückte die Schlafzimmertür ins Schloss und ließ den Bademantel zu Boden gleiten. Sie sollte dringend die Bettwäsche wechseln, bevor Esmeralda heute Abend wieder kam. „Das ist die Gelegenheit, wenn du sie angraben willst."

„Interessant." Er schluckte; anscheinend war er grad beim Frühstück. „Ist sonst jemand da?"

„Nur Luise, Jettes Tochter. Die wird sich in ein paar Minuten mit meinem Tablet verkrümeln. Macht die kleine Kröte immer, wenn sie bei mir ist. Daheim darf sie nicht ins Internet."

„Vernünftig."

„Kommst du?"

„Auf jeden Fall."

„Jetzt gleich?"

„Umziehen werde ich mich dürfen?"

„Umziehen?" Eva hatte sich mit dem Telefon zwischen Ohr und Schulter in eine frische Unterhose gequält. Sie wäre lieber duschen gegangen und hätte von Esmi geträumt, aber mit Besuch am Esstisch ging das nicht. Sie fischte einen BH aus der Schublade und schlüpfte hinein. „Du hast angeblich einen Job für eine alleinstehende Mami von drei mit Terminen überfrachteten Kindern. Bei allem, was über Jeans und Pulli hinausgeht, ergreift sie sofort die Flucht."

„Kennst dich wohl aus, wie man Frauen rumkriegt?"

„Zufällig", setzte Eva sich aufs Bett und steckte die Füße in die Jeans, „bin ich selbst eine."

„Also dezent." Sie hörte, wie Hopfi aufstand und umherzugehen begann. Es klickte und zischte und hörte sich wie ein Zerstäuber an.

„Um Gottes Willen!" Eva war in der Jeans angekommen und atmete tief ein, damit der Knopf zuging. „Runter vom Gas, Hopfi. Wenn du es wirklich auf einen Job abgesehen hast – was ich dir nicht glaube, weil alle Männer hinterhältige Schlitzohren sind – darfst du niemals Eau de Toilette auflegen. Regel Nummer eins: Wenn ein Kerl mit Eau de Toilette kommt, ist er schneller wieder weg als der Duft verfliegt."

„Ich trage jeden Tag Eau de Toilette auf..."

„Deswegen hast du keine Frau", murmelte Eva und kippte das Fenster, was der Energiesensor an der Scheibe mit einem traurigen Gesicht quittierte. „Mach jetzt hinne, Amiti und ich haben nicht den ganzen Tag Zeit."

„Ach ja?", schmunzelte Hopfi. „Habt ihr wieder ein richtig großes Ding vor?"

„Kann man so sagen", schnappte Eva zurück. „Jette schmeißt gerade ihren Mann raus und sobald sie das geschafft hat, wollen wir Freundinnen jedes Detail ausgiebig mit Schokolade, Chips und Hugo besprechen."

„Schon steht ein neuer Kerl auf der Matte."

„Hugo kann man trinken und nach drei Gläsern sieht die Welt bestens aus. Für Jette bereits nach dem ersten Glas. Jetzt beeile dich." Sie legte auf und weil ihr das traurige Gesicht im Sensor so Leid tat, drückte sie das Fenster wieder zu. Dabei entdeckte sie hinterm Blumentopf eine andere Karte, die in hellem Gelb gehalten und mit allerlei Zitronen verziert war. Werbung für das Studio. Eva ließ die Karte einige Male gegen ihre Hand schnippen. „Interessante Idee." Eva hatte lange Zeit gegrübelt, was es mit den abgedunkelten Schaufenstern auf sich hatte, die mit Zuckerbergen und Zitronen dekoriert war. Zucker und Zitronen? Was zur Hölle war Sugaring? Irgendwann hatte Eva die Nase voll von dem, was sie nicht wusste, und Jette gefragt, denn Jette hatte immer Ahnung von allen möglichen Dingen. „Da war ich schon", sagte sie, „die machen supergute Enthaarung."

„Enthaarung", erwiderte Eva, „ich dachte, das macht deine Kosmetikerin?"

„Meine Kosmetikerin", sagte Jette und bearbeitete dabei völlig ungerührt ihren fett-, zucker- und geschmackfreien Frozen Yogurt Natural, „macht das Sugaring bei meinen Beinen wirklich toll, aber ich mache mich nicht nackig vor ihr."

Da war Eva die Kinnlade bis zum Boden gefallen und sie war seitdem der festen Ansicht, sie wäre die einzige Frau auf der ganzen weiten Welt, die *an dieser Stelle* Haare wachsen ließ. Deshalb hatte sie zu rasieren angefangen und das ging ganz gut und war praktisch und so frisch rasiert kam sie sich gleich ein paar Jahre jünger vor. Allerdings wuchsen die Haare unerbittlich schnell, wahrscheinlich waren Schamhaare die einzige Naturgewalt, die tatsächlich schneller als das Licht war. Kaum rasiert, schon wieder stupfig. Nun, mit Michael war egal gewesen, jetzt allerdings waren die Zeiten andere.

Eva wählte die Nummer von der Karte, während sie auf dem Klo saß und nebenbei den Wasserhahn aufdrehte, damit sie sich außer den Händen gleich das Gesicht mit heißem Wasser waschen konnte. Es dauerte immer so lange, bis das heiße Wasser im Bad ankam.

„Hallo?", fragte eine Männerstimme. „Enthaarungsstudio Gilbert, was kann ich für Sie tun?"

„Gilbert?", entfuhr es Eva.

„Ja", sagte der Mann am anderen Ende der Leitung. „Georg Gilbert. Alles läuft glatt mit Sugaring."

„Bei allen Heiligen!", flüsterte Eva und legte blitzschnell auf. Sie erinnerte sich an einen schmierigen Typen, der stark nach schwerem Parfum roch. Sein schwarzes Haar hatte er mit Gel nach hinten gekämmt. Während der Kontoeröffnung war sie sehr freundlich zu ihm gewesen, danach hatten sie und Friedrich sich lustig gemacht über den Namen Georg Gilbert und das tuckenhafte Auftreten und warum der Typ ein Geschäftskonto haben wollte, aber nicht rausrückte, um welche Dienstleistung es sich handelte.

Jetzt wusste sie es haargenau.

Wenn sie sich vorstellte, wie sie nackt vor Gilbert lag und er... Nein!

Eva spülte, wusch sich und schüttelte ihrem Spiegelbild den Kopf zu. „Der Typ ist aalglatt und kommt jede Woche, um sein Geld einzuzahlen. Da kann ich mir unmöglich die Haare wegmachen lassen." Sie griff nach dem Handtuch und tupfte die Wassertropfen von ihrer Haut. „So was von aalglatt."

Sie ging zurück zu Amiti und bemerkte, als sie in der Küche stand: „Die Kekse! Die tippeln nicht allein von der Speisekammer hierher." Sie holte eine Packung schokoladengefüllte Kokosbutterkekse. Gleich als sie den Plastikschieber auf den Tisch stellte, naschte sie einen.

„Eeeeevaaaa..."

Das war Luise und Eva drehte sich breit lächelnd zu ihr. „Natürlich darfst du", nuschelte sie mit den Backen voller Keks. „Zock dich dappig! Meine PIN kennst du ja."

„Danke!" Luise strahlte über beide Ohren und schnappte sich das Tablet. „Ich muss unbedingt die Trennung meiner alten Herrschaften posten. Endlich gehöre ich nicht mehr zur Minderheit mit beiden Eltern, sondern zu den armseligen Trennungskindern."

Eva setzte sich Amiti gegenüber. „So unglücklich siehst du gar nicht aus."

Irgendwie faltete Luise ihre meterlangen dünnen Beine unter ihrem Körper und setzte sich im Schneidersitz auf das Bodensitzkissen, das sie direkt vor den Heizkörper gelegt hatte. Groß und dünn, obwohl sie vorwiegend von Nudeln, Keksen und Gummibärchen lebte. Eva nahm sich einen zweiten Keks. „In deinem Alter", murmelte sie, „war ich dünn wie ein Glasfaserkabel. Trotz Schokolade und diesem Fastfood."

„Dieses Fastfoods." Amiti nahm sich einen Keks. „Du weißt: trotz impliziert den Genitiv."

„Trotz führt zu Missstimmung", kaute Eva. „Trotz dem Fastfood oder trotz des Fastfoods, mir egal, von welchem grammatischen Fall ich damals nicht fett geworden bin; seit der Rechtschreibreform ist jedenfalls Schluss damit."

„Was nicht an der Reform liegen dürfte...", meinte Amiti. „Wohl eher an der Pubertät."

„Beides hat für mich enorme Anpassungsschwierigkeiten bedeutet."

Eva zog ihr Smartphone heran und loggte sich ein. Wenig später hob Luise den Kopf und schaute sie an. „Das brauchst du nicht posten, Eva, ich sitze direkt neben dir." Kichernd beugte sie den Kopf wieder über das Tablet. „Ich habe längst auf die Offenbarung gewartet. Er vögelt seit mindestens eineinhalb Jahren eine andere."

„Woher..." Schnell schob Eva die Keksmasse, bevor sie sich auf dem Tisch verteilen konnte, weit in die Backe. „Woher hast du diese Worte?"

Luise wedelte mit dem Tablet. „Neunzig Prozent aller Teenies gucken Pornos und da, meine liebe Tante Eva, ist der Umgangston ein ganz anderer. Wir haben siebzehn Worte gezählt für ein Körperteil, von dem du denkst, es sei zum Sitzen da."

„Nur ganz alte Schachteln darf man Tante nennen, obwohl sie nicht die leibliche Tante sind." Eva stützte die Ellbogen auf den Tisch und beugte sich weit nach vorn. „Pornos. So, so. Weiß das deine Mutter?"

„Klar." Luise wandte ihre Aufmerksamkeit wieder dem Tablet zu. „Es gibt wohl keinen Erwachsenen, der nie Pornos guckt."

Eva verdrehte die Augen. „Ob sie von deinem Konsum weiß?"

„Himmel, sie würde mir bis zum achtzehnten Geburtstag Hausarrest aufbrummen."

„Unter diesen Umständen solltest du deine Wortwahl deinem vorgeblichen Verhalten anpassen, mein liebes Kind."

„Das Vögeln", sagte Luise völlig gelassen, „hat sie mir heute selbst serviert. Sie hat Papa nämlich angeschrien, was ihm einfällt, diese fette Qualle in Köln zu vögeln."

„Was uns zurück zum Thema bringt." Amiti saß nur scheinbar reglos am Tisch, dabei war sie auf vollem Empfang. „Du hast schon länger einen Verdacht, was die mangelnde eheliche Treue deines Vaters angeht?"

Erneut schaute Luise hoch und diesmal ruhte der Blick aus ihren großen Augen auf Amiti. „Wo lernt man diese Ausdrucksweise? Ich könnte glatt vor dir auf die Knie fallen." Sie schnalzte kurz mit der Zunge. „Papa hat Schmuck schicken lassen. Eine goldene Halskette mit Perlmuttanhänger. Mama hat dieses geil fette Teil nicht zu Weihnachten, nicht zu ihrem Geburtstag und zum Hochzeitstag nicht bekommen. Er hat mit Kreditkarte bezahlt und diese Abrechnungen schaut Mama nie an. Sie weiß den Login nicht."

Eva holte sich ein Glas Wasser und spülte den Keksgeschmack hinunter. „Hast du ihm nachspioniert?"

„Nö." Luise wischte wie wild auf dem Tablet. „Ich hab das Päckchen aufgemacht. Ich dachte, es wäre das Spiel, das er mir bestellt hatte."

Sie hob das Tablet in die Höhe und machte ein Selfie, ehe sie fortfuhr: „Welcher Mann mit Verstand lässt sich den Schmuck für seine Geliebte nach Hause liefern statt an die Packstation? So ein Depp!"

Trotz der tapferen Worte glaubte Eva Tränen in den Augen des jungen Fräuleins zu sehen. Sie kniete sich neben Luise und drückte das Mädchen fest an sich.

Ein paar Minuten lang mussten die Freundinnen im Internet auf eine Nachricht warten, ein paar Minuten lang knusperte Amiti allein Kekse am Tisch. Ein paar Minuten lang spürte Eva ihren Pulli nass werden. Dann klingelte es und Luise wischte sich die Tränen weg und schniefte. „Hoffentlich ist das nicht Mama. Im Moment brauche *ich* dich zum Ausheulen; soll sie sich eine andere Schulter suchen."

Eva stand auf. „Das wird die Post sein." Im Stillen fragte sie sich, wo Hopfi so lange geblieben war. Von der Dorfmitte hierher in einer Viertelstunde, so ein Trödler!

Es war nicht Hopfi. Als Eva die Tür öffnete, mit einem wissenden Lächeln auf den Lippen, fand sie sich zwei Männern gegenüber. Den größeren im guten Anzug und dem schicken Mantel, den kannte sie und ihr Lächeln erstarb. „Der Kommissar." Schnell räusperte sie sich. „Guten Morgen."

Detlev verzog keine Miene. „Ich hoffe, Ihr Morgen ist besser als meiner. Dürfen Kriminaloberkommissar Kotz und ich reinkommen?"

Der andere Mann in der hellbraunen Lederjacke und der engen Jeans reichte Eva die Hand. Er lächelte, wobei seine dunklen Augen funkelten und sein blondes Haar in der Stirn leicht wippte. „Kootz. Es sind zwei o, die lang gesprochen werden."

„Ein langes o", Detlev nahm den Blick nicht von Eva, „kann in Bayern kein Mensch aussprechen."

„Bayern", schüttelte Kootz Evas Hand ausdauernd, „besteht nicht nur aus Einheimischen mit Sprachfehlern."

Detlev schloss für einige Sekunden die Augen. „Dieser Mann treibt mich in den Wahnsinn."

Eva zog ihre Hand aus Kootz' Griff und rieb sich die Finger. „Das haben Männer so an sich." Sie machte keine Anstalten von der Tür zu weichen. „Womit kann ich helfen?"

„Geht es Ihrem Fuß besser?"

„War nur verknackst."

„Können wir reinkommen?", fragte Kommissar Kootz. „Abgesehen von der klirrenden Kälte hat der Flur eine denkbar schlechte Akustik."

„Das meine ich." Detlev schaute durch Eva hindurch als wäre sie aus Glas. „Ein normaler Mensch würde sagen: Wir wollen nicht die Nachbarn mit neuesten Infos versorgen und ein Kaffee wäre eine nette Geste. Aber Kollege Kotz ist nicht von hier."

„Wie es aussieht", stellte Eva fest, „haben Sie ihn nicht gern zum Kollegen." Sie machte den Weg frei. „Möchten Sie einen Kaffee, Cappuccino, eine Latte?"

Kootz stöhnte auf. „Bloß keine Latte."

„Elender Fischkopf", murrte Detlev. Er betrat die Wohnung als erster, trat sich als die Schuhe ab und lugte durch die Tür in die Wohnküche. „Schuhe ausziehen?"

„Anlassen", winkte Eva ab. „Es sei denn, Sie stehen gern strumpfsockig vor Ihrer Zeugin. Bitte." Sie zeigte auf die Tür und Detlev ging voran.

Kootz folgte ihm, bis Detlev herumfuhr und ihm einen Finger in die Brust piekte. „Schuhe ausziehen, verdammt nochmal, Sie sind unten in die Pfütze gelatscht. Soll die arme verletzte Frau Ihren Scheiß aufwischen müssen?"

„Eben hat sie..."

„Zefix!", blaffte Detlev ihn an, „kommen Sie mir nicht blöd, Kotz!"

„Kooooooootz", gab Kootz zurück und schlüpfte aus seinen Halbschuhen. Er präsentierte die Sohlen. „ Von Pfütze keine Spur und immer noch zwei o."

„Das", zischte Detlev, „hat in Bayern noch nie kein Mensch nicht aussprechen können."

„Bitte?"

Eva drängte sich an Detlev vorbei in die Wohnküche. Sie warf Amiti, die auf dem Stuhl saß, ein Knie unters Kinn gezogen und einen Keks knabbernd, einen warnenden Blick zu. Prompt wurden Amitis Augen enger und vorsichtiger. Sie war echt auf zack.

„Ah", machte Detlev, als er sie sah. „Statten Sie Ihrer Freundin einen Krankenbesuch ab?"

Amiti aß betont genüsslich ihren Keks weiter. „Ich wische auf, wenn jemand mit Drecklatschen durchmarschiert." Sie rückte zur Seite. „Möchten Sie sich setzen?"

Von der Theke fragte Eva: „Zweimal einen ganz normalen Kaffee oder irgendwelche Sonderwünsche?"

„Ich", antwortete Kootz, „nehme einen Cappuccino, wenn es keine Umstände macht." Er stand in Socken im Wohnzimmer und zog den Reißverschluss seiner Lederjacke auf.

„Ich", setzte sich Detlev, „nehme auf keinen Fall das gleiche und auf keinen Fall etwas, das mich an eine Latte erinnert."

Eva machte einen Cappuccino für Kootz und einen Kaffee für Detlev. Sie rollte mit den Augen, als Kootz sich auf den Stuhl gegenüber von Detlev sinken ließ, woraufhin Detlev aufstand und einen Stuhl weiter rückte, neben Amiti. So saß Amiti zwischen den beiden Kommissaren, kaute, schaute und griff schließlich nach dem Plastikbehälter mit den Keksen. „Möchten Sie einen? Ist Kokos und Schokolade."

„Danke, nein, wir sind im Dienst und nicht bestechlich", fauchte Detlev, als Kootz die Hand ausstreckte. „Frau Sonnemann, nachdem Sie Ihren Schock verdaut haben, ist Ihnen vielleicht etwas eingefallen, das Sie bisher nicht erwähnt haben?"

„Nö."

„Oder nicht erwähnen wollten?"

Eva stellte ihm seinen Kaffee hin und Zucker und Milch auf den Tisch. Sie lugte in die Zuckerdose und schwenkte die Milchtüte. „Zucker ist gleich alle, Milch habe ich im Keller auf Reserve. Na, vielleicht reicht es."

Kootz zog seine Tasse näher zu sich. „Ihre Beschreibung ist schwierig und der Tathergang recht verschwurbelt."

„Verschwurbelt!", zischte Detlev. „Dort oben sprecht ihr wohl kein Deutsch?"

Kootz nahm sich einen Keks, als Detlev sich anscheinend sehr gestresst die Stirn knetete. Missmutig bemerkte er es und schnappte sich die Zuckerdose, als Kootz danach greifen wollte. „Hey", murmelte Kootz, „du nimmst nie Zucker."

„Heute schon", fauchte Detlev, schaufelte volle fünf Löffel in seinen Kaffee und kratzte sogar den Rest zusammen, damit nichts mehr in der Zuckerbüchse war, nicht mal mehr ein Körnchen weiße Süße.

„Leider alle", sagte Detlev mit eiskaltem Blick zu Kootz. „Der Kollege muss ohnehin auf seine Werte achten."

„Mit diesem Fall", gab Kootz zurück, „hat das nichts zu tun."

„Der Fall ist so gut wie abgeschlossen." Detlev leerte die Milch, was schwierig war. Er musste mehrmals abtrinken, damit er nachgießen konnte. „Machen Sie sich keine Umstände wegen Kotz, Frau Sonnemann, und lassen Sie die Milch im Keller." Ein faltete die leere Milchtüte klein zusammen. „Dieser Hopfenheimer und eine alte Frau haben die Verdächtigen ebenfalls gesehen. Wahrscheinlich lassen wir Phantombilder anfertigen."

„Naja", zögerte Kootz, „die alte Schachtel macht mir einen verwirrten Eindruck. Sie plapperte von Russen, die den Pfarrhof angezündet hätten, und von drei Königen, die ihre Kamele am Christkindlmarkt betanken."

„Papperlapapp." Detlev würgte seinen Kaffee hinunter. Das Zeug konnte nicht mehr schmecken, bei all dem Zucker und der vielen Milch. „Wollen Sie dieser ehrwürdigen alten Dame unterstellen, Sie würde die Polizei belügen? Mein lieber Kotz, da kennen Sie die Bayern schlecht. Die belügen die Staatsgewalt nie."

„Kooooooootz", begann Kootz zu singen. „Zwei o."

„Die kein Bayer aussprechen kann."

„Keiner wie Sie."

Detlevs Augen sprühten wütende Blitze. „Mein lieber Kotz, hüten Sie Ihre Zunge, wenn ich Ihr miserables Benehmen nicht unserem Kriminalrat melden soll. Der schickt Sie zurück an die Küste, Krebse zählen."

„Die Zeugen", fuhr Kootz unbeirrt fort, „sind mehr als mittelmäßig. Eine alte, verwirrte Frau und ein ewiger Student, der obendrein den verdächtigen Frauen ein Alibi liefert. Wir sollten uns auf die Frauen konzentrieren und sehen, ob eine bunte Jacke im Schrank hängt. Vielleicht zufällig bei dem mit Geld vollgestopften Rucksack."

Detlev kämpfte entschlossen mit seinem Kaffee. Nippte und verzog das Gesicht. Nun zeigte er mit der Tasse auf Amiti: „Das ist eine der Zeuginnen, die Sie für unvertrauenswürdig halten."

Amiti machte Kulleraugen wie die Unschuld vom Lande. „Dieses Wort gibt es nicht."

Detlev machte: „Ach?"

Kootz fand seinen Cappuccino ohne Zucker offenbar nicht schlecht. Er kratzte mit dem Löffel den Schaum vom Rand der Tasse. „Da hat die Zeugin Recht."

„Natürlich hat sie das." Detlev zog sein Smartphone aus der Sakkotasche. „Sie hat die Bank verlassen, nachdem sie die gewünschte Auskunft hatte. Wie die Kollegen recherchiert haben, besitzt sie nicht die finanziellen Mittel, um sich überhaupt eine Jacke zu kaufen, geschweige denn eine Profecto, die mehrere hundert Euro kostet. Ergo brauchen wir die bunte Jacke in Ihrem Schrank nicht zu suchen, oder, Frau Schulze?"

„So ist es." Amiti hatte den Mund voll und musste beim Sprechen aufpassen, um nicht Brösel über den ganzen Raum zu verteilen. „Ehrlich gesagt habe ich nicht mal einen Schrank. Das sind Regalbretter hinter einem Vorhang."

In dem Moment klingelte es wieder und Eva schnupperte Rasierwasser, ehe sie öffnete. „Ein Tick zu viel", sagte sie, trat von der Tür weg und ließ Hopfi herein. Sie lauschte ins Wohnzimmer, wo Detlev und Kootz mit mühsam beherrschten Stimmen über die Glaubwürdigkeit ihrer Zeugen stritten.

„Ein Bayer", knirschte Detlev mit den Zähnen, „hat noch nie nicht gelogen, das hat er noch nie nicht nötig gehabt, hat er nicht."

„Sehen Sie", zischte Kootz, „Sie wissen selbst nicht, was Sie sagen."

„Wer ist das?", versuchte Hopfi einen Blick ins Wohnzimmer zu erhaschen, während er sich die Schuhe auszog.

„Die Bullen", murmelte Eva. „Kommissar Detlev und sein Kollege Kootz sind da. Die beiden wollten mir Fragen stellen, tatsächlich giften sie sich an wie die besten Feinde." Sie wartete, bis Hopfi seine Schuhe ordentlich an die Seite gestellt hatte. „Kaffee, Cappu, Latte?"

„Eine Latte, bitte", hörte sie Hopfi sagen und gleichzeitig raschelte er mit der Plastiktüte, die er dabei hatte. Er folgte ihr in die Küche. „Schau mal, Eva, was ich für dich dabei habe."

Eva rechnete mit einem Blumenstrauß oder einer Pralinenmischung und drehte sich ihm gelangweilt entgegen. Ihr blieb die Spucke weg, als sie die kunterbunte Jacke sah und gleichzeitig alle Geräusche im Raum verstummten. Luise wischte nicht mehr übers Tablet, Amiti kaute nicht mehr auf ihrem Keks, die Bullen stritten nicht mehr.

„Die Jacke!" Kootz sprang vom Stuhl. „Die Profecto!"

„Ganz genau." Hopfi breitete die Jacke aus, damit jeder sie sehen konnte. „Das Profecto schließt zum Jahresende und gibt achtzig Prozent auf alles. Unglaublich, oder? Die würde dir prima stehen, Eva. Willst du sie mal anprobieren? Komm, schlüpf rein. War das letzte Modell im Laden."

Sein durchdringender Blick ließ Eva nicken. „Ja, klar." Leider musste sie aufgeben, bevor es losging. Ihre Oberarme wollten nicht durch die eng geschnittenen Ellbogen, obwohl sie mit einiger Ausdauer schob.

„Schade, die ist ein Quäntchen zu eng. Vier oder fünf Nummern größer wäre prima."

„Echt?" Hopfi ließ die Jacke an ihr hängen. „Weil du einen Pulli anhast."

„Es ist Winter", stellte Eva fest. „Draußen schneit es, wir haben Glatteisunfälle und im Radio laufen pausenlos Beschwerden, was das für ein Herbst sein soll. Natürlich ziehe ich bei solchen Temperaturen einen Pulli an. Nee, für das Teil ist mein Umfang mit der falschen

Formel berechnet worden. Kannst du sie zurückgeben?"

„Bedaure." Hopfi zupfte am Jackenkragen, als ließe sich daran die Größe einstellen. „Der Kassenzettel ist futsch."

„Amiti?" Eva zog ihre Arme millimeterweise aus den viel zu engen Ärmeln, vorsichtig, damit der Stoff keinen Schaden nahm. „Willst du mal reinschlüpfen? Deine Muckis sind nur halb so dick wie meine Holzhackerhauer. Du passt locker rein."

„Nie im Leben", wehrte Amiti mit beiden Händen ab. „Selbst achtzig Prozent billiger kann ich mir diese Jacke nicht leisten."

„Quatsch." Schon stand Hopfi neben ihr, fasste sie an der Hand und zog sie auf die Beine. „Anprobieren."

Mit einem Seufzen schlüpfte Amiti in die Jacke und zog den Reißverschluss zu. "Wow", machte sie, „so fühlt sich eine richtig tolle Jacke an." Sie strich mit den Handflächen über die gesteppten Nähte und lauschte dem dezenten Knistern des Stoffs. „Wie auf den Leib geschneiderte Wolken."

Hopfi pflückte einen losen Faden vom Revers. „Willst du die Tüte auch? Die macht was her."

Blitzschnell war Amiti aus der Jacke wieder heraus. „Eine Jacke für hundertsechzig Kröten nehme ich von keinem Fremden an."

„Wir sind einander nicht fremd."

„Aha!", stieß Kommissar Kootz aus, „da läuft was zwischen Ihnen!"

„Nie!" Amiti stülpte Hopfi die Jacke über den Kopf. „Nie im Leben!"

„Wir wohnen seit Jahren im selben Ort. Seit sie hierher gezogen ist."

Hopfi richtete sich das zerwuschelte Haar und drapierte die Jacke um die Lehne seines Stuhl, ehe er sich setzte. „Wie Sie mit Sicherheit schon ermittelt haben, versuche ich seit geraumer Zeit, Frau Schulze in ein Arbeitsverhältnis zu bringen. Ich habe mich ordentlich ins Zeug gelegt und schwere Geschütze aufgefahren, trotzdem lässt sie mich immer wieder abblitzen."

„Abblitzen?", runzelte Kootz die Stirn. „Bei einem Arbeitsverhältnis?"

„Was", unterbrach Detlev, „hat das mit der Jacke zu tun?"

Hopfi nahm sich einen der Kekse. Sein Lächeln war unverwandt offen und gelassen. „Kommen Sie, achtzig Prozent reduziert. Die fair produzierte Jacke einer angesagten Marke. Was hätten Sie getan?"

„Bei den Farben hätte ich selbst bei hundert Prozent nicht zugeschlagen", murmelte Kootz und er schob laut nach: „Warum wollen Sie Frau Schulze anheuern? Auf der Rangliste toller Arbeitnehmer kommen vor ihr mehr Mitbewerber als hinter ihr."

„Sie denken vordergründig sehr wirtschaftlich." Hopfi wischte die Keksbrösel vom ersten Bissen zusammen. „Ich versuche hintergründig und langfristig ökonomisch zu denken. Sehen Sie, Frau Schulze ist eine sehr gut ausgebildete Person. Sie hat Betriebswirtschaft studiert und vor ihrer Heirat in einer angesehenen Anwaltskanzlei in Singapur und Bangkok gearbeitet. Heute organisiert sie den Alltag mit drei Kindern, einem unzuverlässigen Ex-Ehemann und Minijob auf beeindruckend nervenstarke Weise. Zwei ihrer Kinder sind im Gymnasium, das dritte wird folgen. Neben dieser intensiven Betreuung im Lernen ist sie ehrenamtlich bei den Lesemamas engagiert und organisiert die Finanzen des Schulfördervereins, inklusive Beantragung aller staatlichen Zuschüsse. Sie selbst ist nie krank und immer pünktlich auf die Minute. Härter im Nehmen und zuverlässiger bei allen Pflichten geht nicht."

„Warum will sie nicht?", wunderte sich Kootz.

„Wir hatten bisher nicht die Gelegenheit, uns über die Details auszutauschen." Hopfi schaute Amiti an. „Du könntest die Jacke als Startprämie nehmen."

„Pf", machte Amiti und verschränkte die Arme.

Einige Sekunden lang herrschte Schweigen. Kootz knusperte seinen Keks geräuschvoll zu Ende. „Hübsche Geschichte."

„Meine Güte", verdrehte Detlev die Augen. „Was sind Sie nur für ein schmatzender, misstrauischer Fischkopf. Kotz, es gilt die Unschuldsvermutung, also überlegen Sie sich, was Sie sagen, wenn Sie nicht wegen Verleumdung von dem Fall entbunden werden wollen."

„Das ist mein Job, verdammt nochmal."

„Sie", hob Detlev den Finger, „sind ein gemeiner Fiesling."

„Unsere privaten Differenzen", knurrte Kootz, „sollten unseren beruflichen Erfolg nicht schmälern. Wir waren immer ein unschlagbar gutes Team."

Ein sehr dunkler Schatten legte sich über Detlevs Augen, einer von der Sorte, wie Eva sie oft gesehen hatte. Bei Amiti, als ihr Ex-Mann sie gegen eine neue Frau getauscht hatte. Bei ihrer Kollegin Cindy, als sie hinter die Affäre ihres Gatten gekommen war. Bei Luise, als ihre vermeintlich beste Freundin eine Krankheit vorgetäuscht hatte, um nicht mit Luise sondern mit einer anderen Freundin ins Kino zu gehen. Das, was über Detlevs Augen lag, war der düstere Schatten des Betrugs.

„In der Tat", zischte Detlev. „Bis du diesen Pizzalieferanten gefickt hast."

Tatsächlich!

Kommissar Kootz öffnete den Mund, doch Amiti schlug mit der flachen Hand auf den Tisch. „Ich muss sehr bitten!" Sie zeigte auf Luise, die völlig in ihrem sozialen Netzwerk abgetaucht war und von dem Gespräch absolut nichts mitbekam. „Das Kind kann hören, was Sie sagen!" Sie stutzte. „Gut, die Kleine ist abgebrüht, aber ich, meine Herren, will diese vulgären Worte nicht hören."

„Ich", sagte Kootz, „habe gar nichts gesagt."

„Gestöhnt", murmelte Detlev. „Boah, ist dein Arsch geil!" Er räusperte sich und setzte sich aufrecht. „Aus rechtlicher Sicht müssen Sie nichts sagen. Es ist Ihre Privatangelegenheit, was Sie mit der Zeugin zu schaffen haben."

Hopfi schüttelte den Kopf. „Arbeitsangebote sind das einzige, was Sie finden, wenn Sie nach einer Verbindung suchen."

Detlev lehnte sich zurück und überschlug die Beine. Seine perfekt sitzende Hose machte diese Bewegung bedingungslos mit und Eva spürte Neid in sich hochkochen. Sie hätte gern eine solche Hose, die man vor einer heißen Nacht einfach auf den Boden knüllen konnte und die am nächsten Morgen trotzdem wie eine grandios gute Hose aussah und keine Knitterfalten hatte.

„Warum", wandte sich Kootz an Amiti, „nehmen Sie sein Jobangebot nicht an? Offensichtlich und nach eigener Angabe brauchen Sie eine bessere Arbeit als diesen Minijob."

Amiti zischte durch die zusammengebissenen Zähne. „Trotz dreihundert Bewerbungen bei sämtlichen Firmen bin ich nicht zum Vorstellungsgespräch gekommen. Natürlich bohrte ich nach. Ich will immer wissen, warum die Wahl nicht auf mich gefallen ist." Sie hob eine Hand und zählte an den Fingern auf: „Leonie, Ludovica, Lotte und Amiti-Wan. Ich habe drei Kinder und einen ausländisch klingenden Namen. Seit zwölf Jahren bin ich aus dem Berufsleben raus und meine Diplome sind allesamt nicht anerkannt worden. In Südostasien wäre ich der Reifen, auf dem ein Unternehmen fährt, hier bin ich bloß ein Stück der Straße."

Kootz hatte zu jedem Argument genickt. Nun streckte er den Arm und zeigte auf Hopfi. „Diesem Herrn ist das alles bewusst und trotzdem würde er Sie einstellen."

Amiti begann die Stirn zu runzeln. Eine Weile schauten alle sie an, während sie nachdachte und zu einer Erklärung fand: „Bei so viel Erstklassigkeit muss ein Haken an der Sache sein. Wahrscheinlich ist es kein Job *am*, sondern *auf* dem Schreibtisch. So was mache ich nicht."

„Schwer rumzukriegen." Hopfi schaute zu Eva. „Darf ich so frech sein und dich an meine Latte erinnern?"

„Latte", murmelte Detlev. „Mir kommt es gleich hoch."

Eva sprang von ihrem Stuhl. „Die habe ich über der Jacke völlig vergessen. Kaffee-Nachschub für sonst jemanden?" Sie schaute in die Runde. „Herr Kootz? Nein?"

„Kommissar Kotz", fiel Detlev ihm ins Wort, „hat wegen seiner Latte genug Ärger an der Backe."

„Koooootz." Kootz wurde leicht rot um die Nase. „Koooootz. Koooootz. Es sind zwei o!"

„Mit kurzem o passt es wesentlich besser."

„Meine Güte", raufte Kootz sich die Haare, „ist das ein Kindergarten. Nimm dein Schäufelchen und geh alleine in den Sandkasten spielen."

Eva wühlte im Kühlschrank und fand hinter den vielen Marmeladengläsern eine Reservepackung Milch. Die war vor drei Tagen abgelaufen, was Eva nicht weiter kümmerte. Sie füllte den Milchbehälter der Kaffeemaschine. „Ihr zwei macht mich völlig konfus. Wollt ihr nun Kaffee?"

„Um Gottes Willen", warf Kootz die Arme in die Höhe, „damit er die nächste Steilvorlage für eine Demütigung bekommt? Es ist peinlich genug."

„Peinlich", zischte Detlev, „peinlich war es, als ich dich erwischt habe, du verdammtes Arschloch in seinem verdammten Arschloch!"

„Es tut mir Leid!"

„Ihr habt vor meinen Augen bis zum Höhepunkt gevögelt! Hallo? Ich komme nach einem Scheißtag mit Banküberfall und lügenden Zeugen nach Hause, freue mich auf dich und ein gemütliches Glas Wein und stattdessen kniest du hinter dieser Schwuchtel und..."

„Hoppla!" Hopfi griff nach vorn und legte Detlev einen Finger über die Lippen. „Bei so vielen Details müssen Sie die Protokolle schwärzen."

Detlev atmete tief durch, nachdem Hopfi seine Hand weggenommen hatte. „Entschuldigung."

„Gerne." Hopfi nahm Eva die Latte ab. „Hast du Zucker? Diese Dose hier ist leer."

„Leider nicht mehr. Hat sich alles in Detlevs Kaffee aufgelöst."

Der Kommissar schaute betreten. „Sorry. Gier und Rache haben mich übermannt."

„Es sei verziehen." Hopfi betrachtete seine eindrucksvoll geschichtete Latte. „Die Leute, die den Kaffee anbauen, können es sich nicht leisten ihn zu trinken."

„Sie hingegen können es", sagte Kootz. „Sie können es sich sogar leisten, eine teure Jacke ohne Anlass zu verschenken. Eine Jacke, die rein zufällig so aussieht wie die Jacke, die einer der schmächtigen, kleinen, zart gebauten Bankräuber getragen hat. Mit der Größe haben Sie sich vertan, was ich nicht verstehe. Immerhin..." Er machte eine Geste, als wollte er Eva in Folie einwickeln. „Nichts für ungut, Frau Sonnemann, Ihre körperlichen Abmessungen sind deutlich wuchtiger als diese Jacke."

„Wem sagen Sie das?", griff Eva nach dem letzten Schoko-Kokos-Keks. „Ich hole gleich neue."

Hopfi nahm einen großen Schluck vom Milchschaum. „Sie haben teure Farbaufnahmen der Räuber, Respekt. Da hat die Bank sich nicht lumpen lassen."

„Im Gegenteil", winkte Kootz ab. „Wir haben bloß schwarzweiße Aufnahmen, die Profecto erkennt man an den Grauschattierungen."

„Sie vielleicht", raunzte Detlev. „Weil ihr Fischköpfe alle Hellseher seid."

„Du warst der Erste, der die Jacke erkannte, weil es eine Profecto ist und du voll auf Profecto abfährst." Kootz schaute zwischen Amiti und Hopfi hin und her. „Wie viele Profectos gibt es im Dorf?" Sein durchdringender Blick streifte Eva. Sie sprang hoch. „Upsi, die Kekse!"

„Gegenfrage." Amiti fasste über Hopfi hinweg nach der Jacke, balancierte sie über den Tisch und reichte sie dem Kommissar. „Wenn das die Jacke vom Überfall sein soll, wie konnte Herr Hopfenheimer sie heute erst kaufen?"

„Behauptet er." Kootz warf einen mehr als dunklen Blick in Hopfis Richtung. „Er findet leider, leider den Kassenbon nicht mehr. So ein praktischer Zufall. Wegen des Ausverkaufs und der vielen Kundschaft wird sich die Verkäuferin kaum an ein Gesicht unter vielen erinnern." Kootz breitete die Jacke aus und hielt sie sich selbst an die Schulter. Eva hatte Kekse geholt, knüllte das Verpackungspapier zusammen und warf es in eine Ecke der Küche. „Ihnen geht es wie mir. Wir bräuchten zwei, um annähernd gedeckt zu sein."

„Bedeckt", verbesserte Amiti. „Zwei Jacken, um bedeckt zu sein."

„Was ich sagte", nickte Eva.

„Du hast gedeckt gesagt." Amiti verspeiste einen Keks und leckte sich die Schokofinger sauber. „Gedeckt ist, wenn ein weibliches..." „Jajajaja", fiel ihr Eva ins Wort. „Seit die Kommissare so einvernehmlich an meinem Tisch streiten, kenne ich mich mit Deckung bestens aus. Bedeckt wollte ich sagen. Bedeckt."

Kommissar Kootz atmete tief durch und ließ die Arme sinken. „Es ist auf dem Film nicht zu erkennen, welche Statur die Täter haben, weil irgendein Trottel die Kamera auf die weiße Wand ausgerichtet hat. Ein paar Meter weiter hätte man Blumenkübel oder den Schirmständer als Referenz gehabt."

„Geben Sie es zu", motzte Detlev, „Ihre verdammte Theorie ist für den Arsch."

Kootz knirschte mit den Zähnen, während er in die Taschen der Jacke fasste. Bei der linken Tasche begann er breit zu lächeln. „Aha! Ein Zettel. Der älteste Gangsterfehler aller Zeiten. Wahrscheinlich ein Einzahlungsbeleg über eine Million und fünfzigtausend bei einer ausländischen Bank." Er ließ die Jacke in seinem Schoß liegen und faltete das zerknitterte Papier auseinander. Sein Blick wurde düster. „Wann haben Sie die Jacke gekauft?"

Hopfi begann breit zu lächeln. „Gerade vorhin." Er nahm einen Schluck Latte. „Die Verkäuferin erinnert sich bestimmt an mich. Ich war nämlich der einzige Kunde seit Tagen und wir haben geplaudert, warum dieser Laden pleitegeht, während sie in Berlin anbauen müssen."

Über den Tisch hinweg schnappte Detlev sich den Zettel. „Ha! Kaufquittung. Kotz, diese Jacke hing bis vor einer Stunde im Laden und kann deshalb nichts mit dem Überfall zu tun haben." Er knallte sich die rechte Hand mit abgespreiztem Daumen und Zeigefinger gegen die Stirn: „Loser!"

„Halleluja!", rief Eva und kassierte die fragenden Blicke der beiden Kommissare. Schnell schob sie nach: „Hat jemand Lust auf Prosecco?"

„Auf einen Schnaps, wenn ich nicht im Dienst wäre." Kootz wedelte mit der Quittung. „Wenn ich darf, nehme ich die mit. Oder wollen Sie die Jacke zurückgeben?"

„Mein Gott", brauste Detlev auf, „reicht es dir nicht langsam? Du hast eine undeutliche Aufzeichnung in Schwarzweiß, Aussagen mehrerer Zeugen und außerdem sind reduzierte Klamotten vom Umtausch ausgeschlossen." Er zwang sich zur Ruhe. „Sie verbeißen sich in einen Tathergang, der durch keinerlei Beweise gestützt ist. Das ist unprofessionell."

„Unprofessionell", gab Kootz zurück, „ist dein plötzliches Zeugenschutzprogramm. Gestern hättest du die ganze Bande am liebsten sofort eingebuchtet, heute fährst du stattdessen mir in die Parade."

„Siezen Sie mich gefälligst!"

„Ihre Arbeitsweise!", stieß Kootz aus. „Sie haben mir selbst gesagt, bei einem anständigen Verhör würden die Mädels sofort einknicken und unter Tränen alles zugeben. In die Top Ten der dümmsten Bankräuber haben Sie die Ladys eingruppiert."

„Das", hob Detlev den Finger, „war am Telefon und bevor ich von der zu eben jener Zeit durchgeführten Pizzalieferung erfuhr. Pizza spezial extrafick."

„Das eine", stand Kootz auf, „hat mit dem anderen nichts zu tun. Ich beantrage einen Durchsuchungsbefehl für die Wohnungen der Damen und wenn die Beute auftaucht, werden Sie staunen, Kollege."

„Ich bin nicht Ihr Kollege."

„Wir arbeiten zusammen", erinnerte ihn Kootz, „natürlich sind wir Kollegen."

„Nicht mehr lange, Sie Stümper." Detlev verschränkte die Arme. „Was meinen Sie, was die Zeuginnen tun, sobald Sie das Haus verlassen haben, um den Durchsuchungsbefehl zu beschaffen? Nach dieser dämlichen Ankündigung können Sie denen gleich beim Verstecken der Beute helfen."

Kootz schlug sich gegen die Stirn. „Ich Idiot!"

„Ihr Wort in Gottes Ohr." Detlev stand mit einem Lächeln in die Runde auf. „Vielen Dank für den Kaffee. Auf Wiedersehen."

„Perfekt", schickte Kootz ihm hinterher, „Sie kümmern sich um die Durchsuchungsbefehle, ich halte die Zeuginnen in Schach. Keine wird zum Handy greifen, um die dritte Komplizin zu informieren, keine wird sich zum Haus der anderen stehlen, um irgendwelche Spuren zu verschleiern, keine wird überhaupt etwas anderes tun als hier zu sitzen und zu warten." Schnell machte er es sich auf dem Stuhl gemütlich und streckte die Beine weit unter den Tisch.

Detlev tippte sich an die Stirn. „Schwachsinn."

„Das ist mein Job und deiner auch."

Detlev streckte ihm den Mittelfinger seiner rechten Hand entgegen. „Du kannst mich mal."

„Würde ich ja gerne."

„Eher tackere ich zu."

„Durchsuchungsbefehle", wiederholte Kootz mit verschränkten Armen. „Auf der Stelle. Es ist Gefahr im Verzug und Verschleierung droht."

Eva folgte Detlev in den Flur, wo er in seinen Mantel schlüpfte. Als er den Kragen mit Blick in den Spiegel neben der Eingangstür richtete, murrte er: „Wenn er glaubt, er könnte mich losschicken wie einen Diener, hat er sich geschnitten. Wo er schnuppern will, habe ich längst hingeschissen."

Eva öffnete ihm die Tür. „Sie werden nicht trödeln und uns den ganzen Tag mit einem Aufpasser allein lassen?"

„Na", machte Detlev, „besser er sitzt hier als neben mir im Auto oder mir gegenüber im Büro. Dieser gottverdammte, dreckige, gemeine, hinterhältige, nichtsnutzige, untreue..."

Kapitel 7
Enthüllungen

Evas Verlangen nach Prosecco war immens groß und es wurde verstärkt durch das Telefonat, das Kootz führte. „Ja", sagte er und ließ dabei Amiti und Hopfi nicht aus den Augen, „dringender Tatverdacht. Auf den Bildern sind zwei Personen zu erkennen, die den beiden Frauen von der Statur her durchaus ähnlich sehen könnten. Eine bunte Jacke ist mit einer dubiosen Geschichte aufgetaucht, die ich überhaupt nicht glauben kann. Ich bin sicher, wenn wir die Wohnungen durchsuchen, finden wir die Beute und die richtige Profecto."

Eva schenkte mit klopfendem Herzen vier Gläser Prosecco ein. Ihre Wohnung zu durchsuchen, das war kein Problem. Hier war die Kohle nicht. Sollte Amiti den Zaster haben, war ebenfalls alles in bester Ordnung. Amitis Schwester hatte in Thailand mit Kokain gedealt und war niemals erwischt worden. Von ihr wusste Amiti, wie man etwas versteckte, das niemand finden sollte. Wenn es allerdings an Jettes Wohnung kam, war zappenduster, denn Jette verwahrte die Weihnachtsgeschenke in einem unverschlossenen Schrank und die Osternester gern in der Ofenschublade. Einmal hatten die Kinder Aufbacksemmeln gemacht und plötzlich duftete das ganze Haus nach warmer Schokolade.

Eva sah sich erneut hinter Gittern sitzen. Gesiebte Luft für viele Jahre, keine Pizza spezial, kein Prosecco, keine Schokohasen zu Ostern.

Die Türglocke ging. Ihr fuhr der Schreck durch alle Glieder, Kootz' Blick hellte sich auf. „Erfreulich schnell."

Eva erholte sich rasch. „Nach dem Streit, den Sie hatten, glaube ich eher, Ihr Kollege wird Sie die Nacht über hier schmoren lassen. Nehmen Sie ruhig ein Glas Sekt."

„Das schlechte Gewissen", griff Kootz zum Glas, „steht Ihnen ins Gesicht geschrieben." Er prostete Hopfi zu. „Ihnen auch, obwohl Ihr Dorfladen-Alibi wasserdicht ist."

„Nur wer ein Alibi braucht, hat eines", winkte Hopfi ab.

Eva öffnete die Tür. „Jette? Du hier?"

Jettes Wangen glühten, sie schnaufte heftig und hatte nicht mal eine Jacke an. Nur die dicken Stiefel, die sie vor der Tür laut stampfend abtrat. „Das glaubst du nicht! Nie im Leben."

Blitzschnell legte Eva ihren Finger über die Lippen. „Halt die Klappe."

„Rausgeworfen", sprudelte Jette hervor, als hätte Eva mit dem Schirmständer gesprochen, und schlüpfte aus den Stiefeln. „Mitsamt seinem ganzen Krempel und allen Koffern, die ich finden konnte. Du, in dem roten Koffer sind die Schnorchelbrillen, die ich seit drei Jahren suche. Na, die sind zu spät aufgetaucht. Alle zu klein." Sie setzte sich Richtung Wohnzimmer in Bewegung und blieb sofort wieder stehen. „Ich habe seinen Computerkram auf die Straße geworfen und seine Klamotten hinterher. Seine Ordner, seine Schuhe, die er ständig im Weg stehen lässt, sein ekelhaftes Instant-Kaffeepulver. Das ergab im Nu einen riesengroßen Berg. Gerd pflückt jetzt alles aus dem Matsch, bevor er sich auf den Weg zu dieser Schlampe macht. Mir haben das Sauwetter und der nasse Schnee nie mehr Spaß bereitet als heute." Sie betrat endlich das Wohnzimmer. „Ach, Luise, du bist gar nicht in deinem Zimmer? Ich dachte, du übst deine Vokabeln."

„Omnia tempus habent", murmelte Luise und wischte schneller als zuvor übers Tablet.

Jette grübelte offensichtlich über die Bedeutung der lateinischen Worte und entschied sich für dezentes Lob: „Wie du bei dem Krach lernen konntest, ist mir ein Rätsel." Sie begann mit beiden Händen nach dem Tablet zu grabschen. „Tausendmal dieselbe Leier. Du sollst nix Elektronisches konsumieren, wenn du gelernt hast. Dein Hirn ersetzt die Vokabeln durch den gedaddelten Scheiß und morgen weißt du wieder nichts von den alten Römern. Sofort ausschalten."

„Semper aliquid haeret", maulte Luise und überließ ihrer Mutter das Tablet.

Jette legte es triumphierend aufs Fensterbrett. „Kinder muss man im Griff haben, sonst haben sie einen im Griff." Ihr entging das diebische Blitzen in Luises Augen, weil sie sich weit nach vorn beugte und Kootz betrachtete. „Ist das eine neue Eroberung, Amiti? Respekt, sieht richtig gut aus. Freut mich, dich kennenzulernen, ich bin Jette. Wie heißt du, wie lange bist du mit Amiti zusammen und woher kennt ihr euch?"

„Kriminalkommissar Kootz", reichte er ihr die Hand. „Sie haben den idealen Zeitpunkt erwischt, um hier aufzutauchen. Nun können die Kollegen in aller Ruhe Ihr Haus durchsuchen."

„Ach du Scheiße." Schnell schnappte Jette sich ein Glas Prosecco und leerte es auf einen Zug.

„Warum?", fragte Kootz. „Haben Sie was zu verbergen?"

Jette schenkte sich nach. „Ich habe meinen Mann rausgeworfen, mein

Alltag liegt in Trümmern. Schlimmer geht es nicht."

„Was, wenn wir die Beute finden?", bohrte Kootz nach. „Bedenken deswegen?"

„Die Beute vom Überfall?" Jette lachte in einer Mischung aus Heiterkeit und Verzweiflung. „Weiß der Teufel, wo die ist."

„Interessant." Kootz zeigte auf den freien Stuhl. „Setzen Sie sich und erzählen Sie mir Ihre Version der Dinge." Er blickte reihum. „Vom Rest will ich keinen Mucks hören. Mal sehen, wie gut die Geschichte abgesprochen ist."

„Geschichte?" Jette nahm sich gleich zwei schokogefüllte Kokosbutterkekse. „Am Donnerstag lernte ich einen wundervollen Mann kennen und hatte sehr, sehr viel Sex mit ihm. Ich habe mich um die Kinder gekümmert, einen Mathetest und ein Diktat vorbereitet, den Haushalt geführt, allerlei Kleinkram erledigt und heute, am Samstag, meinen Mann vor die Tür gesetzt. Punkt." Sie schaute tief in die leere Packung Kekse. „Waren das alle? Schade. Ich hätte jetzt Lust auf eine richtige Kalorienbombe. Am liebsten eine Kalorien-Atombombe."

„Du könntest keine bessere Adresse finden." Eva ging zum Kühlschrank und holte Mousse au chocolat heraus. Von dieser Köstlichkeit hatte sie immer viele Becher vorrätig. In Verbindung mit Sprühsahne machte die Mousse ein herrlich schlechtes Gewissen. „In all den Jahren hast du kaum etwas gegessen, das mehr Kalorien hat als eine halbe Gurkenscheibe. Du isst deine Semmel trocken, verzichtest auf Milchschaum, verdrückst an Weihnachten keine einzige Kokosmakrone und bist die einzige Frau, die jedes Jahr leichter wird statt schwerer." Sie legte Löffel neben die Sahnedose. „Scheint, als würdest du endlich normal."

„Ja!" Jette schnappte sich einen Becher Mousse au chocolat, riss den Deckel auf und tauchte den Löffel tief in die dunkelbraune, stark duftende Masse. „Alles wegen Gerd. Ihr hättet ihn hören müssen, wenn er im Urlaub über Frauen gelästert hat, deren Hüftknochen sich nicht durchs Bikinihöschen bohrten. Eine schlanke Frau ist für ihn eine, bei der ohne Gürtel die Haut von den Hüften rutschen würde, bei der man denkt, sie hätte den Kleiderbügel in ihrer Bluse vergessen, dabei sind es ihre Schulterknochen, die hervorstechen."

Eva setzte sich langsam. „Du wolltest ihm gefallen."

„Natürlich." Jette schloss die Augen, als die Mousse ihre Zunge berührte. „Scheiße, ich war der größte Depp auf Erden."

„Vor allem", nahm sich Hopfi einen Becher, „war deine Kasteiung umsonst, wenn dein Gatte sein Interesse auf eine andere Frau verlagert hat."

„Der wahre Hammer kommt jetzt", ließ Jette die Hand mit dem Löffel auf die Tischplatte fallen und verfolgte mit den Augen, wie ein Klecks Mousse durch die Luft auf den Boden segelte und direkt in einer Wollmaus landete. „Er hat seit zwei Jahren eine andere in Köln sitzen. Von wegen Dienstreisen nach Delmenhorst, Düsseldorf oder Dietramszell. Wahrscheinlich gibt es diese Orte in Wirklichkeit gar nicht! Wann immer ich dachte, der Kerl reißt sich den Arsch für seine Karriere auf, hat er seinen krummen Schwanz ganz tief in die Pussy einer Frau geschoben, die doppelt so schwer ist wie Eva! Ich könnte ausflippen!"

Eva hatte ihren Mousse-Becher zur Hälfte geleert. „Längst nicht alle Männer haben einen kerzengeraden Penis. Bei den meisten neigt er in irgendeine Richtung, macht einen Bogen, einen Knick oder vollführt sonst eine Kuriosität. Nur der von Michael, der war ein Prachtstück wie aus dem Bilderbuch." Eva schwelgte in Erinnerungen. „Lang, dick, groß, gerade. Glaub mir, die Optik ist nur die halbe Miete."

Jette schaute, kaute und schluckte. „Was kümmert mich der Schniepel von Michael? Diese Scheiß-Schlampe hat mir den Mann ausgespannt, von dem ich mich trennen wollte. Pest und Cholera wünsche ich ihr an den Hals, einen ordentlichen Husten und eine Rotznase, die nicht aufhört zu laufen." Jette löffelte den Becher mit wenigen Happen leer und kratzte die Reste am Rand zusammen. „Ich brauche jede Woche eine Psycho-Stunde für fünfzig Euro, um meine Wut auf seine Abwesenheit in Mitleid wegen so viel Arbeit zu transferieren, dabei arbeitet er gar nicht! Nein, er treibt's mit einem Walross." Sie schob den Becher von sich und legte den sauber abgeleckten Löffel auf den Tisch. „Ich dachte, er würde seine Arbeit über alles stellen und unsere Ehe wäre deswegen am Ende. Dabei ist es die Vagina einer Schlampe, in die er sein gesamtes Hirn gewichst hat. Der Banküberfall, Herr Kootz, und Ihre Fragerei gehen mir aktuell total am Arsch vorbei, kapiert!"

Kootz starrte sie mit offenem Mund an.

Amiti hatte sich ebenfalls einen Becher Mousse au chocolat genommen. „Den hast du so klein mit Hut gemacht", hob sie Daumen und Zeigefinger nur knapp auseinander. „Er ist fremdgegangen und in flagranti erwischt worden."

„Echt?" Jette schnappte sich einen zweiten Becher aus der Tischmitte. „Wenn ich zum Einkaufen komme, Eva, besorge ich dir Nachschub an Schokobechern. Haltet mich ruhig für gierig, ich brauche das jetzt." Sie begann zu essen. „Haben Sie wenigstens Ihr Ranking erhöht oder vögeln Sie abwärts? Mein Mann hat sich nicht etwa eine Frau gesucht, die ordentlich Kohle verdient, intelligent und bildschön ist, sondern eine fette Qualle, die mit schmierigen Haaren in einem Plattenbau hartzt und vom Nichtstun völlig überfordert ist. Sie schafft es nicht mal zum Arbeitsamt."

„Arbeitsagentur", verbesserte Amiti. „Der Kommissar hat es mit einem Pizzaboten getan. Statt mit dem anderen Kommissar, von dem Eva sagte, sie würde ihn gerne mal mit seinen eigenen Handschellen ans Bett fesseln."

„Handschellen", lächelte Eva breit, „eine geniale Idee."

Jette hielt sich den Bauch. „So viel Fett und Zucker hatte ich seit Jahren nicht im Magen. Um das zu würdigen, sollten wir alle eine Minute lang schweigen."

„Hä?", machte Eva, Kootz blickte ratlos und Amiti tippte sich gegen die Stirn.

„Minute vorbei." Jette wandte sich an Kootz. „Ein Pizzabote? Wo Sie den schönsten Mann der Welt am Start haben? Sie haben nicht mehr alle Latten am Zaun."

Kootz brauchte einen Moment, bis er die Informationen richtig einsortiert hatte. „Ja, er war strohdoof. Und ich auch."

„Sagen Sie es ihm", meinte Jette. „Also, dem Kommissar, nicht dem Pizzaboten. Dummen Leuten ihre Dummheit vorzuhalten, macht sie nicht plötzlich schlau."

„Das will er nicht hören." Kootz stützte die Ellbogen auf den Tisch und legte das Kinn in die Hände. „Sie sind erst gekommen, als er weg war; die anderen werden Ihnen bestätigen, wie wenig er von mir hält. Er ist tierisch sauer."

„Stimmt." Amiti hatte ihr Kinn wieder auf ihrem angewinkelten Knie abgelegt. „Detlev war wirklich fies, viel fieser als Peter je zu mir war. Peter hat mich sang- und klanglos ausgetauscht gegen eine andere. Ich und die Kinder raus aus der großen Wohnung und dem tollen Leben, die andere rein. Ging ganz schnell und für Peter hat sich nichts geändert. Er nennt seine Neue, die mittlerweile die Neue nach der neuen Neuen ist, sogar Schatzi, genau wie mich früher. Dummes Gefühl, wenn man mit einem Fingerschnippen ausgetauscht wird."

„Gewiss nicht gegen eine Bessere?", fragte Kootz.

„Besser?" Hopfi setzte sich aufrecht und faltete die Hände auf dem Tisch. „Was genau ist besser? Der Körperbau, das Einkommen, die Wortwahl? Realistisch betrachtet", schaute er Amiti an, „sind das die ersten Kriterien, doch in der Liebe gibt es kein besser oder schlechter und schon gar keinen Realismus. Sagen Sie ihm", wandte er sich an Kootz, „Sie hätten den Pizzaboten sehr attraktiv gefunden und seien völlig auf den geilen Hintern abgefahren. Im zweiten Satz sagen Sie, für den herrschenden Moment sei der Koitus mit dem Boten eine akzeptable Entscheidung gewesen, angesichts seiner körperlichen Attribute. Im dritten Satz sagen Sie, Sie würden den Sex nicht bereuen; er war gut und befriedigend, aber Sie bereuen es zutiefst, für ein paar Minuten sexueller Zufriedenheit ein ganzes Leben an Zweisamkeit, Vertrauen und Liebe aufs Spiel gesetzt zu haben. Das war die Mogelpackung nicht wert und deshalb wird es nicht mehr vorkommen."

Kootz, Amiti, Jette und Eva starrten Hopfi mit großen Augen und offenen Mündern an. Im Hintergrund tickte die Uhr in der Küche. Selbst Luise hatte den Kopf vom Tablet gehoben und schaute.

„Mann", flüsterte sie, „voll die fette Entschuldigung."

„Ja." Kootz hatte etwas Kleines, Feuchtes, Tropfenförmiges im Auge und wischte es schnell weg. „Danke für den Tipp." Etwas klingelte.

„Sorry, ist das Diensthandy, da muss ich rangehen."

„Das gehört zu meiner Arbeit", beugte Hopfi sich näher zu Amiti. „Mich bitten Firmen um Hilfe, wenn sie ihre Unternehmenskultur ändern und einen neuen Ton reinbringen wollen. Ich arbeite für Leute, die unzufrieden mit jemandem sind, ohne den Grund dafür benennen zu können." Er setzte sich schräg, damit er sie geradeheraus anschauen konnte. „Es hapert oft an der Kommunikation, an der Wortwahl oder dem Blickwinkel und Philosophen suchen nach einer neuen Perspektive. Wie wäre es? Dürfte ich dir bei einem Abendessen weitere Beispiele erläutern?"

„Mich hat seit Jahren keiner zu einem Abendessen eingeladen", überlegte Amiti.

„Oh", schmunzelte Hopfi, „diese Tradition will ich nicht brechen. Ich kaufe ein, bringe alles zu dir und wir verwandeln deine Küche in ein kulinarisches Refugium. Was hättest du gern? Deutsche Küche, eher asiatisch? Meine Dampfnudeln sind meisterhaft gut."

In dem Moment verlor Amitis Widerstand an Substanz. Eva konnte deutlich sehen, wie sich ihr Lächeln veränderte, wie ein gewisser Glanz in ihre Augen trat und sich ihre Gedanken mal nicht um ihren Ex, die Kinder oder das fehlende Geld drehten. In ihrer trostlosen Gegenwart tauchte ein heller Schimmer auf, der das Potenzial für eine gleißende Veränderung hatte.

„Tja", verdarb Kootz Evas verträumtes Schmachten, „die Kollegen haben Ihr Haus durchsucht, Frau Bonhöfer, und Ihre Wohnung, Frau Schulze." Er schaute von einer zur anderen. „Bei Ihnen, Frau Bonhöfer, stopft Ihr Gatte gerade einige Möbel und schwere Dinge in einen Lastwagen. Er zieht auf der Stelle nach Köln und Sie werden von seinem Anwalt hören. In seiner Wut hat er eine dunkelblaue Vase mitten in der Küche auf den Fußboden geschmettert und er will das Seidentuch zurück, das er Ihnen geschenkt hat."

„Mit dem Billigding soll er sich aufhängen!", donnerte Jette beide Fäuste auf den Tisch. „Es ist nämlich nicht aus Seide. Ich hatte Kaffeeflecken in dem Tuch, die ich nicht mit der Schere behandeln wollte. Deshalb habe ich es in die Reinigung getan und gebeten, man möge sehr vorsichtig mit dem Seidentuch sein. Ihr hättet den mitleidigen Blick der Frau hinterm Tresen sehen sollen. Von wegen fair gehandelte Handarbeit aus Pakistan, das Drecksding aus stinknormalem Polyester hat er vom Discounter."

Kootz wandte sich an Amiti: „Bei Ihnen, Frau Schulze, liegt ein Zettel auf dem Tisch. Jemand hat mit krakeliger Handschrift geschrieben: Sind bei Julius und Romea." Er schob das altmodische Handy in die Tasche zurück. „Bei aller Hilfe, für die ich Ihnen durchaus dankbar bin, muss ich an meine Arbeit denken. Da gilt es einen Banküberfall aufzuklären, deshalb sollten Sie mir ganz schnell sagen, ob das ein Codename ist? Die Kollegen konnten niemanden ausfindig machen, der Julius oder Romea heißt."

„Codename?" Jette schaute Eva mit verkniffenem Lächeln an und Eva wollte Amiti unterdrückt angrinsen, doch das ging nicht. Die Freundin glotzte auf Hopfi als hätte sie keinen Kopf auf dem Hals sondern eine Wassermelone mit eingeschnitztem Gesicht.

„Also?", trommelte Kootz seine Fingerkuppen auf den Tisch, als wäre dort ein Gaspedal versteckt. „Reden Sie, bevor die Kollegen hierher kommen und alles auf den Kopf stellen."

„Warum?", schoss es aus Eva heraus.

„Weil", drehte Kootz sich zu ihr um, „die Beute bisher nicht gefunden wurde. Die Beute nicht kein Rucksack, keine Waffe, nur diese Profecto und die..." Er tippte auf die Jacke und knurrte. „Die Verkäuferin konnte sich tatsächlich an Sie erinnern, Herr Hopfenheimer. Bei Ihnen daheim und in Ihrem Auto haben wir ebenfalls nichts gefunden."

„Ach." Hopfi riss sich von Amiti los. „Sie haben mein Auto durchsucht? Ist die elektronische Verriegelung so leicht zu knacken?"

„Es genügen ein Anruf beim Hersteller des Autos und eine richterliche Anordnung. Geht alles online."

„Ich bin also verdächtig?"

„Jetzt nicht mehr." Kootz hielt seine Tasse hoch. „Darf ich einen zweiten Cappuccino haben?"

„Klar." Eva nahm seine Tasse und hörte, wie Kootz zu Hopfi sagte: „Wir haben zwar jede Menge Bargeld in Ihrem Haus gefunden, aber nicht die Million, die vermisst wird. Keine Waffen, keine dubiosen Masken, kein kindischer Rucksack, nur ein ansprechend ausgestattetes Häuschen. Sie scheinen mit ein bisschen Philosophie ganz gut zu verdienen."

Hopfi lehnte sich entspannt zurück. „Wer sagt was von verdienen?"

„Ihr Steuerberater." Kootz wischte mit der Handkante die Brösel auf dem Tisch zusammen. „Er sagt, sie hätten das viele Geld völlig legal verdient und versteuert."

Hopfi lachte. „Ob ich es *verdient* habe, ist Ansichtssache."

Nun runzelte Kootz arg die Stirn. „Hä?"

Amiti schmunzelte. „Verstehen Sie nicht? Er hat es sicherlich verdient und vielleicht sogar verdient." Nachdem Kootz sie sekundenlang unverändert ratlos angestarrt hatte, klatschte sie sich die flache Hand gegen die Stirn. „Jeder Deutsche sollte zu einem Deutschkurs gezwungen werden."

Wieder war es die dritte Flasche Sekt, die Eva ins Gehirn schoss. Sie fuchtelte mit spitzem Zeigefinger vor Kootz' Gesicht. „Sie haben uns den Prosecco aufgeschwatzt, damit ich nicht saubermachen kann, bevor Ihre Leute anrücken."

„Exakt." Kootz blickte vom Klemmbrett, wo er das Protokoll mitschrieb, hoch und schickte den Beamten, der ihm ein Sparschwein präsentierte, mit einem Wink weg. „In die Sau passt nie und nimmer eine Million."

Eva verfolgte mit aufmerksamen Blicken die vier Polizisten, die sich in ihrem Schlafzimmer drängten. „Der ganze Dreck ist mir mehr als peinlich."

„Wir haben schon schlimmere Zustände gesehen", sagte der Polizist und hielt Evas Schlafanzug in die Höhe. „Hier im Bett ist keine Million versteckt."

„Und fünfzigtausend", wandte Hopfi von der Seite ein. „Immer unterschlagen Sie meine fünfzigtausend, dabei ist allein das mehr, als die meisten Räuber bei einem Überfall ergattern."

„Angesichts der Million", sagte Kootz, „geraten lumpige fünfzigtausend ins Hintertreffen."

Amiti schnaubte. „Mir kämen läppische fünfzig Riesen sehr zupass." Sie schlüpfte in die Profecto und zog den Reißverschluss zu. „Danke für die Jacke. Dafür kaufe ich für das Abendessen ein. Ich werde nicht dein Betthäschen und wenn mir irgendwas an deinem Arbeitsangebot komisch vorkommt, drehe ich dich durch den Fleischwolf. Damit wir uns richtig verstehen."

„Nur den Job. Mehr will ich nicht von dir."

„Danke." Amiti schob ihre Hände in die Taschen und freute sich. „Die ist prima und das Beste, was mir seit Jahren passiert ist." Als sie sich dem Kommissar zuwandte, wurde ihr Blick kälter als das verfrühte Winterwetter draußen. „Sie haben mich verdammt lange aufgehalten. Zum Glück kümmert sich meine Nachbarin um die Kinder, holt sie vom Fußball ab und lässt sie in die Wohnung. Ich hoffe, Ihre Leute haben hinterher Ordnung gemacht."

„Frau Schulze", konterte Kootz, „in diesem Land hat die Aufklärung einer Straftat absolute Priorität und jeder muss dafür Opfer bringen." Er zeigte mit dem Kugelschreiber auf drei große Säcke, die Christopher aus dem Schlafzimmer in den Flur schleppte. „Was ist das?"

Christophers Blick war nicht auf die Säcke oder Kootz gerichtet, sondern auf Jette, die an der Wand lehnte und ein Knie angewinkelt hatte. Bei so viel Sex-Appeal musste Christopher räuspernd seine Konzentration suchen. „Da sind... ähäm... Hosen drin."

„Hosen?"

Seine Augen waren fest auf Jette gerichtet, genau dort, wo ihre Oberschenkelmuskeln den Stoff spannen ließen. „Achtundvierzig Stück. Hat das irgendeine Relevanz?"

„Für jeden Tag im Adventskalender zwei..." Kootz drehte sich zu Eva herum. „Warum horten Sie achtundvierzig Hosen in drei Plastiksäcken?"

Christopher hatte den ersten Sack abgestellt und aufgemacht. Er zog nacheinander Bundfaltenhosen, Leggings, Jeans, Boot-cuts, Hosen mit Blumendruck, Röhrenhosen, Hosen mit Nadelstreifen, mit Knöpfen, mit Ziernähten, mit Stickerei und mit aufgebügelten Glitzersteinen heraus. „Alles dabei zwischen Elefanten- und Zwergengröße. Die mit den Streifen ist Größe fünfzig."

„Breiten Sie die mal auseinander", ordnete Kootz an und riss beeindruckt die Augen auf, als Christopher mit weit gestreckten Armen vor ihm stand. „So ein Streifenmuster würde kein Elefant tragen, glauben Sie mir."

Eva quietschte, schob Christopher zur Seite und zerrte die winzige Bundfaltenhose hervor. „Meine Güte, da wollte ich mal reinpassen."

„Da rein?" Kootz schien zu überlegen, wie viel göttliche Macht für dieses Wunder nötig war. „Mit Verlaub, eher bekommt der Weiler, in dem ich wohne, schnelles Internet."

Eva hielt sich die Hose ans linke Bein. Nicht einmal die Hälfte ihres Schenkels verschwand hinterm Stoff. „Ich habe mir von jeder Größe und jeder Zwischengröße eine Hose gekauft und sie alle der Reihe nach in den Schrank gehängt. Wenn ich abnehme, dachte ich, kann ich an den Hosen erkennen, wie viel ich abgenommen habe, und wenn ich bei dieser hier angekommen bin, wären meine Gewichtsprobleme gelöst."

„So eine Scheißidee", fand Kootz.

„Deshalb", faltete Eva die Hose zusammen, „landet das gute Stück wieder im Sack."

„Wir haben", fuhr Christopher fort, „zehn unbenutzte Paar Joggingschuhe gefunden, gefüllt mit Nugatpralinen."

Kootz hob fragend die Augenbraue.

Eva spürte, wie sie rot im Gesicht wurde. „Jedes Jahr im Frühling, nach Silvester und im Urlaub möchte ich mit Laufen anfangen. Ich kaufe mir bequeme Joggingschuhe, stelle sie in den Schrank und benutze sie nie."

„Seit wie vielen Jahren tun Sie das?"

„Ewig", mischte Jette sich ein. „Wenn sie ausmistet, kriege ich die Schuhe. Wir haben dieselbe Größe."

Kootz blätterte im Protokoll. „Bei Ihnen haben die Kollegen keine gehorteten Schuhe gefunden."

Christopher hob ratlos die Schultern.

„Meine Güte", schmunzelte Jette, „die sind längst ausgetreten und weggeschmissen. Mehr als sechshundert Kilometer halten Joggingschuhe nie."

„Was ist mit der Nugatfüllung?" Kootz' Kugelschreiber kratzte laut übers Papier.

„Die hält auch keine sechshundert Kilometer", meinte Eva leise. „Ich dachte, wenn ich meine Süßigkeiten an einer ekeligen Stelle verstecke, vertilge ich weniger davon."

„Funktioniert es?"

„Im Gegenteil." Eva wühlte sich durch einige andere Hosen, ohne eine davon besonders interessant zu finden. „Wenn ich vor dem Schrank nach den gefüllten Schuhen krame, halte ich mich für verrückt. Ich nehme mir vor, den Nugat nicht mehr zu verstecken, schließlich bin ich ein selbstbestimmter intellektbetonter Mensch, und esse alle Pralinen auf einmal. Beim Einkaufen besorge ich wieder elend viel Nugat, denke mir, ich sollte ihn verstecken, krieche im Schrank herum und... Ein Teufelskreis, in dem ich wie ein Brummkreisel immer wieder eine neue Runde drehe."

„Ich gehe jetzt." Amiti langte nach der Tür. „Nicht im Teufelskreis, sondern nach Hause. Es sei denn, die deutsche Justiz kann nicht ohne mich auskommen?"

„Gehen Sie ruhig." Kootz legte übermäßig viel gnädigen Dünkel in seine Stimme. „Wir sind ja fertig."

„Ich komme mit", hob Hopfi die Hand, als wollte er einen Kellner rufen. „Wir haben eh den gleichen Weg."

„Wenn ihr geht, gehe ich auch", schnappte Jette sich ihre Jacke. „Hoffentlich ist Gerd über alle Berge."

„Wahrscheinlich", drückte Amiti die Türklinke, „ist Louis mit zu mir gekommen. Länger als eine Stunde halten die Kinder es bei den Zwergkaninchen Julius und Romea eh nicht aus. Willst du ihn gleich heimholen?"

Jette kassierte einen unbemerkten Rempler von Eva, die schlagartig aus dem Hosensack aufgetaucht war und hektisch zwischen Amiti und Hopfi hin und her schaute. „Jette, nimm gleich die Laufschuhe mit, dann haben wir beide was von dieser Aktion."

„Okay." Jette breitete eine große Plastiktüte auseinander. „Schick Louis einfach heim. Spätestens um sechs gibt es Kässpätzle."

„Kässpätzle?", staunte Eva. „Die haben eine Million Kalorien und machen dir jede Hose sofort um drei Zentimeter enger."

„Scheiß drauf!" Jette ließ alle Laufschuhpaare in die Tüte fallen. „Schluss mit grünem Salat ohne Dressing und Semmeln ohne Butter. Schluss mit Hawaii-Toast ohne Toast und Hawaii! Wenn's nicht an der

Figur liegt, ob ein Kerl bleibt oder nicht, kann eine ordentliche Mahlzeit nicht schaden."

„Halleluja!", jubelte Eva und riss die Arme in die Höhe, wobei sie an den Lampenschirm stieß, der gefährlich zu baumeln begann. „Drecksding! Ich sollte dich höher hängen!"

Amiti, Hopfi und Jette samt übervoller Plastiktüte quetschten sich an einigen Polizisten vorbei, die gleichzeitig die Wohnung verlassen wollten. Es gab ein übles Gedränge auf der Treppe und den ein oder anderen gezischten Fluch. Mittendrin lud Jette Christopher auf die Kässpätzle ein und er versprach Weißwein mitzubringen.

„Ich mag keinen Weißwein", sagte der Polizist neben Christopher.

„Du warst nicht gemeint."

„Ich bin nie gemeint, wenn es um Wein geht. Nur, wenn es um Arbeit geht..."

„Weil du es gerade sagst", hob Christopher an, „können wir den Dienst am Freitag tauschen? Jettes Tochter spielt in einem Theater mit, das würde ich gern anschauen."

„Theater?", lachte der andere kurz, „ist dir deine Arbeit nicht Theater genug?"

Als die Meute das Haus verlassen hatte, stand Eva neben Kootz und dem letzten Polizisten und schaute auf die vielen Kleidersäcke und das Zeugs, das bisher in den Schränken gewesen war.

„Das ist so verdammt viel", suchte der übrige Polizist nach einer Erklärung. „Wir haben geschoben und gequetscht, aber selbst ohne die Laufschuhe kriegen wir Ihre jahrelange Puzzlearbeit nicht wieder hin."

„Macht nix", winkte Eva ab. „Kann ich gleich zur Kleiderkammer fahren."

Kootz schrieb anscheinend jede beiläufige Bemerkung mit. „So, so, Julius und Romea sind zwei Karnickel. Gut zu wissen." Er wandte sich an den Polizisten. „Geld gefunden?"

„Ja." Freudestrahlend hob der Polizist eine Pralinenschachtel hoch. „Fünfhundert Euro und dreißig US-Dollar."

„Trottel", murrte Kootz, „wir suchen nach mehr als einer Million oder einem grellgrünen Rucksack mit Totenkopfmotiv oder dieser bunten Jacke oder einer Handfeuerwaffe."

„Keine Spur von keiner der Sachen." Der Polizist reichte Eva die Pralinenschachtel. „Hier. Wenn es diese Marke seit Jahren nicht mehr zu kaufen gäbe, hätte ich gar nicht reingeschaut."

„Sie sollen überall reinschauen", blickte Kootz vom Klemmbrett hoch. „Ist Ihr Job."

Der Polizist setzte seine Mütze auf. „Mein Job hat jetzt Feierabend. Servus zusammen."

„Fünfhundert Öcken?" Eva strahlte. „Das ist ein wunderbarer Feierabend."

„Von wegen Feierabend!", rief Kootz ihm nach. „Ich will die genauen Berichte heute auf meinem Schreibtisch haben. Nehmen Sie gefälligst das Klemmbrett mit!"

Eva hörte unten die Tür ins Schloss fallen. „Wozu?", fragte sie, „wo Sie nichts gefunden haben." Sie machte den Deckel der Pralinenschachtel auf. Es waren teure Pralinen gewesen in einer entsprechend kleinen Schachtel. Wenn man die Geldscheine in der Mitte faltete, passten sie rein. „Jede Woche fünfzig Mücken für meine geplante Bauchspeckweg-OP. Wie Sie sehen, ist mir nach weniger als drei Monaten die Lust ausgegangen. Hey, was ist das?" Sie nahm eine große schwere Schachtel unter die Lupe und klappte den Deckel hoch. „Das Kochgeschirr!"

Kootz zog kurz die Nase hoch. „Kochgeschirr?"

„Ja!" Eva rückte einhändig die Schachtel in die Mitte des Flurs, damit der Deckel ordentlich aufging. „In der Werbung hieß es, mit diesem Ding würde man tausende Kalorien sparen und viele Kilos abnehmen. Die Handhabung ist furchtbar kompliziert. Bis man den Grillofen samt Kocheinsatz am Laufen hat, ist der Hunger längst vergangen."

„Interessiert mich..."

„Oder dieser Bauchweggürtel", hob Eva ein Folterinstrument der modernen Diätforschung hoch. „Wenn man den trägt, sollen elektromagnetische Wellen das Gehirn zu Salat und Grünzeug animieren und nicht zum Schnitzel mit Pommes. Leider ist das Ding viel zu eng und hat mir auf dem Weg ins Restaurant die Luft abgeschnürt. Ich bin zum ersten Mal seit Kindertagen auf ein öffentliches Klo gegangen, um es auszuziehen. Sie wollen nicht wissen, warum meine Bluse hinterher braune Flecken hatte, die ich mit Ultraschall nicht rausgekriegt habe."

„Ultraschall?", fragte Kootz, als hätte ihn ein Marsmännchen nach dem Weg in die Heimat gefragt. „Das interessiert mich..."

„Ja", nickte Eva. „Ein Ultraschallgerät zur Vorbehandlung von hartnäckigen Flecken. Es muss irgendwo rumliegen." Sie überblickte das Chaos. „Himmel, da ist ja die dicke Daunenjacke!" Sie rupfte die

Jacke aus einem der Plastiksäcke in die Höhe und strahlte. „Die ist vom kältesten Winter aller Zeiten übrig, als es ständig minus zwanzig Grad hatte. War irre praktisch, obwohl ich mir immer viel zu dick vorgekommen bin." Sie schlüpfte hinein und genoss das warm eingepackte Gefühl. „Na, so sehr trägt sie nicht auf, oder?"

Das Telefon klingelte. Eva konnte es am Blinken der Taste sehen, den Ton hatte sie längst abgestellt. Es waren immer die gleichen zwei Nummern, die auftauchten: Jette und Amiti. Diesmal, das sah sie mit einem schnellen Blick aufs Display, war es wieder Jette. Sie streckte den Arm, um die Nummer und das nervige Blinken wegzudrücken, und wischte das Telefon dabei zu Boden. Es klapperte scheußlich, die hintere Klappe sprang ab und die Akkus rollten im Flur herum. Blitzschnell schob Eva die Pralinenschachtel in die Jackentasche und bückte sich nach den Einzelteilen. Sie pfriemelte das Telefon zusammen. „Wissen Sie, die Diätindustrie nutzt schamlos Sehnsüchte aus, die mit dem Gewicht gar nichts zu tun haben. Wir meinen es nur, lassen es uns vorgaukeln und wenn es wieder nicht funktioniert hat, geben wir uns selbst die Schuld anstatt es auf die gierigen Manager von geldgeilen Firmen zu schieben." Sie ließ das Telefon in die Halterung gleiten, zog die Jacke aus und hängte sie an die Garderobe. „Mist, das war eine philosophische Erleuchtung und niemand außer einem Kommissar mit erheblichen Beziehungsproblemen hat es mitgekriegt. Scheißdreck."

„Wissen Sie was", Kootz schob schnell mit dem Fuß zwei Plastiksäcke zur Seite, damit er zur Tür konnte. „Ich muss jetzt los." Er öffnete die Tür und sprang vor Schreck einen guten Meter zurück, direkt gegen die Schachtel mit dem Kochgeschirr. Glas klirrte. „Frau Bonhöfer", brachte Kootz sich sofort wieder unter Kontrolle, „wollen Sie sich Ihres Triumphes erfreuen oder haben Sie etwas vergessen?"

„In der Tat." Jettes Blick war dunkel wie eine Gewitterwolke. Sie holte tief Luft: „Luise! Ab nach Hause!" Mit erhobenem Zeigefinger wackelte sie vor Evas Augen. „Wärst du ans Telefon gegangen, hätte ich nicht extra zurückkommen müssen. Wahrscheinlich hast du dein Telefon im Gefrierfach liegen lassen, als deine Gier nach Schokoeis wieder mal größer war als dein Mitgefühl technischen Geräten gegenüber. Telefone mögen keinen Frost."

Eva zeigte auf das Regal unterm Spiegel. „Es wartet stummgeschaltet hier in der Ladeschale, wo Esmi es reingestellt hat. Im Gegensatz zu mir lässt sie nix irgendwo rumliegen. Alles findet immer zurück an seinen Platz. Zum Glück! Wo die Bullen mir die Bude auf links gedreht haben, kann sie mir beim Aufräumen helfen."

„Solltest mal bei mir vorbeischauen." Ihr düsterer Blick traf Kootz. „Die haben mein geheimes Geldversteck gefunden, in dem ich meine paar hundert Euro Schmugeld in kleinen, nicht nummerierten oder markierten Scheinen aufbewahre."

„Ist nicht schlimm, es kommt ja nichts weg."

„Mein Mann hat sich den Zaster geschnappt und mir damit einen weiteren Strich durch meine Racherechnung gemacht." Sie klopfte sich selbst gegen den Kopf. „Ich wollte ihn ohne Kohle verhungern sehen und habe sofort das Konto abgeräumt und seine Karte sperren lassen. Dem werde ich helfen, mich mit einem Walross zu betrügen, verdammter Mistkerl, verdammter."

„Wenn es ein Gemeinschaftskonto ist..."

„Louis", fuhr Jette dem Kommissar dazwischen, „mein kleiner Sohn Louis hat die Porno-DVDs gefunden, die Ihre Kollegen aus dem Speicher in die Mitte des Dachbodens geräumt haben. Er dachte, der Film mit dem Weihnachtsmann auf dem Cover sei ein Kinderfilm und ich konnte erst bei Minute sieben stoppen. Wissen Sie, wie lange die Handlung in einem Porno braucht, bis sie wortwörtlich ihren ersten Höhepunkt erreicht? So eine Scheiße. Mein Kleiner sitzt völlig paralysiert auf der Couch und wollte ernsthaft von mir wissen, ob ich Papas Schniedel mal im Mund hatte. In dem Fall würde er nie wieder einen Löffel mit mir teilen."

„Oha." Kootz verkniff sich ein Schmunzeln. „Sie haben Pornografie im Haus?"

„Natürlich", gestikulierte Jette mit den Händen wild in der Luft herum. „Wenn ich allein bin, gucke ich immer Pornos, weil ich in meinem Alltag nicht ausgelastet bin, Langeweile verspüre und es total geil finde zu masturbieren, während ich mir ‚Santa Claus und seine versauten Bengelchen' reinziehe." Sie fasste sich an den Kopf. „Die gehören meinem Mann, Sie Trottel, und das weiß ich sicher, weil die Bengelchen allesamt Übergröße haben. Übergröße! Dagegen, Eva, bist du dünn wie eine Spagetti."

„Ich sehe besser aus als eine Porno-Queen? Respekt!"

„Ich", tippte Jette sich an die Brust, „ich stehe nicht auf Männer, die sich als Weihnachtsmann verkleiden und dabei ein Kostüm wählen, wo der Sack baumelt. Luise, bist du endlich fertig?"

Luise kam aus dem Wohnzimmer, ein breites Grinsen im Gesicht. Sie reichte Eva das Tablet, zog Schuhe und Jacke an und schlurfte aus der Tür.

„Warst du seit heute Vormittag online?", fuhr Jette sie an. „Ich sagte, du sollst ausmachen. Im Internet landet immer der größte Scheiß und für solchen Mist sollst du deine Zeit nicht verplempern. Schließlich lernen sich deine Vokabeln nicht von allein. Ich habe nachgeschaut, was du mir vorhin an den Kopf geworfen hast, und das ist keine Vokabel aus dem Wortschatz zwölf gewesen, das war wieder so ein saudummer Spruch, auf den ich gern verzichtet hätte. Wie soll das weitergehen, mein liebes Fräulein, wenn…"

Die Schimpftirade hörte nicht auf und Luise ertrug alles ohne Widerworte. Sehr verdächtig. Eva suchte, was Luise zuletzt im Internet gemacht hatte, rief die Seite auf und erstarrte, als sie Jettes Wutausbruch unter dem Titel Porno-Mum sah.

„Luise", lachte Eva, „du kleines Biest." Sie ließ den Film ablaufen. Jette tobte wie ein wildgewordenes Huhn über den Bildschirm und schimpfte über die Pornos und das Weihnachtsmannkostüm, inklusive aller eindeutigen Gesten, Grimassen und rollenden Augen. Zur Verfeinerung hatte Luise kleine perverse Bildchen in Sprechblasen eingebaut.

Kootz lachte. „Das kriegt ganz schnell eine Million Klicks. Wahrscheinlich wird Frau Bonhöfer durch die aufgeschaltete Werbung reich."

Eva ließ ihr Tablet sinken. „Auf Wiedersehen, Herr Kootz. Lassen Sie mich wissen, wie es mit Detlev ausgegangen ist. Ausgerechnet Detlev heißt er."

Kaum war die Tür zu, stürzte Eva ans Fenster und wählte Amitis Nummer. Sie sah Jettes oranges Auto auf der gegenüberliegenden Straßenseite im Blumenbeet der Nachbarn stehen. Offenbar war sie bei glatter Straße ins Rutschen gekommen und zwischen den Rosen gelandet. Natürlich hatten die Nachbarn, die den ganzen Tag am Küchentisch saßen und aus dem Fenster guckten, es bemerkt. Während Herr Zierl abwinkte, erlitt Frau Zierl einen Nervenzusammenbruch. Vor ihrer abgeknickten Edelrose mit Zuchtprädikat und Preisträgerfähnchen fiel sie auf die Knie, raufte sich die Haare und heulte. Im nächsten Moment sprang sie Jette an die Gurgel. Ihr Gatte ging dazwischen und konnte Jette befreien, womit er den Zorn seiner Frau auf sich zog. Er kassierte den ersten Hieb und schaffte es vor dem zweiten ins Haus. Er schlug seiner Frau die Tür vor der Nase zu. Frau Zierl hämmerte gegen das Buntglas in der Tür, Jette stand vor der demolierten Rose und rieb sich die Kehle. Auf dem Beifahrersitz saß Luise mit dem Smartphone in der Hand. Der dunkle BMW des Kommissars fuhr langsam am Ort des Geschehens vorbei. Jette zwang sich zu einem Lächeln und winkte. Der BMW bog um die Kurve, die Eheleute Zierl stritten sich ausdauernd durch die geschlossene Tür und Jette stieg in ihr Auto. Sie lenkte zurück auf die Straße und überfuhr dabei das, was von der Rose übrig war, noch einmal.

Es knackte im Telefon. „Amiti", sprudelte Eva los, „bist du allein, sind die Bullen endlich weg? Wir müssen dringend, dringend, dringend über den Schotter reden. Ich dachte mir..."

„Geld?", fragte Hopfi. „Okay, reden wir über Geld. Was dachtest du dir?"

„Scheiße." Eva schlug sich selbst an den Kopf, drehte sich im Kreis und schimpfte lautlos mit sich. Immer wieder passierte ihr das und trotzdem war sie nicht imstande, nach dem Anrufen zu warten, bis die Gegenseite sich meldete und sie wusste, mit wem sie sprach. „Ich habe", suchte sie fieberhaft nach einer Ausrede, „Geld gefunden." Sie schluckte und ihr fiel die Pralinenschachtel ein. „Davon wollte ich mich irgendwann mal unters Messer zu legen."

„Ach, Eva", sah sie Hopfis Lächeln direkt vor sich, „deine Nase mit dem kleinen Höcker ist völlig in Ordnung."

„Seit wann schwabbelt meine Nase in mehreren Ringen um meine Hüften und meinen Arsch?"

„Kannst du dir vorstellen, wie deine Hüften und dein Po sich fühlen, wenn du so abfällig von ihnen sprichst?"

„Hopfi", sagte Eva entschlossen, „wenn mein Arsch und meine Hüften meinen Respekt haben möchten, sollten sie nicht zu jedem Fettteilchen, das vorbeikommt, sagen: Ja, ich will ewiglich mit dir zusammenbleiben."

„Es würde von mehr Respekt dir selbst gegenüber zeugen."

Eva stampfte mit dem Fuß auf. „Ich will nicht mit dir Philosophie betreiben!"

„Schade, ich dachte, du hättest eine Festnetzflat und müsstest beim Telefonieren nicht auf die Zeit gucken." Sie hörte ihn lachen. „Gut, machen wir das ein andermal. Was ist nun mit den Mücken?"

„Es schneit, Hopfi. Die paar Mücken, die unterwegs sind, erfrieren im Flug."

„Mücken, Eva", wiederholte Hopfi. *„Mücken!"*

„Ach, diese Mücken." Eva öffnete einen weiteren Plastiksack, von dem sie auf Anhieb nicht wusste, welcher Inhalt sie erwartete. Wie es aussah, waren es Socken und T-Shirts. „Ich hatte das Geld in der Pralinenschachtel längst vergessen. Cognactrüffel, wie ekelig! Die mag ich überhaupt nicht. Ich dachte, damit soll jemand anders seine Freude haben."

„Cognac mag Amiti schon, bei den Trüffeln bin ich mir nicht sicher."

„Das Geld, mein Lieber. Die Pralinen sind längst verschenkt. Die habe ich letztes Weihnachten in ein Glas getan und als sündhaft teure Konfiserieteilchen deklariert. Die Zeitungsfrau ist fast ausgeflippt vor Freude." Eva wühlte sich durch diverse Motto-Shirts. *Montag – die Woche zieht sich* lag über *Ich bin zu klein für mein Gewicht.* Das T-Shirt mit dem Spruch *In Mathe bin ich Deko* fand sie immer schlimmer, je öfter sie es sah. „Motto-Shirts sind scheiße", murmelte sie und erinnerte sich prompt an Hopfi. „Vielleicht will sie Fußballstunden finanzieren, den Schwimmkurs oder die Gitarre. Mir egal."

„Schöne Idee. Leider ist es nicht richtig viel Geld."

Eva sah im Geiste die gefalteten Scheinchen vor sich. „Naja, immerhin."

„Keine Million."

„Wer hat schon eine Million?", lachte sie heiser.

„Eine Million und fünfzigtausend?", entgegnete Hopfi. „Mehr Leute als man denkt."

Die Richtung, in die das Gespräch driftete, gefiel Eva immer weniger. Sie zupfte am Kragen ihres Pullis und versuchte ein Fussel im Hals mit Räuspern loszuwerden. „Richte es ihr aus, okay? Bei Gelegenheit kriegt sie die Kohle."

„Das ist bestimmt ein grüner Rucksack voller Geld."

Eva hörte es in der Leitung knacken, bevor sie nachfragen konnte, ob er tatsächlich einen grünen Rucksack erwähnt hatte. Sie knurrte. Sie musste mit Jette sprechen, unbedingt. „Das duldet keinen Aufschub", blaffte sie ihr Spiegelbild an und schnupperte gleichzeitig. Ein penetranter Duft nach Leberknödeln begann sich auszubreiten und es roch stärker, sobald sie die Arme hob: Angstschweiß.

Kapitel 8
Schlechtwetterzone

„Ich habe", hielt Eva ihr Handgelenk mit der Uhr dicht vor Jettes Augen, „genau vierunddreißig Minuten Zeit, ehe Esmeraldas Schicht zu Ende ist. Zwölf Minuten später wird sie bei mir zu Hause vorfahren. Exakt zwei Minuten später werden wir uns mit Wein und Käse in die Badewanne legen und was dann passiert, lässt die versauten Bengelchen wie eine Kita-Truppe aussehen. Also, Jette, schwing die Hufe."

Jette wankte. „Mir ist schlecht."

„Hast du die Bengelchen bis zum Schuss geguckt?" Eva wollte nicht länger kalte Luft ins Haus lassen, betrat den Flur und schob die Tür hinter sich zu. „Da würde mir auch schlecht." Sie bemerkte eine für Jettes Standard unerträgliche Unordnung. An der Garderobe hingen die Jacken der Kinder nicht der Größe nach geordnet. Die Stiefel standen in einer Pfütze aus geschmolzenem Schneematsch. Ein Schal lag zerknautscht auf der Ablage.

Jette ließ sich auf eine Treppenstufe sinken und hielt sich dabei am Geländer fest. „Mir ist die Superrose von der Zierl unter die Räder gekommen. Die mit dem Goldpokal. Ich bin drübergefahren."

„Zum Glück zweimal." Im Haus war es warm und Eva zog den Reißverschluss ihrer Jacke auf. „Mit ihrem Geschiss um diese Blume ist sie mir eh auf den Senkel gegangen. Ständig hatte das Ding was anderes. Läuse, Pilze, zu wenig Sonne, zu viel Regen. Die Zierl hat im letzten Sommer einen Schirm über dieser Rose aufgespannt und den Regen mit einer Drainage von den Wurzeln weggeleitet. Außerdem ist sie der Gabi durchs ganze Dorf nach, um frisch gefallene Pferdeäpfel zu kriegen. Ich finde es bedenklich, wenn eine deutsche Meisterin im Dressurreiten ihren Klepper Gassi führt, anstatt auf ihm zu reiten, wenn allerdings eine Fallobstsammlerin mit einem Kübel hinter dem Gaul her zockelt und jeden Pferdeapfel namentlich begrüßt, sollte man schnell alle Aktien verkaufen, bevor die Kurse rutschen."

„Prost Mahlzeit", japste Jette. „Das Drecksding ist auf hunderttausend versichert, sagt die Zierl."

„Warum wirft dich das um? Diesmal rentiert es sich halt für deine Versicherung."

„Welche Scheiß-Blume ist mehr wert als mein Auto?" Jette heulte fast. Eva nahm dem Schal und faltete ihn ordentlich. „Jedes

Gänseblümchen ist mehr wert als dein Auto."

„Mein Auto ist hin." Jette schniefte und kramte nach einem Taschentuch. „Hat vorne eine dicke Delle in der Stoßstange." Eva langte in ihre eigene Tasche und zog eine Packung Taschentücher hervor. „Noch eine. Jette, wir müssen los. Wenn alles gut geht, kannst du dir einen Porsche leisten."

„Ich bin eine schlechte Autofahrerin", heulte Jette und griff nach der Taschentuchpackung. Sie schnäuzte heftig und verbrauchte die ganze Packung. „Ich wollte diese vier Kleidersäcke zum Container fahren." Sie zeigte mit wackeligem Finger auf die dunkelbraunen Säcke, die in der Ecke zur Kellertreppe standen. „Ich bin rückwärts volle Kanne gegen die Haustür. Daher der tiefe Kratzer in der Haustür und das gesprungene Glas. Eva, ich bin die schlechteste Autofahrerin auf der Welt, da werde ich mir keinen Porsche kaufen."

„Sind das Gerds Sachen?"

„Absolut." Jette griff nach ihren Stiefeln und mühte sich mit dem ersten ab. Sie schob ihren Fuß mühsam in den Schaft. „Ich wollte sie ihm nach Köln hinterher schicken, aber der Paketdienst weigert sich, weil ich die Straße nicht weiß." Sie zerrte und zog heftiger am Stiefel. „Das Glasscherbenviertel in Köln kann nicht größer sein als dieser Stiefel. Himmel, ist mir schlecht."

„Mama", tönte eine Stimme aus dem Wohnzimmer, „wo gehst du hin?"

„Nur schnell mit Eva eine Runde, damit mein Magen wieder wird." Sie würgte und schluckte. „Ich bin in einer halben Stunde wieder da."

„Meine Güte", fächelte Eva sich kühle Luft zu. In der dicken Jacke begann sie zu schwitzen. „Warum ist dir schlecht? Du hast nicht ernsthaft den Porno nicht vertragen?"

„Quatsch." Jette atmete tief und traktierte ihren zweiten Stiefel. „Ich habe alle Kässpätzle gegessen und einen grünen Salat mit Sahnedressing, Walnüssen und hinterher den ellbogenlangen Hefe-Grittibänz, den ich vom Lichterfest hatte. Und seine beiden Freunde. Mit Butter und Honig. Meine Gier ist verdammenswert."

„Wolltest du nicht mit Christopher essen?", glaubte Eva sich an eine Abmachung mit Weißwein zu erinnern.

„Sein Kollege hatte auf dem Weg zur Arbeit einen Unfall. Er kommt erst gegen zehn."

Luise kam lässig und locker die Treppe runter, in der Hand einen mp3-Spieler und einen Schokoriegel. „Mum, mit dem Wintereinbruch drauβen ist es in der Bude saukalt geworden und Papa ist weg ohne die Heizung anzuschalten. Kannst du das machen?"

„Weil ich keine anderen Sorgen habe, kümmere ich mich sofort um angenehme Temperaturen im Haus." Beim Anblick des Schokoriegels kniff Jette die Augen fest zu. „Ich werde mich unverzüglich augenblicklich in die hunderte Seiten umfassende Gebrauchsanweisung der Heizungsanlage einlesen und sie entsprechend zu bedienen lernen."

„Cool." Luise verharrte kauend. „Du siehst aus, als hättest du eine Runde im Magen eines Nilpferdes gedreht."

Aus dem Wohnzimmer schallte erneut die Stimme: „Das sind Flusspferde, keine Nilpferde!"

Luise stopfte sich den restlichen Schokoriegel in die rechte Backe. „Halt die Klappe, du elender Streber!"

Jette senkte den Kopf und schaute auf ihre Stiefel, die sie falschrum anhatte. „Entenfüße. Ist echt nicht mein Tag heute." Einen Schluckauf später überlegte sie: „Soll ich gleich aufs Klo und mir den Finger reinschieben oder später?"

„Später", entschied Luise. „Wenn du später mit schlechtem Magen im Bett liegst, kann ich mir den Hobbit ansehen."

„Fernsehen", versuchte Jette den Kopf zu schütteln und wurde dabei leicht grün um die Nase, „ist heute nicht drin. Du warst stundenlang im Internet und jetzt hast du schon wieder Stöpsel im Ohr anstatt deine Konjugationen zu lernen."

„Mist." Luise setzte das diebischste Grinsen im Universum auf. „Genau das würde Papa auch sagen."

„Echt?" Jette wuchtete ihren Körper samt Blähbauch und Übelkeit von der Treppe hoch. Sie fasste das Gesicht ihrer Tochter mit beiden Händen und drückte einen feuchten Kuss auf die Stirn. „Das Arschloch wird sich wundern. Los, mach die Glotze an. Du kannst die dämliche Serie gucken, in der alle Figuren dreieckige Köpfe und riesengroße Augen haben, bevor Hobbs kommt."

„Hobbit, Mama."

„Der kann mitschauen." Jette holte sich im Zeitlupentempo eine Jacke vom Haken. „Von mir aus übernachtet er hier."

„Ich glaube", grinste Luise böse, „der sitzt auf der Couch und liest." Jette hängte sich den Haustürschlüssel an einem Band um den Hals. „Hallo, Hobbs!", rief sie. „Hab nicht mitgekriegt, wie du gekommen bist. Weißt du, mir ist nicht gut. Kinder, wenn ihr was knabbern wollt, sind im Kühlschrank Selleriestangen." Sie schaute zu Luise. „Mag Hobbs Sellerie?"

„Hobbit, Mama."

„Von mir aus esst ihr Chips. Warum soll ich die einzige sein, die mit schlechtem Magen rumläuft? Tschüs, Hobbs! Tschüs, mein Schnuckelchen! Schüs, Große meine, hab deinen Bruder lieb. Wenn er sich mit Hobbs streitet, sollen die zwei das allein klären."

Eva verdrehte die Augen und schlang Jette den eben gefalteten Schal um den Hals. „Glaub mir, *Große deine* kommt prima ohne dich zurecht. Gehen wir."

Zum Glück war es draußen dunkel und ziemlich ungemütlich. Eiskalt. Megafette Flocken von oben. Mehrere Zentimeter Schnee überall. Jette fröstelte. „Hui, ist das kalt. Ich hätte wie du die dickste aller Winterjacken nehmen sollen und nicht die Sommerjacke. Ich dachte, das geht schon, wo Hobbs ganz ohne Jacke gekommen ist. Hat der ein schlechtes Benehmen! Er hat keinen Ton gesagt, als ich gegangen bin. Was hat der nur für Eltern? Und was für einen Namen! Hobbs – könnte aus einem Fantasyfilm stammen."

Am liebsten hätte Eva Jette richtig fest geschüttelt, bis die Übermenge Kässpätzle, Salat und Grittibänz neu sortiert war. Leider führten solche Aktionen eher zu einem Mandala an Erbrochenem und davon wäre die vermummte Gestalt, die ihnen entgegen kam, gewiss nicht begeistert. Dicker schwarzer Mantel, bunte Wollmütze, Flauscheschal bis zur Nase, helle Handschuhe. „Ah!", sang die Gestalt, „Madame Sonnemann. So spät die überwegs? Ihre Freundin, Madame, macht die Eindrück keine gute nischt."

„Ja, Madame." Weil Eva die Madame nicht wegwedeln konnte, beschränkte sie sich auf den Schnee, der ihr ins Gesicht flockte. „Zu viel gegessen, Sie verstehen?"

„Non." Die französische Madame vergrub die Hände tief in einem Pelzmuff. „Zu viel gegesst nischt gut, gibt sisch schüsslische Kügelbausch, wo die kein Mann gern angüggt oder anfasst. Mon dieu, Madame, so ässlisch ist Ihr Gatte nischt, damit Sie überfressen sisch, um die eheliche Bett auszuärten."

„Auszuweichen", sagte Eva betont. „Ausweichen will sie dem ehelichen Bett sehr wohl. Sie hat ein anderes gefunden."

„Oh", machte die Madame mit großen Augen. „Isch abe misch ebenfolls nie gekümmert um die Regel von die nur eine Bett in die Ehe. Bin isch immer gesprüngt von Gatte zu Geliebte und zurück.

Erstaunlisch, finden Sie nischt, es ist gerade geteilt die End von Oktobär und es purzelt Schnee von die Immel in die ganz dicke Socken."

„Flocken." Eva zupfte an Jettes Ärmel. „Ja, wir gehen eine kurze Runde, um den Kopf frei zu kriegen. Immer schön vorsichtig, falls es glatt ist."

„Warum?"

Eva runzelte die Stirn und zog den Kragen ihrer Jacke höher. „An manchen Stellen hat es unter dem frischen Schnee Glatteis. Jette ist bereits mit dem Auto im Graben gelandet."

„Ach, rütschig." Die Madame schnippte ihren Fuß hin und her. „Ab isch mir extra für diese Onlass gekauft die Winterschüch ganz neu. Sen Sie?" Sie hob einen Fuß an und im Schein der Straßenlampe sah Eva Stiefel, die jeder Prostituierten zur Ehre gereicht hätten. Langer Schaft, glänzendes, schwarzes Leder, ein Absatz, mit dem man töten konnte. Spitz vorn an den Zehen und oben tatsächlich mit bauschigen Fellbommeln versehen. „Mit diese Schüh ist Inrütschen und Ausfallen unmöglisch. Piekt sisch der Obsatz in die Schnee und sorgt für die sischere Tritt."

Eva sparte sich den Hinweis auf Inuit, die nicht mit Stöckelstiefeln übers Eis tippelten. „Madame, einen schönen Abend. Auf Wiedersehen."

„Au revoir." Die Madame stöckelte mit ihren Mörderstiefeln davon und während Eva ihr nachguckte, zauberte Jette das gefürchtete Mandala in den Rinnstein. Boah!

Eva versuchte den Geruch von Erbrochenem mit der flachen Hand vom Gesicht weg zu scheuchen und schaute in den Himmel, wo die Luft besser war und die Flocken hübsch wirbelten. Erneut platschte Kotze in den Schnee. Eva fischte aus ihrer Jackentasche ein Taschentuch. „Hier."

„Igitt", würgte Jette, „das ist benutzt."

„Was Besseres kann ich dir nicht bieten; du hast die ganze Packung vorhin verbraucht."

Jette nahm es, richtete sich auf, wischte sich die Mundwinkel und spuckte ins Taschentuch. „Jetzt fühle ich mich besser." Sie warf das Taschentuch über eine Thujenhecke in den angrenzenden Garten.

„Hoffentlich frisst es deine Katze."

„Ich habe keine Katze, ich wohne da nicht und Taschentücher fressen keine Katzen." Eva packte Jettes Gesicht und starrte ihr in die Augen.

„Alle Lichter an im Oberstübchen?"

„Katzen", erklärte Jette und drückte Evas Hände von sich weg, „fressen Taschentücher. Ich werfe meine benutzten Taschentücher nach dem Joggen immer in den Garten dieser arroganten Zicke, damit die Katze gewaltig Scheißerei kriegt und ihren stinkenden Darminhalt daheim auf dem Perser hinterlässt und nicht zwischen meinen Dahlien."

„Du bist gehässig, Jette."

„Seit ich das mache, sind die Katzenhäufchen in meinem Garten wesentlich weniger geworden." Sie ließ sich von Eva weiterziehen. „Weißt du, was diese Kuh mir einmal zugezwitschert hat? Ich solle beim Laufen nicht an ihrem Garten vorbei. Erstens rieche ich nach Schweiß und zweitens glotzt ihr Mann mir auf den Arsch. Er schmult durch das Guckloch zwischen Hecke und Garage, sobald er das Geräusch von joggenden Füßen hört."

„Echt?" Eva beschleunigte ihre Schritte. „Die hat einen Mann?"

„Einen hässlichen, zwergenhaften Furz von einem Wicht. Er trägt eine Hornbrille auf der Buckelnase und wurde mal für das beste Halloween-Kostüm nominiert, obwohl er gar nicht verkleidet war und nur zufällig bei seiner Garage stand. Wenn er seine Nachnahmepakete bei mir abholt, hat er das Geld immer passend in Münzen. Was rennst du so, Eva?"

„Was trödelst du so, Jette?" Eva zeigte nach vorn Richtung Dorfmitte. „Langsam und für dich offensichtlich völlig unverständlich werde ich ein ganz klein wenig nervös, meine Liebe, weil die Polizei kein Geld gefunden hat. Bei Amiti ist es nicht, bei dir ist es nicht, bei mir nicht. Ihr zwei Safttüten habt es in den Pfarrgarten geworfen und dort liegenlassen, verdammte Scheiße, und jetzt ist es weg. Der ganze Aufwand war für die Katz wie dieses eklige Taschentuch."

„Zum Glück." Die frische Luft hatte Jettes Gesicht von kreidebleich zu champagnerblass umgefärbt. „Stell dir vor, die Bullen hätten es bei Amiti gefunden? Ihre Kinder würden im Heim landen. Stell dir vor, die Bullen hätten es bei mir gefunden. Gerd würde seine Bulldozerin in mein Haus holen, in mein schönes Haus mit den weltprächtigsten Dahlien im Garten."

„Allerhöchstens", sagte Eva, „gehört dir ein halbes Haus im halben Garten und die Hälfte deiner Dahlien."

„Dieser ganze Koloss soll die Finger von meinen halben Dahlien lassen."

Eva war kurz unvorsichtig. Ihr zog es die Füße weg und sie konnte sich im letzten Moment halbwegs elegant fangen. „Was regst du dich auf? Du wolltest dich eh scheiden lassen und hast mit Fremdficken angefangen."

„Gar nicht! Gerd vögelt viel länger fremd."

„Du hast angefangen", wiederholte Eva. „Damit begonnen."

„Gar nicht." Jette hob die Hand und drohte Eva mit dem Finger. „Gerd fickt seit zwei Jahren fremd, ich erst seit Donnerstag."

„Eben." Eva reckte die Arme vom Körper weg, um die Balance besser halten zu können. „Am Donnerstag hast du damit angefangen. Angefangen, meine Liebe."

„Ach so."

„Trennen wolltest du dich eh", fuhr Eva fort. „Was dich zurückgehalten hat, war einzig deine Angst allein dazustehen oder aus dem Haus raus zu müssen und im Ort keine Wohnung zu finden. Nun ist Gerd samt Arschkarte weg. Er hat dich seit Jahren betrogen, sogar ein außereheliches Kind und seine Eltern werden ihn dafür hassen und dich in den Himmel heben. Trotz Christopher stehst du als bedauernswerte, verlassene, hintergangene, betrogene Ehefrau da."

„Exakt." Jette schlurfte durch den Schnee. „Ich wollte ihn vor die Tür setzen und genau da sollte er sitzen bleiben und nicht in ein gemachtes Nest flüchten. Er sollte sich vor Kummer und Gram nicht mehr kennen und mich auf Knien anflehen ihn zurückzunehmen. Ich wollte sehen, wie er vor die Hunde geht, wie er verloddert, wie er sich blamiert. Unter dem ganzen Alltagsgedöns wollte ich ihn zerbrechen sehen. Verdammt, es ist nicht fair, wenn es für ihn super läuft!" Sie stampfte mit dem Fuß auf, erwischte eine Eisplatte, rutschte aus und ruderte mit den Armen nach Gleichgewicht. Eva griff nach ihr, um sie zu stützen, verlor ebenfalls die Balance und beide knallten auf den Gehweg. Jette auf den Hintern, was wehtat und sie vor Schmerz aufschreien ließ. Eva fiel auf ihr Handgelenk, was überhaupt nicht wehtat, sondern kräftig knackte.

„Aua!", jammerte Jette und gleich darauf erbrach sie sich zwischen ihre gegrätschten Beine. Ein Schwall Kotze, der im frischen Schnee wie das Abbild einer explodierten Feuerwerksrakete aussah. „So", atmete Jette erleichtert auf, „jetzt ist alles draußen. Supergutes Gefühl."

Eva rappelte sich hoch. „Jetzt ist mir übel. Mieses Gefühl."

„Wovon?" Jette robbte rückwärts, um beim Aufstehen nicht an das

Erbrochene zu kommen. „Vom Geruch? Der ist gleich verflogen."
„Mädel, mir ist schlecht vor Schmerz." Tatsächlich spürte Eva ihren
Arm in Flammen stehen. Es fühlte sich an, als würde das Blut
literweise von den Fingern tropfen.
Jette betastete ihr Hinterteil. „Ich bin ganz nass. Himmel, das sieht
aus, als hätte ich eingepieselt. Zum Glück hat die Gemeinde die Hälfte
aller Straßenlaternen wegen Sparmodus abgeschaltet und zum
größeren Glück ist niemand außer uns unterwegs. Wir sind wirklich
zwei dämliche Tucken."
„Mein Handgelenk ist gebrochen, du Dummtussi!"
„Quatsch. Von einmal hinfallen bricht kein Handgelenk. Luise ist mal
von der Schaukel gefallen und..." Jette drehte Eva an der Schulter in
die andere Richtung, bis das Licht einer Hoflampe auf das Handgelenk
fiel. „Das ist tatsächlich gebrochen. Deine Hand steht voll krass und
schief zur Seite weg. Willst du damit zum Casting für einen Horrorfilm
oder soll ich es gerade rücken?"
„Bloß nicht!" Eva sprang aus Jettes Reichweite und lauschte in ihr
Handgelenk. Es pochte und tat bei jedem Herzschlag höllisch weh.
„Ich könnte an die Decke gehen vor Schmerz, verdammte Scheiße. Ich
muss zum Arzt."
„Vorher", rüttelte Jette an Evas gesundem Arm, „müssen wir das Geld
holen."
„Ich kann nicht mit einem gebrochenen Handgelenk durch die Gegend
laufen. Bei jeder kleinsten Erschütterung verliere ich fast das
Bewusstsein, so schlimm ist es. Ich kann keinen Schritt tun."
„Soll ich aus meinem Schal eine Schlinge für deinen Arm machen?"
„Rühr meine Hand bloß nicht an", zischte Eva. „Wenn du mit deinem
medizinischen Halbwissen in die Nähe kommst..."
„Wenn du dir nicht helfen lassen willst, musst du die Zähne
zusammenbeißen und stark sein." Jette hatte für die angebotene
Schlinge ihren Schal bereits einige Runden abgewickelt und schlang
ihn nun zurück um ihren Hals. „Ich kann die Kohle nicht holen und
gleichzeitig Schmiere stehen. Außerdem ist mir der Rucksack zu
schwer. Wenn ich den heben soll, gibt mein Beckenboden nach und
ich piesele wirklich ein. Komm, wir machen das wie damals, als du dir
beim Filzen die Nadel in den Finger gestochen hast und wir sie mit
einem gewaltigen Ruck rausziehen mussten."
„Vergiss es!", fluchte Eva einige Schritte später. „Das hat zwei Wochen
lang wehgetan. Scheiß Widerhaken. Es wäre besser gewesen, ich

hätte die Nadel durchgestochen und auf der anderen Seite vom Finger wieder rausgezogen."

Boah! Erneut kotzte Jette in den Rinnstein.

„Hä?", machte Eva mit leicht schwummrigem Gefühl im Kopf, „ich dachte, deinem Magen ginge es besser?"

„Nicht, wenn du von Filznadeln und Finger und Durchstoßen redest!" Jette richtete sich auf. „Noch ein Wort, das in meiner Fantasie grausame Bilder erzeugt, und ich schlage dich mit einem rechten Haken k.o." Um ihre Drohung zu unterstützen, hob Jette ihre Faust.

„Wahnsinn, es schneit so stark, ich kann meine Faust gar nicht erkennen, wenn ich den Arm gestreckt halte. Siehst du?"

Eva sah nichts. „Nein."

„Komm, Eva, nur zehn Meter."

„Du schätzt schlechter als eine Kuh stricken kann." Eva verdrehte die Augen. „Heim nehme ich ein Taxi."

„Im Gegenteil." Jette zerrte sie durch den wadenhoch liegenden Schnee. „Du überlegst dir eine gute, glaubhafte Geschichte. Schließlich kannst du deiner Holden nicht sagen, du hättest dir auf der Jagd nach dem Zaster das Handgelenk gebrochen."

„Ach?"

„Sag, du wärst in der Dusche ausgerutscht oder beim Putzen." Sie klopfte Eva auf die Schulter. „Schließlich passieren im Haushalt die meisten Unfälle."

„Klopf mir noch einmal auf die Schulter", flüsterte Eva, „und dir passiert ein besonders krasser Unfall."

Sie erreichten die Kurve, die das Dorf in eine Ost- und eine Westhälfte trennte. Genau die Kurve, in der Hopfis gut beleuchtetes Haus stand. Eva sah Sterne und das waren nicht die Sterne am Nachthimmel. Wenn sie die Augen fest zumachte, tanzten die Sterne Walzer, wovon ihr schwindelig wurde. Sie konzentrierte sich auf einen langen Sandstrand, Palmen und warmes, kristallklares Meer. Ein eisiger Luftzug und Jettes Stimme schmetterten sie zurück in die Wirklichkeit.

„Probleme im Anmarsch." Jette blieb abrupt stehen.

Eva rannte in sie und jagte damit eine erneute, heftige Schmerzwelle durch das Handgelenk, den Arm, die Schulter, bis in den Magen und die Zehenspitzen.

„Probleme!", schnappte Eva und biss sich auf die Lippen, um nicht laut loszuheulen. „Verdammte Scheiße, ich habe hier ein *Problem* und wenn du nicht endlich in die Gänge kommst, breche ich dir ein paar

Knochen und hetze dich durch die Gegend. Mal sehen, wie viele Kilometer du mit gebrochenen Beinen schaffst."

„Gern, mein sensibles Mimöschen." Jette packte Eva und schob sie nach vorn. „Was zur Hölle siehst du?"

„Sterne. Unzählige Sterne und die Seelen meiner Ahnen."

„Echt?" Jette rüttelte Eva. „Himmel, du bist mit all denen verwandt? Als Einzelkind? Hey, mach die Augen auf!"

Also öffnete Eva die Augen und als das Bild klar wurde, vergaß sie glatt die Schmerzen in ihrem Handgelenk. „Was soll der Auflauf?"

Sie hörte Schritte hinter sich und spürte gleich darauf eine Hand an der Schulter. Fester, entschlossener Griff. Dazu ein amüsiertes Lächeln an ihrem Ohr. „Na?" In der dunklen Stimme schwang ein starker Akzent. „Lassen Sie sich abschrecken von der puren Menge? Keine Angst, wir beißen keine Neulinge."

Eva und Jette drehten gleichermaßen den Kopf und schauten in tiefes Schwarz. Erst dachte Eva, die Schmerzen hätten ihr kräftige Halluzinationen beschert, doch als sie genauer guckte, entdeckte sie unter der schwarzen Mütze und hinter dem schwarzen Schal ein absolut schwarzes Gesicht.

„Meine Güte", entfuhr es Jette, „in den schwarzen Klamotten sieht man Sie kaum."

„Meine Profecto wäre mir lieber." Der Pfarrer war quasi mit dem dunklen Hintergrund verschmolzen. „Leider ist sie beim Rosenkranz vor zwei Wochen verschwunden. Schade. Sie war superbunt und viel weicher als dieses alte Teil."

„Die wird jemand geklaut haben", vermutete Jette. „Solche Designersachen gehen weg wie warme Semmeln."

„Ach!" Der Pfarrer winkte ab. „Ich glaube nicht an die Schlechtigkeit der Menschen. Wahrscheinlich hat sich jemand die Jacke geliehen. Zu Beginn der Andacht war es sonnig, später begann es zu regnen." Er zog die Mundwinkel sehr weit nach unten zu einem überaus traurigen Gesicht. „Mir tut es um die dreizehn Euro Leid, die ich in der Tasche hatte. Wissen Sie, ich hatte zuvor den Opferstock geleert und dreizehn Euro, lieber Himmel, das ist praktisch ein Vermögen, wenn man bedenkt, was sich gewöhnlich an Knöpfen und Bonbonpapier im Opferstock findet. Nun sollten beeilen wir uns, wenn rechtzeitig wir zum Gesprächskreis wollen kommen. Geht heute um sexuelle Ehe, Enttäuschung und Krisenwege."

Wenn er es eilig hatte, fand Eva, war er kaum zu verstehen. Da schlug die indische Herkunft gnadenlos durch und zermalmte die genaue Aussprache zu einem wässrigen Sprachenbrei. Ein Schuss verdorbener Grammatik rundete alles ab.

„Schbutensesich."

Eva schaute ihn mit großen Augen an. Sein Kollege aus dem Kloster, den Eva in der Bank kennengelernt hatte, war über dieses Stadium hinaus und sprach grundsätzlich sehr langsam und sehr betont. Dem wollte sie manchmal einen Beschleunigungsarschtritt verpassen.

„Schbutenwirruns."

„Unmöglich!" Jette schüttelte heftig den Kopf.

„Nicht uns mitmachen?" Der Pfarrer schaltete einen Gang runter. „Im Ort findet keine andere Veranstaltung statt und für einen Spaziergang ist das Wetter nicht gut genug." Er hob die Fäuste wie ein Boxer, tänzelte und verpasste Jette einen Knuff an den Oberarm. „Geben Sie es zu: Sie wollen Weisheit und Gebete schnuppern."

Kohle, dachte Eva, ich will ausschließlich an Kohle, Zaster, Knete, Flocken, Scheine, Mücken, Moos, Kies, Schotter schnuppern. Neben ihnen hielt ein Auto. Silberweiß und blau, mit Lichtern auf dem Dach. Der Beifahrer ließ das Fenster runter. „Ist alles in Ordnung?"

„Alles ist gut!" Der Pfarrer winkte den beiden Polizisten im Auto zu. „Alles wird besser!"

„Ach", sagte der Polizist, „Sie sind es. Verzeihung, Pater, wir haben Sie nicht erkannt. Wir suchen diese Bankräuber und halten jeden auf, der uns irgendwie komisch vorkommt. Nichts für ungut."

„Gern geschehen." Der Pfarrer trat ans Auto und stützte sich mit einer Hand aufs Dach. „Gibt es eine heiße Spur?"

„Nur die Jacke der Marke Protecto."

„Meinen Sie Profecto?" Nun kratzte sich der Pfarrer an der Nase. „Wissen Sie, meine Profecto ist weg." Er zeigte auf Jette. „Gerade erzählte ich dieser Dame davon. Mir wurde während einer Rosenkranzandacht die Jacke entliehen. Leider habe ich sie bis heute nicht zurückbekommen. Bei dem Sauwetter ein echter Nachteil."

„Wann war das?"

Der Pfarrer dachte kurz nach. „Es hat so gegen vier zu schneien begonnen und seit halb fünf sieht man nix mehr."

„Nein." Der Beifahrer stieg aus. „Das mit der Jacke."

„Etwa", überlegte der Pfarrer mit wogendem Kopf, „zwei, drei Wochen wird es her sein. Beim Wetterumschwung."

„Wir haben jede Woche ein paar Wetterumschwünge", zückte der

Polizist einen Notizblock. „Können Sie die Jacke beschreiben?"
Der Pfarrer kramte ein Smartphone hervor, wischte und drehte es dem Polizisten hin. „Das ist sie. Beste Qualität, sehr guter Kälteschutz. Ich hänge total an ihr. Soll ich Ihnen das Bild auf Ihr Smartphone schicken?"
Der Polizist rollte mit den Augen und knurrte dabei. „Sie können einen Ausdruck per Schneckenpost an die Dienststelle schicken." Er kritzelte auf seinen Block. „Diebstahl fällt unter die Hausratversicherung."
„Nicht, wenn die Jacke über der ersten Kirchenbank liegt."
Der zweite Polizist war gekommen und er erkannte Jette sofort. „Hey", sagte Christopher, „ich dachte, ich sehe dich erst später. Trinken wir den Wein im Bett?"
Augenblicklich hellte sich Jettes Blick auf, ihre Wangen bekamen Farbe und von Übelkeit war nichts mehr zu sehen. Sie drehte sich halb zu Eva und raunte ihr ins Ohr: „Kannst du die Kinder bis Montagfrüh nehmen?"
„Nein", gab Eva gezwungen leise zurück und schielte vielsagen auf ihr schmerzendes Handgelenk.
Christopher strahlte unverändert von einem Ohr zum anderen. „Was macht ihr bei dem Sauwetter hier?"
„Du kennst die beiden Damen?", staunte sein Kollege.
„Klar." Christopher zeigte auf Eva. „Das ist die Frau, die am Donnerstag überfallen wurde. Das", schmachtete er Jette an, „ist die Frau, mit der ich den Rest meines Lebens verbringen werde."
Der Polizist runzelte die Stirn. „So ein Zufall." Mit seinem Stift zeigte er auf den Pfarrer. „Gerade beichtet mir der Pater, ihm sei eine Pro...dingsda aus der Kirche gestohlen worden. So eine Jacke suchen wir." Er schaute zwischen Jette und Eva hin und her. „Warum treffen zwei junge Frauen einen Pfarrer auf offener Straße?"
„Vielen Dank", verbeugte Jette sich tief, „für die jungen Frauen. Wir sind älter als wir aussehen."
„Ich glaube", nahm der Pfarrer sein Smartphone wieder an sich, „die beiden wollen eine Probestunde in unserem Gesprächskreis mitmachen. Der findet heute im Pfarrhof statt, wie Sie an den vielen Menschen erkennen können, die sich dort bereits eingefunden haben. Leider sind wir zu spät. Müssen die Leute frieren, bis ich mit dem Schlüssel da bin."
„Wollen wir nicht", fuhr Eva schnell dazwischen. An der unverletzten

Hand begann sie zu frieren. Sie schob sie in die Jackentasche und spürte dabei die Pralinenschachtel. Ein breites Lächeln trat auf ihr Gesicht. Sie holte die Schachtel hervor. „Bei der Durchsuchung meiner Wohnung sind fünfhundert Kröten in dieser alten Pralinenschachtel aufgetaucht. Die wollte ich Amiti bringen und damit ihren akuten Mangel an Barzahlungsmitteln lindern."

„Das stimmt." Christopher trat einen Schritt zurück, damit sein Kollege ihn sehen konnte. „Kein gutes Versteck, wenn du mich fragst. Jeder Einbrecher hätte es sofort ausgehoben. Einbrecher suchen immer nach Schachteln, Büchern oder Tresoren hinter Wandbildern."

Der Pfarrer zog eine Schnute. „Schade. Sie hätten den Altersschnitt des Gesprächskreises kräftig in den unteren Bereich korrigiert." Er legte eine Hand auf Evas Kopf. „Was für eine noble Geste, so viel Geld Ihrer abgebrannten Freundin zu geben. Gott segne Sie."

„Bitte nicht böse sein", murmelte Eva, „weil ich das Geld lieber meiner Freundin gebe als Ihrer Kirche."

Erneut drückte der Pfarrer kräftig. „Unser liebender Herrgott sorgt in seiner unendlichen Güte für jene, die es brauchen, nicht für jene, die es wollen."

Tapfer biss Eva die Zähne zusammen, als der Pfarrer einen Segensspruch betete.

„Leider muss Amiti warten." Sofort nach dem Amen hob Jette Evas Arm in die Höhe, damit alle ihr geschwollenes und in die falsche Richtung geknicktes Handgelenk sehen konnten. „Eva muss zum Arzt. Dringend."

„Aua!", stieß Eva aus. „Das tut weh!"

„Oh", machte der Pfarrer, „schlimmdassiehtaus."

„Arzt", ließ Jette Evas Arm fallen. „Dringend."

„Ausgerutscht?", vermutete Christopher.

Eva, die sich die ganze Zeit mächtig zusammengerissen hatte, brach in Tränen aus. „Es tut so scheiß-weh!"

„Seht ihr", klopfte Jette Eva auf den Rücken, „ich muss sie zum Arzt bringen. Notaufnahme. Krankenhaus. Dringend, dringend, dringend. Wahrscheinlich muss sie von oben bis unten aufgeschnitten und operiert werden."

Christopher und sein Kollege tauschten einen schnellen Blick und der Kollege rückte energisch seine Dienstmütze zurecht: „Das übernehmen wir. Es ist sowieso sinnlos, die Gegend nach zwei Männern und einer bunten Jacke zu filzen. Bei dem Wetter." Er nickte dem Pfarrer zu. „Wir melden uns nochmal, wegen Ihrer Jacke und der Aussage."

„Du, meine süße Zuckerschnecke", raunte Christopher Jette zu, „kannst Amiti erzählen, was passiert ist. Macht euch keine Sorgen um Eva, das wird wieder."

„Kann ich nicht." Jette breitete die Arme wie einen Mantel um Eva. „Ich wollte Eva auffangen, als sie fiel, bin selbst gestürzt und total nass." Sie zwinkerte Christopher zu. „Ich werde heimgehen, heiß duschen und voller Ungeduld auf dich warten." Sie beugte sich zu ihm und murmelte nicht so leise, wie Eva es angebracht gefunden hätte: „Ich habe zwar heute früh schon, aber für dich rasiere ich mich glatt noch einmal."

Eine Minute später saß Eva im Streifenwagen und schaute neidisch zu Jette zurück, die allein am Gehweg unter der Hoflampe stand und winkte. Ihre Hose sah wirklich aus, als hätte sie im Stehen gepinkelt. Der Pfarrer eilte mit weit ausholenden Schritten Richtung Pfarrhof. Er begann zu joggen, rutschte aus und schlug der Länge nach hin. Eva legte den Kopf gegen die eiskalte Scheibe. „Jetzt hat es ihn geschmissen."

„Scheißwetter." Christopher zeigte nach links. „Ich fahre lieber die Bundesstraße, sonst kommen wir bei den Zierls vorbei. Wenn sie noch einmal fragt, ob wir den Rosenbusch in die Gerichtsmedizin bringen können, springe ich der alten Schnargel ins Gesicht. Zefix, mein Bericht wird alles andere als neutral." Er winkte Jette zu. „Bis nachher, meine Süße!"

Jette warf ihm eine Kusshand entgegen. Eva schaute mit bösen Blicken, ob Jette sich in Bewegung setzte, um die Flocken zu schnappen. Während alle beteten, scherte sich niemand um den Pfarrgarten, die Büsche und die unterm Schnee zertrampelten Herbstblumen. Nein, Jette hatte nicht Scheinchen, sondern Rasiergel im Kopf. Sie stampfte Richtung Zuhause. „Dappige Dummtussi, dappige."

Kapitel 9
Kommissarenmonolog

An einem wundervollen Strand standen Palmen. Eine von ihnen bog sich waagerecht weit übers kristallklare Meer, dessen kleine Wellen gemächlich im weißen Sand spielten. Auf dem Stamm der Palme lag Eva und ließ Arme und Beine baumeln. Sie war strahlend schön und eine Menge Leute bewunderten sie. „So eine wunderschöne Pflanze", hörte sie die Männer und Frauen sagen, „so ein bezaubernder Blattschwung, so wundervolle Fächer, solch atemberaubende Haltung! So ein verdammt geiler Wurzelansatz!" Woraufhin Eva ihre Hand in den Wellen tanzen ließ. Sie spielte mit Seegras, das sich zwischen ihren Fingern verhedderte, und entdeckte Nixen. Diese wunderschönen Wesen sangen ein Loblied auf die makellose Palme. Mit ihren glasklaren Stimmen und absoluter Treffsicherheit bei den Tönen war der Gesang umwerfend.

In der Ferne, wo stahlgraue Felsen am Ufer ruhten, erschien ein Rucksack voller Geld. Giftgrün, Totenkopf auf der Klappe. Eva wunderte sich kein bisschen über seine kleinen Beinchen. Damit stolperte er mehr schlecht als recht den Strand entlang, immer näher zu der Palme, auf der Eva lag. Schließlich stand er bis zum Bauch – sofern er einen gehabt hätte – im Wasser und Eva hätte nur den Arm zu strecken und ihn am Griff zu packen brauchen.

„Schnapp ihn!", sangen die Nixen, „schnapp ihn dir!"

Eva verfiel sofort in ihre Anstrengungsvermeidungsspannung. „Wozu?" Sie winkte den Rucksack weiter. „Lauf zu Jette, die kann dich brauchen. Lauf zu Amiti, die kann dich brauchen."

„Eva?"

Diese Stimme gehörte nicht zum Traum, obwohl sie traumhaft war. Eva blinzelte in Esmeraldas Gesicht. Sie spürte die geliebte Hand an der Wange. „Unsere Gäste sind da."

„Unsere Gäste", wiederholte Eva und machte die Augen ganz auf. Sie fand, ihre Zimmerdecke hatte einen neuen Anstrich nötig. Hellblau wäre schön oder ein Braunton. Vielleicht weiß? Niemals. Weiß war die kleine Schwester von langweilig.

„Kommst du?", fragte Esmeralda. „Kannst du aufstehen?"

Eva schwang sich auf die Bettkante. „Ich hab's am Handgelenk, nicht am Hintern oder den Beinen."

„Stimmt", schmunzelte Esmeralda, „das einzige, was du an deinem Po oder den Beinen hast, sind zuckersüße Muttermale, die ich am liebsten jetzt gleich küssen würde."

„Von mir aus gern."

„Was ist mit den Gästen?"

„Jette und Amiti kennen sich in meiner Küche aus. Die sollen sich ihren Kaffee selber machen." Eva hatte Esmeralda zu sich gezogen und küsste sie lange und leidenschaftlich und spürte zunehmend die Lust, sich nach hinten ins Bett sinken zu lassen und Esmeraldas Hände auf ihrem Körper zu spüren. Ihre Lippen, ihre Zunge, ihr Haar. Eva liebte es, wenn sich Esmeraldas Haar um sie beide wickelte. Sie liebte es, wenn ihre Zunge jedes Fleckchen Haut fand. Sie hätte ins Sugaring-Studio gehen wollen, bloß wie? Mit gebrochenem, frisch operiertem, Stahlplatte eingebautem Handgelenk und dem glitschigen Inhaber, dem sie auf keinen Fall ohne mehrere Schichten Kleidung begegnen wollte. Sie musste ein anderes Studio ganz weit weg finden.

„Mhm", machte Esmeralda, „du riechst nach Ingwer und Limetten."

„Neues Duschgel."

„Ich liebe Ingwer und Limetten und dich."

Es klingelte an der Tür. Eva sank ins Bett zurück. „Wir tun so, als wären wir nicht daheim."

„Jette hat angerufen und gefragt, ob du Besuch empfängst. Wir können nicht Opossum spielen und uns tot stellen."

„Lass sie eine Weile weiterklingeln und ich erkunde mal, wonach du riechst und schmeckst." Eva presste ihre Nase gegen Esmeraldas Hand. „Orangen und Zimt?"

„Ich habe euch Kuchen gebacken."

Wieder klingelte es und Eva stöhnte. „Sag ihnen, mir tut das Handgelenk weh, ich kann jetzt niemanden sehen."

„In ein paar Minuten muss ich zum Dienst", zog Esmeralda eine Schnute. „Wenn ich deine Gäste wegschicke, hast du den ganzen Tag nichts als Langeweile und Tagträume, auf deren Erfüllung du Stunden warten musst. Besser, du bist nicht allein." Sie ging zur Tür.

Eva verfolgte den Schwung ihrer Hüften und wie ihr offenes Haar fiel. Sie hatte Haare wie ein Meer aus dunkelbrauner Seide, dicht und beständig und beeindruckend. Als Esmeralda den Türöffner drückte, schob sich Eva aus dem Bett. Ihr fiel der Traum wieder ein und sie musste Jette und Amiti endlich fragen, wohin der Rucksack mit seinen kleinen Trappelfüßen gestiefelt – und vor allem, wo er angekommen

- war.

Eva holte eine Jeans und einen Pulli aus dem Schrank. Draußen war die Natur unverändert auf Winter gepolt. Es lag überall eine dichte Schneedecke und wo niemand sich darum gekümmert hatte, war sie etwa zehn Zentimeter hoch und bestand aus plattgedrücktem, eisartigem Schnee.

„Wollen Sie", hatte der Arzt in der Notaufnahme gefragt, „denjenigen verklagen, der den Gehweg nicht gestreut hat? Sie könnten die Behandlungskosten erstreiten, Fahrtkosten, Anschlussheilbehandlungsrezeptgebührenerstattung und ein gut verträgliches Schmerzensgeld. Schmerzen werden Sie mit Sicherheit haben."

„Anschlussheilbehandlungsrezeptgebührenerstattung", hatte Eva mit Tränen in den Augen wiederholt, „was zur Hölle ist das?"

Der Arzt guckte von seinen Unterlagen hoch. „Frei erfunden. Damit teste ich die mentale Klarheit von Schmerzpatienten. Sie sind die erste Patientin seit Jahren, die es merkt." Er füllte ihre Akte mit Notizen. „Wie sieht es nun mit einer Klage wegen der Schmerzen aus? Das, was Sie heute haben, wird Ihnen morgen wie ein Kindergarten vorkommen."

„Schmerzen", winkte hingegen der andere Arzt ab, der nach der OP mit ihr sprach, „brauchen Sie nicht auszuhalten. Wenn es zu pieken oder zu kribbeln anfängt, schlucken Sie eine Schmerztablette. Das sind richtig starke Dinger. Zwei pro Tag werden Ihnen ein sehr gutes Gefühl von Leichtigkeit bescheren. Wir", reichte er ihr die Hand und drückte stärker zu als erwartet, „wir sehen uns in acht Wochen wieder, wenn ich die Platte entferne."

„Danke", hatte Eva gesagt und war aufgestanden. Das Wackeln in den Beinen war mit jedem Moment besser geworden.

„Haben Sie jemanden, der Sie nach Hause bringt?", wollte der Arzt wissen. Übrigens ein sehr hübscher Arzt, höchstens Mitte Dreißig, blond, Ohrstecker, blaue Augen, verschmitztes Lächeln, sehr charmant.

„Meine Freundin." Eva ging es sofort besser. Sie dachte an Esmeralda und der Tag wendete sich zum Guten. Sie dachte an Esmeralda und alles Schlechte trat einen Schritt zurück. Sie dachte an Esmeralda und fühlte sich aufgehoben, angekommen, angelangt an einem Platz, der ihrer war, einfach, weil Esmeralda da war.

„Hat sie es eilig", fragte der Arzt, „oder darf ich Sie vorher auf einen

Kaffee einladen? Ich bin fertig mit meinem Dienst und muss erst am Mittwoch wieder ran. Sie könnten mir erzählen, wie eine tolle Frau wie Sie zu einem gebrochenen Handgelenk kommt?"

Eva war vor ihm gestanden wie ein Kind vor dem Kaugummiautomaten. In der Hand nicht bloß zehn Cent, sondern fünfzig und damit die Chance, statt Kaugummi eine glitzernde Kette oder sogar einen Edelstein zu erhaschen.

Eva steckte gedanklich die fünfzig Cent in ihre Spardose. „Sie hat es nicht eilig. Ihr Dienst fängt erst nächstes Wochenende wieder an, aber ich", sie begann übers ganze Gesicht zu strahlen, „ich will heim zu ihr."

Die Turbulenzen der letzten Zeit, fand Eva jetzt, hatten positive Auswirkungen auf ihr Gewicht. Die Jeans war nie so leicht zugegangen. Kein Wunder, wo sie praktisch nicht zum Essen gekommen war. Außer Mousse au chocolat, Butterbrezen, Nudeln, Pizza und all dem anderen leckeren Zeugs, das so nebenbei zwischen ihren Zähnen verschwunden war, hatte sie kaum was gegessen.

Sie wuschelte sich mit der Hand durch die Haare, die ausnahmsweise nicht aussahen, als hätte sie gerade in eine Steckdose gefasst, und ging hinüber in die Wohnküche, wo Jette und Amiti sich darum zankten, wer die Milch auf den Kaffeetisch stellte und wer den Guss vom Kuchenblech kratzen durfte.

„Hey!", rief Jette, als sie Eva entdeckte. Sie kam mit weit ausgebreiteten Armen auf sie zu. „Wie geht es dir, Süße? Was macht deine Hand? Pocht es schlimm?"

Eva ließ sich von Jette fest drücken und anschließend von Amiti noch fester. „Ich soll dich von den Kindern grüßen. Sie meinen, ich darf ganz lange bleiben, damit sie alle Süßigkeiten aufessen können, die sie von Oma bekommen haben. Stell dir vor, Peters Mutter hat sich blicken lassen. Nach vier Jahren ohne Kontakt stand sie gestern vor der Tür, hat geheult wie ein Schlosshund, wollte sich aussprechen und endlich ihre geliebten Enkelkinder wieder sehen."

„Wow", machte Eva, „was alles passiert, wenn ich mal kurz die Augen zumache."

„Zum Beispiel", schob Esmeralda Eva Richtung Tisch, „erscheint wie aus dem Nichts eine Schüssel Orangensahne zum Kuchen."

„Mit Zucker?" Eva ließ sich auf den Stuhl sinken.

„Und Vanille." Esmeralda brachte drei Kuchenteller mit großen Stücken Haselnuss-Marzipan-Schoko-Kuchen. Auf jedem Teller ein großer Klecks Sahne. Sie brachte für Amiti einen Cappuccino, für Eva

Latte Macchiato, für Jette einen Espresso und für sich selbst die Jacke. Sie schlüpfte hinein, bückte sich und drückte Eva einen langen Kuss auf die Lippen. „Bis heute Abend."

Eva schaute ihr nach. „Ich kann es kaum erwarten."

„Boah", machte Jette, „ihr seid ja total vernarrt ineinander."

„Dito", konterte Eva und zog ihr Kaffeeglas heran. „So oft wie in den letzten Tagen durften deine Kinder nie auswärts schlafen oder lange fernsehen. Kannst du überhaupt joggen oder tun dir die Beine vom Schnackseln weh?"

„Immerhin spielt Sex in meinem Leben wieder eine Rolle." Jette riss die Arme hoch und strahlte. „Das ist so verdammt geil!" Sie ließ die Arme langsam runter. „Mit Gerd lief ja nichts mehr. Kein Wunder, wo er in Gedanken bei seinem Pottwal war." Sie schob ihr Kuchenstück zu Amiti. „Ich will nachher joggen, da kann ich jetzt keine Kalorienbombe verdrücken."

Amiti hatte ihr erstes Kuchenstück samt Sahne beinahe vollständig verspeist. Sie zog Jettes Teller heran und bekam einen Rempler von Eva in die Seite. „Sprich! Was läuft mit Hopfi?"

Die Freundin wurde rot um die Wangen und piekte die Gabel in ihr Kuchenstück. „Er hat für mich gekocht und mir Strickzeitschriften besorgt. Die Kinder hat er von der Schule geholt, als sie früher aus hatten, er hat sie zum Pizzaessen eingeladen, als ich im Getränkemarkt arbeiten musste, und er hat mir die DVD mit dem neuen Film von Com Truse mitgebracht. Außerdem hat er meine Vorratskammer befüllt, ohne Geld dafür zu nehmen."

„Ui", nickte Eva anerkennend. „Waren seine Bemühungen von Erfolg gekrönt? Hat er sein Würstchen ins Feuer gehängt?"

„Nö", schüttelte Amiti den Kopf. „Er ist Vegetarier."

„Mpf", rollte Eva die Augen und Jette stöhnte auf. „Mann, Amiti, ob ihr Sex hattet!"

„Nie im Leben." Amiti tauschte ihren leeren Kuchenteller gegen den vollen. „Erfolgreich war er trotzdem. Ich höre mir sein Jobangebot mal an." Sie schob sich ein großes Stück Kuchen in den Mund. „Selbst wenn ich nur ein paar Monate einen festen Job mit anständigem Gehalt habe, geht es mir besser als jetzt, wo ihr beide mich am ausgestreckten Arm verhungern lasst."

„Wir?", schnappte Jette nach Luft. „Wenn ich die Kohle hätte, säße ich mit Christopher im Flieger nach Tahiti. Eva hat den Schotter."

„Ich?" Eva präsentierte ihre eingebundene Hand. „Ich hätte mir ein

Einzelzimmer gegönnt und Sex im Krankenbett ausprobiert."

Sekundenlang schauten sie doof aus der Wäsche. Im Hintergrund ratterte die Spülmaschine und draußen fuhr der Schneeräumer vorbei. Sein rotierendes Warnlicht warf herrliche Muster an die Wand mit dem Bücherregal. Es war pikobello sauber, seit Esmi mit Staubwedel und Wischmopp das Wollmauskomplott bekämpfte. Schließlich kümmerte Eva sich um ihr Kuchenstück. „Ihr beide habt den Rucksack aus der Bank getragen oder waren das geklonte Vollidioten?"

„Amiti hat ihn aus der Bank getragen." Jette schob die Sahneschüssel näher zur Freundin. „Ich musste aufs Klo."

„Jajaja", unterbrach Eva sofort. „Was geschah dann?"

Jette überreichte Amiti auch den großen Sahnelöffel. „Wir wollten im Bushäuserl die Knarre aus dem Rucksack holen, um sie ins Gebüsch zu werfen. Da hörten wir Stimmen und völlig panisch habe ich den ganzen Rucksack geworfen und Amiti gebeten ihre Jacke hinterher zu werfen."

„Geschimpft hast du", sagte Amiti. „Weil dein Hirn abschaltet, wenn du in Panik bist."

„Weil Eva die Jacke für zu auffällig hielt", erklärte Jette, „deshalb dachte ich, wir müssten sie loswerden. Mir ist erst später eingefallen, wie du bei mir auf der Terrasse fluchend deinen Namen in die Jacke gestickt hast."

„Weil ich mich beim Sticken ständig in die Finger gestochen habe", streckte Amiti ihren Mittelfinger vor, als wären die Einstiche erst gestern passiert.

„Ich will nichts von Nadeln und Fingerstechen hören", wehrte Eva ab. „Was passierte dann?"

Jettes Blick ruhte auf Amitis übervollem Sahnelöffel. „Sie hat mit meinem Fingerhut über dem Mittelfinger weitergestickt."

Amiti murrte. „Sie meint den Überfall, du Schaf. Wir sind zum Dorfladen so schnell wir konnten, weil Jette aufs Klo musste und ich einen Kakaolikör gegen das Herzrasen brauchte." Sie leckte die Sahne vom Löffel. „Ist noch Kuchen da?"

„Wo frisst du das nur hin?" Eva stand auf. Sie holte gleich die Kuchenplatte und das scharfe Messer und stellte beides auf den Tisch. „Ich kann es mir nicht erklären. Die Polizei hat mit einer Hundertschaft an Hunden nichts gefunden, nicht einmal die Jacke. Herrschaft, Amiti, die Jacke muss riechen."

„Iwo, ich wasche sie jede zweite Woche im Schonprogramm für Wolle mit diesem sündhaft teuren Wollwaschmittel. Dafür ging mein Weihnachtsgeld drauf. Die Jacke riecht nicht."

„Hunde riechen besser als Menschen", sagte Jette.

„Nasse Hunde stinken", meinte Amiti. „Ich frage mich allerdings, warum die Hunde die Jacke nicht erschnüffelt haben."

„Ist mir wurscht." Jette hob ihre Espressotasse und stürzte das Getränk wie einen Schnaps hinunter. „Weil... Ich muss euch was erzählen." Sie balancierte ihre Tasse auf der Fingerspitze. „Meine Online-Bewerbung hat zum Glück nicht gefruchtet. Mich hat die Sekretärin angerufen, um mir persönlich zu sagen, wie weit mein Profil von den Anforderungen entfernt ist. Stellt euch vor, sie und ich, wir kennen uns von früher aus der Schule und der Arsch von Aufreißer, den wir damals alle nicht leiden konnten, ist ihr Bruder und der hat eine Versicherungsagentur, die recht gut läuft, und er braucht jemanden, der ihm die Buchhaltung und den Schreibkram erledigt."

„Hast du ja gelernt", meinte Amiti.

„Eben." Jette orderte einen zweiten Espresso, indem sie ihre Tasse hochhob und damit winkte. „Morgen fange ich an."

„Hui", staunte Eva, „das ging schnell."

„Sein Büro ist ein Saustall", stellte Jette fest. „Er findet die Unterlagen nicht, die der Steuerberater dringend braucht, geschweige denn die Zahlen, die der Bezirksleiter letzte Woche schon sehen wollte. Gut für mich. So ein Chaos bringe ich in ein paar Tagen auf Vordermann und alles, was über fünfundzwanzig Stunden die Woche rausgeht, zahlt Pollo mir schwarz."

„Pollo?", runzelte Eva die Stirn. „Der Pollo? Der von Freitagabend bis Montagfrüh breit war und alles angebaggert hat, was bei drei nicht auf dem Baum war? Einmal hat er in seinem Notstand sogar mich angemacht und das will was heißen; mich hat nie ein Junge angegraben. Wirklich dieser Pollo?"

„Genau der."

Eva rieb sich die Nase. „Der hat mich nervös gemacht, wenn er meine Hausaufgaben abschreiben wollte. Sein Lächeln fegt mich total von den Füßen. Selbst zwanzig Jahre und eine Esmeralda später! Er war nämlich bei mir im Krankenhaus, wegen der Unfallversicherung, die ich vor Jahren bei ihm abgeschlossen habe. Die zahlt mir Tagegeld und ein paar bequeme Extras. Ich sage euch, er hat absolut nichts von seinem Charme eingebüßt. Nix! Ein Blick und man unterschreibt den

Vertrag ohne die großen Buchstaben zu lesen, vom Kleingedruckten ganz zu schweigen."

Weil Eva nicht daran dachte, für Jette einen zweiten Espresso zu holen, stand Jette selbst auf und machte sich welchen. „Er ist ruhig geworden." Sie lehnte sich gegen die Küchenzeile, während der Espresso in die Tasse gluckerte. „Frau, Kind, Haus und Hund, Karriere und Geld. Nichts mehr übrig von dem Hallodri, der er war. Ich glaube, ich sollte ihn nicht mehr Pollo nennen. Leopold klingt seriöser."

Amiti hatte das dritte Stück Kuchen verdrückt. „Hat er nicht die Secura-Agentur in Braunberg? Da kannst du mit dem Rad zur Arbeit fahren. Sind nur knapp zwei Kilometer."

„Mein Lohn wird nicht für Tahiti reichen, aber allemal für ein geregeltes Leben." Jette balancierte ihre Tasse zurück zum Tisch. „Das ist ein Zeichen des Himmels, Mädels. An Geld kommt man durch Arbeit, nicht durch einen Bruch."

Eva grübelte. „Mir hat der Plan ganz schön Arbeit gemacht, der Bruch allerdings kein Geld beschert. Wo es wohl abgeblieben ist?"

„Nicht im Pfarrgarten", stellte Amiti fest. „Nicht bei einer von uns, nicht bei der Polizei. Obwohl die beiden Kommissare und durchschaut haben."

„Durchschaut, ja, ja", lachte Jette. „Ohne Beweise können sie durch uns ins Gebirge schauen."

Eva klaubte die Kuchenkrümel auf ihrem Teller mit abgelecktem Finger auf. „Soll mir recht sein. Solange uns keine Schicksalsnorne eine Schlinge daraus dreht." Es klingelte an der Tür. „Sind wir komplett oder fehlt jemand?"

Schnell stand Jette auf und schaute aus dem Fenster. „Dunkler BMW. Im Schnee sind Spuren auf beiden Autoseiten zu sehen. Oje, der hat eine Stabantenne."

„Wie schrecklich!", schmunzelte Eva. „Bringt das sieben Jahre Pech wie bei zerbrochenen Spiegeln oder schwarzen Katzen? Neue Regel: Siehst du eine Stabantenne, gibt es viel Unglück und Gerenne."

„Mich schicken diese Bürokraten auf einen Integrationskurs, unfassbar." Amiti schob ihren Kuchenteller ein Stück in die Tischmitte, damit sie ihre Ellbogen aufstützen konnte. „Eva, du Schaf, nur Zivilfahrzeuge der Polizei haben Stabantennen. Das sind die Kommissare und das zutreffende Sprichwort heißt: Hat man den Esel genannt, kommt er schon gerannt."

Eva zuckte beim neuerlichen Klingeln. „Jette, kannst du bis zur

Haustür gucken? In welcher Gemütsverfassung sind sie? Fehlt dem Kootz ein Kopf, haben sie Krieg?"

Jette stützte sich mit einem Knie auf dem Fensterbrett ab und zog sich hoch. Sie presste die Nase gegen die Scheibe. „Eindeutig kein Krieg mehr. Die zwei knutschen wie frisch verliebte Teenies. Wie du und Esmeralda."

„Echt?" Amiti kam um die Küchenzeile und schaute mit langem Hals aus dem Fenster. „So dermaßen heftig würde ich in der Öffentlichkeit nie küssen. Nie!"

„Wenn es halt schön ist", presste Jette sich fester ans Fenster, um besser zu sehen. „Meine Güte, was werden die denken, wenn sie uns drei schon wieder gemeinsam vorfinden? Am Montag in der Früh um zehn?"

„Nix." Eva hob die Schultern und ließ sie gleich wieder fallen. Es gab einen ziehenden Schmerz im Handgelenk. Ihre Augen suchten nach dem ärztlich verordneten Wundermittel. „Die können uns mal."

Geschlagene zehn Minuten tat sich nichts. Jette stand am Fenster, schaute zu und trank einen dritten Espresso, ehe die beiden Männer sich endlich voneinander lösten und erneut klingelten. Eva stand parat und öffnete. „Guten Morgen, die Herren Kommissare. Wenn Sie Fragen haben, hätten Sie es nicht besser treffen können. Amiti und Jette sind hier."

Detlev zupfte an seinem Mantelkragen. „Diesmal ist es nur Formsache."

„Oha." Eva trat von der Tür weg. „An Formsachen sind Lebensentwürfe gescheitert, Kriege ausgebrochen und Welten untergegangen. Lesen Sie mal den Reiseführer durch die Galaxis, was der zu Formsachen meint."

„Ich lese nicht gerne." Detlev begann sich umständlich die Schuhe abzutreten. „Sie müssen uns nicht reinlassen, wenn Sie nicht möchten. Ohne richterliche Anordnung sind wir nur Gäste."

„Lassen Sie mich nachdenken", schmunzelte Eva. „Eine verarmte Liebesverweigererin, die ihren Bald-Boss zappeln lässt, und eine magersüchtige Irre sind schon zu Besuch, da können zwei Schwule nicht schaden. Kaffee?" Sie zeigte auf die Garderobe. „Wenn Sie möchten, dürfen Sie ablegen, wenn nicht, lassen Sie Schuhe und Mäntel einfach an. Kein schlechtes Gewissen wegen der Sauerei, meine Unfallversicherung zahlt mir eine Putzhilfe."

Wenig später kamen Detlev und Kommissar Kootz in die Wohnküche, beide ohne Mäntel und in Socken. „Zwei Latte, bitte." Detlev fasste Kootz innig am Arm. „Setz dich, mein Lieber."

„Möchten Sie Kuchen?", bot Eva großzügig an. „Ich kann mit meinem geflickten Handgelenk prima Gastgeberin spielen und andere Leute für mich schuften lassen. Jette, ich hätte gern ein Glas Wasser, um meine Autsch-Tablette zu spülen, und für die Herren zwei Latte, bitte."

„Wir nehmen beide gern ein Stück Kuchen", nickte Detlev. Amiti stellte die Sahneschüssel, in der sie gerade ihre Zunge gehabt hatte, zurück auf den Tisch. „Schlagrahm ist leider alle."

„Egal." Detlev rückte seinen Stuhl dicht neben den von Kootz. „Frau Sonnemann, geht es Ihrem Handgelenk besser?"

„Hervorragend." Eva drückte eine Tablette aus der Packung. Blitzschnell war sie genommen und die Wirkung würde binnen Sekunden einsetzen. „Ein sehr netter Arzt hat mir Schmerzmittel aufgeschrieben, die wahre Hämmer sind. Diese Tablette lässt mich für die nächsten acht, neun Stunden fliegen, besonders die erste Stunde ist der Wahnsinn. Ich fühle mich wie ein Schmetterling."

Kootz und Detlev steckten kichernd die Köpfe zusammen. „Zugedröhnt", flüsterte Kootz, „eindeutig."

„Schade", flachste Detlev, „sie bekommt alles nur sehr verschwommen mit."

„Na, die anderen können es ihr erzählen, sobald sie wieder bei Sinnen ist."

„Bei Sinnen!", lachte Eva. „Als wäre ich jemals völlig bei Sinnen! Amiti, Kuchen? Dieses Stück hast du gleich aufgegessen."

„Wo", fragte Detlev, während Jette servierte, „ist der Vierte im Bunde? Dieser Hopfenheimer?"

Amiti kaute mit vollen Backen ihren letzten Kuchenbissen und stach die Gabel sofort in das neue Stück. „Was seht ihr mich an? Ich bin nicht mit ihm verheiratet."

„Aha", grinste Detlev, „Sie sind intim?"

Amiti kaute unverdrossen weiter. „Mein Alltag ist ohne Kerl chaotisch genug. Bin froh, wenn ich alles auf die Reihe kriege."

Die Kommissare tauschten einen wissenden Blick. „Na", sagte Kootz, „mit dem nötigen Kleingeld lässt sich ganz schnell Struktur ins Durcheinander bringen."

„Pfff." Amitis Pokerface war nicht gespielt. „Sie haben meine Wohnung auf den Kopf gestellt und meine gesamten Unterlagen durchsucht. Sie wissen genau, wie viel ich besitze. Mir gehören ein paar Klamotten und Groschenromane, ein bisschen wertloses Geschirr und ein goldener Ehering, den ich auf der Bank für meinen Dispo als Sicherheit hinterlegt habe. Wobei der nur halb so viel wert ist wie ich immer dachte. Von den drei Diamanten ist nur der mittlere ein echter Stein. Die beiden anderen sind Glasklunker."

„Außerdem", begann Detlev in seiner Latte zu rühren, „gehört Ihnen ein Sparvertrag über knapp tausend Euro, in den Sie seit drei Jahren nichts einbezahlt haben."

„Sie werden zugeben: Das gibt keinen sorgenfreien Lebensabend in der Südsee."

Deltev hatte genug gerührt. Er legte den Löffel auf die Untertasse, lehnte sich im Stuhl zurück und machte einen zutiefst amüsierten Eindruck. „Ach, Mädels, ein bisschen mehr könntet ihr uns schon vertrauen, wo wir praktisch was gutzumachen haben."

„Hä?" Eva wollte nur den Kopf Richtung Tür drehen, weil es geklingelt hatte. Mit zu viel Schwung drehte sie den ganzen Körper und kippte vom Stuhl.

Jette griff im letzten Moment nach ihr und bugsierte sie zurück auf die Sitzfläche. „Immer langsam, meine zugedröhnte Zuckermaus. Ich gehe aufmachen."

„Ich wette", sagte Kootz, „das ist dieser Hopfenheimer."

„Klar", stupste Detlev ihn in die Seite. „Er ist scharf auf Frau Schulze und will sie rumkriegen."

„Nicht ins Bett", wog Kootz den Kopf. „Dafür zeigt er zu viel Biss. Nur für ins Bett hätte er spätestens nach dem dritten Mal Abblitzen aufgegeben. Wenn du mich fragst, will er sie wirklich für den Job."

„Meinst du?", zweifelte Detlev. „Manche Kerle kassieren gern eine Abfuhr nach der anderen und fühlen sich bei jeder Niederlage motivierter."

„Himmel", fauchte Amiti mit rollenden Augen, „essen Sie Ihren Kuchen und seien Sie still."

„Eindeutig", fuhr Kootz fort, „hat er sie beinahe so weit."

„Ein Job gegen die finanzielle Misere", kratzte sich Detlev gespielt nachdenklich an der Nase, „der obendrein vor dem Überfall im Raum stand, und das Motiv ist dahin."

Eva entdeckte auf ihrem Kuchenteller Krümel, die ein Gesicht mit einem überbreiten Grinsen bildeten. Vorsichtig pustete sie, um die Augen größer zu kriegen. Es misslang und die Krümel schossen über den ganzen Tisch. „Meine Güte", kicherte sie, „wie drollig."

Jette kam wieder und hinter ihr ging Hopfi.

„Wie gesagt...", raunte Kootz Detlev ins Ohr. Detlev kicherte. „Die Fakten..."

„Mann!", brauste Amiti auf und wurde gleich darauf wieder völlig ruhig.

„Männer! Schluss mit dem Getue! Ich hab nix mit dem Kerl!"

„Stimmt." Hopfi stellte eine Flasche auf den Tisch. „Sie ist eine ziemlich harte Nuss."

„Immerhin keine hohle Nuss." Jette drehte die Flasche mit dem Etikett in ihre Richtung. „Champagner?"

„Besorgst du bitte Gläser?" Hopfi schlüpfte aus seinem Sakko und hängte es über seine Stuhllehne. Er griff nach der Flasche und begann das Alu abzuziehen. „Herr Kommissar, was macht die Räuberjagd?"

„Wir haben eine heiße Spur." Kootz sammelte die Alustückchen sofort ein.

„Man könnte sagen", Detlev wischte ihm die kleinen Fetzen zu, „der Fall ist klar."

„Prima." Hopfi drehte an dem Bügel, der den Korken hielt. „Da kommt der Champagner dem Anlass sehr gelegen."

Kootz neigte beeindruckt den Kopf. „Ihrem Anlass gewiss."

„Ihrem auch. Sie vertragen sich wieder." Hopfi drückte den Korken aus der Flasche. Es ploppte und dampfte. Überlaufen tat nichts.

„Och", kicherte Eva, „ich mag's, wenn's sprutzelt. Schüttele mal die Flasche!"

„Vergiss es", stellte Jette fest. „Nachdem ich die von der Versicherung bezahlte Putzhilfe bin, verbiete ich das Schütteln von Sektflaschen." Sie brachte Gläser zum Tisch. „Für mich bitte nicht."

„Schade", begann Hopfi einzuschenken. „Ich dachte, dein Mann hätte deine Kalorientabellen mitgenommen? Amiti hat so was angedeutet."

Jette teilte die Gläser aus. Ihres, das sie fest in der Hand hielt, war mit purem Wasser gefüllt. „Nur ein paar Tage, bis ich das Gefühl los bin, ich hätte wochenlang zu viel gefressen."

Hopfi hob sein Glas. „Nun, die Herren Kommissare, trinken wir auf Ihren Fahndungserfolg?"

Eva verabscheute seine Ruhe und die zur Schau gestellte Zuversicht nur einen Moment lang. Sie erkannte im Muster seiner Krawatte einige Schlangen, die Fangen spielten, und lachte wieder. Leicht wie eine Feder fühlte sie sich und die bunten Flecken, die die Leute manchmal im Gesicht hatten, fand sie irre lustig. Als hätten sie alles Make-up einer Kosmetikabteilung gleichzeitig im Gesicht.

„Nicht immer", sagte Detlev, „führt eine erfolgreiche Ermittlung zu festgenommenen Tätern. In diesem Fall", er schaute eindringlich zu Eva, die kicherte, Jette, die ihr Wasser schnell austrank, und Amiti, die seinen Blick ohne ein Blinzeln erwiderte. „In diesem Fall bräuchten wir ein Geständnis, um die Täter zu überführen."

„Sie wollen auf ein Geständnis trinken?", fragte Hopfi. „Stecken Sie Ihre Ziele nicht zu hoch?"

„Trinken wir", hob Kootz sein Glas, „auf ein Verbrechen, wie wir es nie erlebt haben und wohl kein zweites Mal erleben werden. Oder hat eine der Damen einen anderen Vorschlag?"

„Auf die Freiheit", wollte Jette trinken. „Meinen Mann bin ich los und ab morgen stehe ich finanziell auf eigenen Beinen. Mir kann es wurscht sein, ob er Unterhalt zahlt oder nicht."

„Aufs Geld", hob Amiti ihr Glas in die Höhe. „Mein Ex darf den Unterhalt nicht kürzen und das Gericht hat ihn zu einer Nachzahlung verdonnert, die er bar sofort an mich bezahlen musste. Achthundert Flöhe. Im Vergleich zu sonst bin ich eine stinkreiche Frau."

Detlev schmunzelte. „In der Tat."

„Ich", lachte Eva, „ich bin völlig schmerzfrei, obwohl mir eine Stahlplatte im Handgelenk steckt. Ein supergut aussehender Arzt hat mich angebaggert und das beweist meine neue Theorie: Glück und Gewicht stehen in keinem mathematischen Verhältnis." Sie wurde ernst und zwinkerte. „Was schaut ihr so? Habe ich was Falsches oder was Kluges gesagt? Scheiße, die Tabletten greifen das Gehirn an." Sie setzte das Glas an die Lippen und leerte es auf einen Zug.

„Eva", mahnte Jette, „nur einen Schluck solltest du trinken. Du hast Schmerzmittel genommen und wie wir alle mitkriegen, sind die selbst ohne Alkohol zu stark für dich." Sie nahm ihr das Glas weg. „Das reicht."

„Ich dachte", hob Detlev an, „Sie würden auf Ihre Million anstoßen."

Eva kicherte. „Und fünfzigtausend!"

Jette stieß einen Seufzer aus und Amiti hob eine Hand an den Kopf. Ihre Lippen bewegten sich zu einem stummen Fluch. Hopfi drehte sein Glas zwischen den Fingern. „Wie kommen Sie zu der Annahme, es sei die Million der Damen?"

„Stimmt", warf Kootz ein, „ein Teil der Million gehört Ihnen. Sie stecken mit den Mädels unter einer Decke."

„Au ja", gluckste Eva, „das wird kuschelig. Wir bestellen uns Pizza."

„Wir hatten gestern Pizza", sagte Detlev, „und während wir die Stücke teilten und uns Cola mit Zitronenlikör mixten, haben wir uns folgenden Tathergang überlegt."

Eva klatschte in die Hände und fiel dabei schon wieder vom Stuhl. Diesmal griff Hopfi zu und stabilisierte sie am rechten Oberarm. Eva merkte es nicht, sie jubelte. „Ui, jetzt kommt die Stelle, wo der kluge Kommissar seinen Monolog hält und den Täter mit Spitzfindigkeit überführt. Ich liebe diese Stelle bei Krimis. Kennt ihr die Szene aus dem Orient-Express, wo Pinocchio alle um sich versammelt und…"

„Du Schaf", unterbrach Jette und klopfte ihr mit der flachen Hand gegen den Hinterkopf, „Poirot heißt der Detektiv und was meinst du, wer in unserer illustren Runde die Rolle des Überführten gekriegt hat?"

„Poirot?" Eva strengte ihr Oberstübchen gewaltig an und wurde ziemlich rot im Gesicht. Schließlich zeigte sie auf die beiden Kommissare. „Wer von beiden heißt Poirot? Detlev oder Kootz?"

Amiti und Jette schauten sich an und sagten gleichzeitig: „Mäh!"

Detlev hob die Hand und beschwichtigte. „Überlassen wir Frau Sonnemann ihrem Drogenrausch und kümmern wir uns derweil um die Motive. Frau Schulze, Sie sind abgebrannt wie eine Adventskerze an Heiligabend. Sie brauchen dringend Geld. Sie brauchen fürs nächste Mittagessen Geld und für ein anständiges Paar Schuhe und Sie haben sogar die Kosten für die Klassenlektüre Ihrer Tochter anschreiben lassen. Abgebrannter geht es nicht. Sie, Frau Bonhöfer, können sich den gewohnten Lebensstandard nach einer Trennung oder Scheidung nur leisten, wenn Sie ein gewisses Startkapital haben. Mit dem hübschen Sümmchen einer Viertelmillion wollten Sie Ihrer Ehe ein Ende setzen und Ihren Gatten mit einem Arschtritt vor die Tür befördern. Sie, Frau Sonnemann, wollten einen Kredit für eine Fettweg-OP in Amerika, der abgelehnt wurde von Ihrem obersten Chef, diesem Weinherr, der – unter uns gesagt – ein schmieriges Arschloch ist. Ihm gegenüber fühlen Sie sich in keiner Weise zu irgendeinem Treueverhältnis verpflichtet, deshalb heckten Sie einen Plan aus, wie Sie an das begehrte Geld kommen. Sie bestellten die Million für jenen Donnerstag und erfanden einen Scheich, um die Bestellung plausibel zu machen."

Kootz fing Detlevs Blick auf, erhob sich aus seinem Stuhl und fuhr fort mit der Rede: „Das Geld wurde geliefert. Bonhöfer und Schulze kamen mit dem Rucksack in die Bank, Sie, Frau Sonnemann, haben die Kohle reingepackt und dabei versehentlich den Alarm ausgelöst. Damit es von den beiden Komplizinnen kein gutes Foto gibt, haben Sie die Kamera im Schalterraum mit einer fadenscheinigen Geschichte demoliert und den Film der anderen Kamera versteckt." Er zog eine kleine zerknitterte Plastiktüte aus der Sakkotasche und legte sie in die Mitte des Tisches. „Bei der Durchsuchung Ihrer Wohnung, Frau Sonnemann, hat Kollege Christopher..." Kurzer bedeutungsschwerer Seitenblick zu Jette. „...diesen Film zwischen Ihrer Wäsche gefunden. Darauf ist zu sehen, wie die Damen Bonhöfer und Schulze den Rucksack wegtragen und Sie, Frau Sonnemann, die andere Kamera kaputtschlagen. Der Film endet mit einer Großaufnahme Ihres Konterfeis."

„Scheiße." Eva verschluckte sich an ihrer eigenen Spucke und lachte gleichzeitig. „Ich habe den Film zwischen meinen BHs versteckt und völlig vergessen. Ich bin so ein Mäh-mäh!" Sie hätte sich wegwerfen können, so komisch war alles. Gleichzeitig hörte sie ihren Verstand flüstern und fiel ihm ins Wort: „Gibt es nun Pizza zu Mittag?"

„Vielleicht", meinte Jette, die fürchterlich blass um die Nase geworden war. „Immerhin hätten die uns den Film bei Wasser und Brot servieren können, anstatt bei Sekt und Kuchen."

„Zum Glück", fuhr Detlev fort, „hatten Sie beide die Köpfe weit unten, als Sie vor die Überwachungskamera gelaufen sind. Man wird Sie nicht identifizieren." Sein Blick fand Amiti. „Einzig die bunte Jacke, Frau Schulze, war ein Hinweis, den Sie loswerden mussten. Leider haben Sie nicht nur Ihre Jacke in den Pfarrgarten geworfen, sondern gleich den ganzen Rucksack dazu. Angst? Panik?"

Amiti antwortete tonlos: „Idiotie."

Detlev machte eine zustimmende Geste. „Wahrscheinlich wollten Sie den Rucksack zurückholen. Über die Mauer, die den Pfarrgarten zu dieser Seite mit einer Höhe von eins zwanzig begrenzt, kann selbst eine sportliche Frau nicht einfach so springen. Sie hätten außen herum zum Haupteingang gehen müssen, was Ihnen die Mama-Gruppe vereitelte, die jeden Donnerstagvormittag ihre Runde dreht und immer am Pfarrhof vorbeiwalkt. Das Geschnatter der sich gegenseitig an Stolz auf die Kinder übertreffenden Muttis war vermutlich längst zu hören, deshalb haben Sie – anstatt die Beute zu holen – Fersengeld gegeben und sich in den Dorfladen abgesetzt."

„Unser werter Herr Hopfenheimer", übernahm Kootz das Selbstgespräch, „der den Vormittag oft und gern im Dorfladen mit Kaffee und Zeitungslektüre verbringt, ist bei Ihrem Auftritt stutzig geworden, und als er hier in der Bank fertig mit seiner Aussage war, hatte er es ziemlich eilig wegzukommen. Die nötigen Indizien zu unterlaufen, das braucht Zeit und die war knapp an jenem Donnerstag. Nicht wahr, Herr Hopfenheimer, Sie mussten ganz schön wetzen, um alles zu erledigen."

„Ich bin Philosoph." Hopfi nippte am Sekt. „Wenn ich es eilig habe, gehe ich langsam."

„Sie haben in der Bank mitbekommen, was uns Frau Sonnemann, die aktuell völlig zugedröhnte Rauschkugel, auftischte, und sind voll darauf abgefahren." Kootz betrachtete eine Weile die unablässig glucksende und kichernde Eva, ehe er fortfuhr. „Blitzschnell haben Sie zwei und zwei addiert, Schulze und Bonhöfer als Komplizinnen ausgemacht und – Sie sahen die beiden im Dorfladen – sofort wussten Sie, auf welchem Weg durchs Dorf das Geld versteckt sein konnte. Sie fanden das Geld und die Jacke und haben beschlossen, den dreien unter die Arme zu greifen."

Mittlerweile war Detlev wieder zur Latte übergegangen. „Herr Hopfenheimer, Sie haben einige Jahre in Kairo gelebt und gearbeitet. Sie sprechen gut Arabisch und es ist nicht schwer, sich als arabische Frau zu verkleiden."

„Haben Sie es ausprobiert?", fragte Hopfi.

Detlev reckte die Brust vor. „Schwierig war nur, einen solchen Ganzkörperschleier anprobieren zu dürfen. Es gibt ein Geschäft in München und die Inhaberin ist eine aufgeschlossene Frau. Sie ließ mich das Teil anprobieren, nachdem das Geschäft geschlossen und keine Kundin mehr zu sehen war und sie hat unsere Ausweise extra lange angeguckt, um keinem Scherzkeks auf den Leim zu gehen. Als wir sie endlich überzeugt hatten, solch eine Burka sei eventuell Teil einer kriminellen Machenschaft, war sie sehr hilfsbereit und hat mich als Frau angezogen. Ich bin die Straße rauf und runter und jeder hat mich wie eine arabische Frau behandelt. Eine Gruppe junger Männer hat mich ungeniert gefragt, ob ich Lust auf Rudelbumsen hätte."

„Das hat Ihnen wohl den Spaß verdorben?"

Detlev rollte die Augen. „Wenn schon Männer getäuscht werden, die täglich mit verhüllten Frauen zu tun haben, wie leicht lassen sich Menschen in die Irre führen, die mit Verhüllungen überhaupt keine Erfahrung haben?"

„Ihre Theorie hat Lücken", wandte Hopfi ein. „Es bliebe nur eine halbe Stunde, um nach München zu fahren, mir die Burka zu leihen, wieder herzukommen und eine Limousine zu chartern."

Tatsächlich glaubte Eva ein heftiges Zähneknirschen von Detlev zu hören. Der Kommissar rührte den Schaum in seiner Latte von einer Rundung in die andere. „Leider haben wir nicht ermitteln können, wem die Limousine gehört. Alle waren perplex wegen der Frau, niemand hat sich das Kennzeichen gemerkt."

Jette hatte ihr Wasser ausgetrunken und schenkte sich nun von dem Sekt ein Schlückchen ein. „Mit so viel Pro und Kontra wird Ihre Theorie langsam interessant."

„Es wird noch besser", verkündete Kootz. „Herr Hopfenheimer hat nach dem Überfall bei einigen Leuten Bemerkungen fallenlassen, es hätten sich zwei düstere Gestalten im Dorf herumgetrieben. Immer wieder sind wir bei unseren Befragungen auf diese zwei Männer gestoßen, die angeblich vom Bushäuserl die Bank ausspioniert hätten. Der Doktor der Philosophie steht auf Ihrer Visitenkarte, den Master in Psychologie lassen Sie gern unter den Tisch fallen. Thema Ihrer Masterarbeit war, wie man Menschen dazu bringt sich an Ereignisse zu erinnern, die in Wahrheit nie passiert sind. Diese zwei Kerle, Herr Hopfenheimer, die gibt es nicht. Oder?"

Hopfi schenkte jedem Sekt nach. „Die Frage, ob etwas existiert, wenn man selbst nichts davon mitbekommt, quält die Philosophen seit sehr vielen Jahrhunderten. Ich könnte Ihnen einen Vortrag darüber halten, doch interessant für Sie ist nur die Frage, ob Sie Ihre Art der Deutung der Vorgänge beweisen können. Ohne Beweis, meine Herren, sieht es in der Welt der Justiz schlecht für Sie aus."

„Wir haben den Film", streckte Kootz den Arm und zeigte auf die Tischplatte.

Hopfi lächelte sanft. „Welchen Film?"

„Diesen." Kootz folgte seinem eigenen Fingerzeig, der auf dem leeren Tisch endete. Dort lag nichts. Nicht einmal die Kuchenkrümel, die Eva vorhin angepustet hatte. Die Tischplatte war sauber genug für eine komplizierte Herzoperation.

Detlev stöhnte auf. „Nein! Du..." Er ließ die Hände auf den Tisch fallen. „Hast du die Tüte liegenlassen? Jetzt müssen sie es nicht mal mehr zugeben."

„Tut mir Leid." Kootz setzte sich langsam. „Mit so viel Dreistigkeit habe ich nicht gerechnet. Ein Beweismittel direkt vor unseren Augen zu klauen."

„Die haben eine Million gemopst", sagte Detlev, „was bedeutet denen ein Film?"

Amiti beugte sich nach vorn und Eva glaubte unter ihrem T-Shirt eine unförmige Ausbuchtung zu erkennen. Vielleicht war es der Haustürschlüssel, den Amiti gern an einem Band um den Hals trug. „Ihre Fantasie in Ehren, meine Herren, doch Ihre Theorie scheitert bereits am Anfang. Die Motive, die Sie genannt haben, sind für den Arsch." Amiti zeigte auf Eva, die kichernd mit tränenunterlaufenen Augen die Sektflasche anvisierte. „Die Schönheits-OP war seit jeher ein Hirngespinst von ihr. In Wirklichkeit lässt sie sich nicht einmal Botox spritzen aus Angst vor Ärzten und weißen Kitteln. Sie würde sich niemals operieren lassen, deshalb waren die Versuche Geld für die OP anzuhäufen, immer nur halbherzig." Sie lehnte sich zurück und lachte. „Ich bitte Sie! In drei Jahren hat sie fünfhundert Mäuse auf die Seite gebracht, beim Einkommen einer studierten, wenngleich armselig bezahlten Betriebswirtin. Daran sieht man, wie wichtig ihr diese OP tatsächlich ist." Amiti legte Daumen und Zeigefinger der rechten Hand aneinander. „Gar nicht wichtig." Sie zeigte auf Jette. „Meine gute Freundin Jette braucht die Million ebenso wenig. Ihr Mann wollte längst weg. Er hat es nur aus Schiss vor seinen Eltern hinausgezögert. Wenn er seine Familie für eine Dahergelaufene verlässt, braucht er sich bei denen nicht mehr blicken lassen. Um dem untreuen Filou eines auszuwischen, übernehmen sie die Schulden, die auf dem Haus lasten, sobald der Noch-Ehegatte nicht mehr im Grundbuch steht. Zusammen mit dem Job, auf den Jette sich beworben hatte, bevor der Überfall stattfand, und den sie jetzt sicher hat, kommt sie gut über die Runden."

„Stimmt ganz genau", zischte Jette und beugte sich weit über den Tisch nach vorn. Wenn sie ein üppigeres Dekolletee – oder wenigstens ein kleines – gehabt hätte, wäre die ganze Pracht im Kuchen gelandet. Sie starrte Detlev fest in die Augen. „Hopfi bekniet Amiti seit Wochen wegen dem Job. Wenn sie wollte, könnte sie schon längst mehr verdienen als Sie beide zusammen. Aufs Geld sind wir Mädels überhaupt nicht angewiesen. Kein kleines bisschen. Gar nicht. Überhaupt nicht. Nicht die Spur von angewiesen. So sieht es aus, meine Herren."

„Keine Motive", stellte Amiti fest, „keine Indizien, keine Beweise. Und es heißt wegen des Jobs."

„Er", zeigte Detlev auf Hopfi, „hat fleißig dagegen gearbeitet. Sie sollten sich schämen, Herr Hopfenheimer, Doktor der Philosophie mit einem Master ist Psychologie. Raub ist Raub, egal wie dilettantisch er durchgeführt wird. Außerdem entsteht der Versicherung ein Schaden." Er begann sich die Stirn zu reiben, bis er plötzlich hochschaute. „Tut mir Leid", stand er auf und fasste sich in die Hosentasche. Er zog das älteste Handy der Welt hervor. „Ist das Diensthandy." Das Gerät vibrierte erneut, ehe Detlev das Gespräch annahm und sich dezent ein paar Meter bis zum Fenster zurückzog. „Mhm", hörte man ihn sagen. „Unglaublich! Sind Sie absolut sicher? Ja, wir kommen sofort." Er legte auf und wandte sich an Kootz. „Mein Lieber, wir hätten zur Pizza nicht die ganze Flasche Cola-Zitrone trinken sollen; unsere schöne Theorie hat einen gewaltigen Dämpfer erfahren."

„Von welcher Seite?" Kootz trank schnell seine Latte aus.

„Von offizieller Seite." Detlev schaute die Mädels und Hopfi der Reihe nach streng an. „Während einer Verkehrskontrolle auf der Umgehungsstraße von Schobenbach sind zwei Männer aufgefallen. Im Handschuhfach wurden neben einigen hundert Gramm Heroin mehrere tausend Euro in großen Scheinen gefunden und auf dem Rücksitz lag eine Profecto-Jacke mit dreizehn Euro Kleingeld und dem aktuellen Kirchenanzeiger in der rechten Tasche. Die beiden scheinen sich seit einiger Zeit in der Gegend rumzutreiben und nun wird es interessant: Es handelt sich um zwei seit längerem gesuchte mutmaßliche Bankräuber."

Eine Minute später waren die beiden Kommissare gegangen und Jette hatte die Tür hinter ihnen geschlossen. Sie drehte sich herum und flitzte zurück zu den anderen. „Was zur Hölle geht hier vor?"

Amiti hatte bereits über den Tisch gegriffen und Hopfi am Kragen gepackt. „Du bist unser Komplize?", schnaubte sie ihn an. „Was fällt dir ein? Du kannst nicht einfach Geld, das du findest, an dich nehmen und irgendwo verstecken. Weißt du, wie oft ich im Pfarrgarten nach dem Rucksack gesucht habe und wie oft ich mir für die Bienen-Hanni und die anderen neugierigen Tratschweiber Geschichten einfallen lassen musste, um mein Herumstromern zu erklären? Ahnst du überhaupt, wie viele Stunden ich nicht schlafen konnte? Ganz Schobenbach kennt meine selbstgestrickte Jacke, der Rucksack ist weg und Eva hat sich das Handgelenk gebrochen wegen dieser verdammten Idee!" Sie ließ ihn abrupt los und er fiel zurück auf seinen Stuhl.

„Wow", begann er sich den Rücken an der Stelle zu reiben, die mit

Schmackes gegen den Stuhl geknallt war, „genau die Art von Selbstbewusstsein brauche ich."

„Komm mir nicht mit schönen Worten!" Sie piekte ihm den spitzen Finger in die Brust. „Das wird nie was mit dem Job, wenn du nicht ehrlich zu mir bist."

„Du hast keine einzige Lüge serviert bekommen", versicherte er. „Wenn du mich gefragt hättest, ob ich wüsste, wer die Bank überfallen hat, hätte ich ja gesagt. Ich hätte dir gesagt, wo das Geld und die Jacke sind und ich hätte dir beides gebracht, wenn du es gewollt hättest."

„Ach!" Amiti verschränkte die Arme. „Da bist du früh dran."

„Der Rucksack", zeigte Hopfi über die Schulter zum Flur, „liegt unter meinem Mantel. Deine bunte Jacke auch und meine Freundin lässt fragen, ob du ihr die Strickschrift leihen könntest?"

„Du hast eine Freundin?", staunte Eva. „Du? Eine echte Freundin? So richtig mit Bussi-Bussi und Poppi-Poppi?"

Jette versetzte ihr einen Rempler. „Der Rucksack!"

„Die Rippen!", quietschte Eva.

„Die Kohle!", stieß Amiti hervor.

Im nächsten Augenblick sprangen alle drei auf und stürzten in den Flur. Wegen der vielen Schmerzmittel torkelte Eva fürchterlich von einer Seite zur anderen. Sie stieß die Vase mit den Trockenblumen um und trat in eine der Scherben. Am Türstock holte sie sich einen blauen Fleck an der Schulter und sie stolperte über ihre Schuhe. Während sie jammerte und Halt an der Wand suchte, rupfte Amiti den Mantel vom Haken. Da war er. Der Rucksack. Genau *der* Rucksack! Wie am letzten Donnerstag war er zum Platzen voll mit Geld.

Eva grapschte danach, Jette war schneller. Jedenfalls dachte sie das, bis Amiti ihre Hand einfing und zischte: „Nicht anfassen! Wenn unsere Fingerabdrücke drauf sind, kommen wir in Teufels Küche."

„Hopfi hat...", protestierte Jette.

„Ich habe ihn mit einem Tuch angefasst, meine Liebe!", rief Hopfi aus der Wohnküche.

„Egal", polterte Jette. „Es ist mein Rucksack. Meiner. Meiner, meiner! Mein Sohn hat ihn von seinem Paten für den Kindergarten bekommen."

„Du wolltest ihn wegwerfen! An dem Donnerstag, bevor du den Termin bei der Lehrerin hattest, wolltest du am Container vorbei und den Rucksack wegwerfen", wandte Amiti ein.

„Zum Glück", zischte Jette, „hatte ich ihn dabei. Du Schaf hast nicht mal eine kleine Tasche mitgebracht."

„Eine kleine Tasche wäre völliger Unsinn gewesen! Deshalb hatte ich dir auf den Anrufbeantworter gesprochen, ob du eine geschlossene Tasche bringen könntest. Du hast bestimmt eine große, geschlossene Tasche."

„Denkst du", schimpfte Jette zurück, „bloß weil ich mehr Geld habe als du habe ich auch mehr Plunder?"

„Das Mehr an Geld könntest du ruhig in ein Mehr an Verstand investieren!"

„Mädels", rief Hopfi vom Esstisch, „ich wette, man kann euch bis auf den Parkplatz und die Hauptstraße hören und wer weiß, ob die Kommissare wirklich abgezogen sind oder sie euch nur eine Falle gestellt haben."

„Scht!", zischte Eva sofort und legte den Finger über die Backe. Ihre Lippen hatte sie zielsicher verfehlt. „Bei mir dreht sich alles."

„Zisch mich nicht an", schimpfte Jette im Flüsterton. „Das hat Gerd immer gemacht, wenn ich sauer war, und es hat mich nie beruhigt. Nie!"

Es klingelte an der Tür und gleich darauf klopfte es heftig. Eva und Jette blieben wie versteinert stehen. Amiti stieß eine alte thailändische Beschwörungsformel aus und übersetzte sofort selbst: „Scheiße, sind das die Bullen?"

Es klopfte erneut sehr heftig: „Frau Sonnemann! Öffnen Sie! Sofort!"

Jette und Amiti atmeten auf. Mit einigen Sekunden Verspätung auch Eva. Das war keiner der beiden Kommissare, das klang nach der Frau von oben. Wahrscheinlich war die Pilotin nach einer Ewigkeit mal wieder zu Hause und wollte wissen, ob tausend Pakete für sie hinterlegt waren. Eva schluckte alle Aufregung hinunter und öffnete die Tür.

Sie stutzte. Sie guckte ein zweites Mal hin. Es war tatsächlich Frau Müller, allerdings sah sie völlig anders aus als sonst. Sie hatte rot unterlaufene Augen, eine dicke Rotznase und sie hustete in ein Taschentuch. Außerdem trug sie ein Kleidungsstück, das Eva nur aus Katalogen kannte. Ein Hausanzug, ein Kleidungsstück, das Leute trugen, die beim Heizen auf jeden Cent guckten und das Thermostat völlig abdrehten. Damit sie es trotzdem kuschelig hatten, trugen sie warme Overalls. Frau Müller trug einen. Braun, kuschelig, Fellimitat. Sie sah aus wie ein Bärchen. Sogar ihre Füße steckten in großen, gefütterten Füßlingen.

Eva platzte ein Lachen hervor, das sie mühsam einfing und unter Kontrolle zu halten versuchte. Die arme Frau Müller war offensichtlich nicht gut beisammen. „Ja, bitte, Frau Müller?" Sie biss sich auf die Lippen, um dem Gelächter den Ausgang zu versperren. „Frau Sonnemann!", hustete Frau Müller in ihr Taschentuch. „Ich möchte Sie um mehr Ruhe bitten. Seit Stunden terrorisieren Sie mich mit Ihrem ständigen Besuch, den lauten Unterhaltungen und dem unerträglichen Gelächter. Frau Sonnemann, ich bin krank und brauche Ruhe. Am Mittwoch soll ich die Ostasientour übernehmen und gleich der erste Flug geht nach Singapur. Wissen Sie, wie anstrengend Singapur ist! Ich muss gesund werden und dazu können Sie beitragen, indem Sie Ihren lauten Besuch vor die Tür setzen und schweigend mit einer Tätigkeit fortfahren, die keinen Krach macht."

„Frau Müller...", gluckste Eva.

„Keine Ausflüchte, Frau Sonnemann." Sie nieste dreimal hintereinander und schnäuzte. „Nehmen Sie Rücksicht."

„Klar." Eva kämpfte gegen ihr Lachen und sie ahnte, wie schlecht die Quoten für Sieg standen. Hinter ihr kicherten Amiti und Jette unverhohlen. Hoffentlich hatte Frau Müller dick belegte Ohren. Eva hielt die Luft an. Ohne Luft kein Gelächter.

„Danke", schniefte das Bärchen, „vielen Dank."

Eva konnte sich kaum mehr zusammenreißen. Sie beobachtete, wie das Bärchen mit wackeligen Schritten die Treppe erklomm und um die Biegung verschwand.

Eva warf die Tür ins Schloss und entließ das aufgestaute Lachen mit einem lauten Brüllen. Sie lachten alle drei, bis ihnen die Tränen kamen.

„Das ist geilo!", lachte Jette lauthals. „Klingelt ein Braunbär an Evas Tür!"

„Die sieht aus", kicherte Amiti, „wie das Maskottchen einer Umweltorganisation. Drück ihr eine Spendendose in die Tatzen und im Handumdrehen ist Geld für ein Zuchtprogramm vorhanden." Sie nahm einen von Evas Schals vom Haken, wickelte ihn um den Rucksack und hob ihn damit hoch.

„Hey!" Sofort war Jette wieder ernst. „Bärchen hin oder her, der Rucksack gehört dir nicht, meine Liebe. Es macht mich ganz wuschig, wenn du ihn in den Fingern hast."

„Wuschiger als Frau Müller?"

„Voll fett wuschig!", zischte Jette. „Gib den Rucksack her oder ich mache einen Radau, der den Müller-Bär sofort wieder auf der Matte stehen lässt. Er frisst dich mit Haut und Haar!"

Amiti rollte die Augen. „Geh zum Laufen, Jette. Tausend Kilometer in einer halben Stunde. Hinterher bist du müde und ruhig und spannst keine bedauernswerten Tiere für deine Zwecke ein."

„Seit wann", begann Eva an einem Träger des Rucksacks zu zerren, „seid ihr so böse zu einander?"

„Fingerabdrücke!", zischte Jette.

„Du Schaf!", zischte Eva zurück, „meine Fingerabdrücke sind eh drauf. Wäre merkwürdig, wenn nicht, oder?"

Jette dachte einen Moment nach und zog eine Schnute. „Amiti unterschlägt Kohle!"

„Mädels..." Diesmal stand Hopfi mit den Daumen in den Hosentaschen im Türstock. „Ihr wollt euch nicht ernsthaft flüsternd um das Geld zanken?"

„Doch!", sagten alle drei wie aus einem Mund, woraufhin Hopfi den Arm streckte und sie allesamt zurück in die Wohnküche schickte. „Hinsetzen."

Amiti schlug einen Haken am Küchenfenster vorbei. Sie machte den Hals lang und suchte mit fliegenden Blicken. „Die Bullen sind weg. Anscheinend war es wirklich ein Anruf von Kollegen." Sie kam zum Tisch und stellte den Rucksack in die Mitte. Er kippte unter seiner Last, fiel nach vorn und die mühsam gehaltene Klappe platzte auf. Einige Bündel Geld rutschten auf die Tischplatte.

Jette wollte danach greifen, Amiti schlug ihr auf die Hand. „Fingerabdrücke! Verdammt nochmal!"

„Haargenau." Hopfi rückte ein Stück vom Tisch weg. „Das finde ich so beeindruckend an dir, Amiti. Du verlierst nie den Kopf, egal wie chaotisch eine Situation ist."

Sie schnaubte. „Meine Wut löst sich durch ein, zwei Komplimente nicht in Luft auf. Wenn ich nicht gerade einen Arsch voll Probleme hätte..."

„Könnt ihr zwei das später klären?", zischte Jette und starrte mit großen Augen auf das Geld. „Was machen wir damit?"

Eva schob sich erneut eine Schmerztablette zwischen die Zähne und spülte mit Sekt nach. „Wir könnten die Wände damit tapezieren."

Amiti griff nach der Tablettenschachtel und fischte den Beipackzettel hervor. „Das war die dritte, seit ich da bin. Wie viele von den Dingern sind pro Tag überhaupt möglich, bevor irreparable Schäden bleiben?"

Eva schwenkte ihr leeres Sektglas wie einen Zeigestab. „Scheiß auf die Spätfolgen, wer weiß, ob ich die erlebe!"

„Okay." Amiti knüllte den Beipackzettel zusammen und warf ihn in hohem Bogen über ihre linke Schulter. „Das muss alles ich saubermachen." Jette holte den Zettel zurück und strich ihn auf dem Tisch glatt. „Auf keinen Fall mit Alkohol, denn Alkohol löst keine Probleme."

„Kein Alkohol löst auch keine Probleme." Amiti fuhr sich mit gestreckten Fingern durchs Haar. „Eva, ist der Kirschlikör im Schlafzimmer oder hat er seit unserem letzten Gelage ein neues Versteck gefunden?"

„Ui", machte Eva, „hervorragende Idee!" Sie rempelte Hopfi in die Seite. „Du musst mitmachen. Besoffen sind wir Weideaugen... Augenweiden."

Amiti besorgte den Likör und Saftgläser. „Die kleinen Gläser kann ich nicht finden." Sie schenkte ein. Für Jette zweimal, denn das erste Glas stürzte Jette sofort hinunter. Als Amiti ein Glas zu Hopfi schob, fragte sie: „Also, was willst du für deine Mittäterschaft? Die Hälfte der Kohle? Alles? Oder irgendwelche miesen Dienstleistungen? Eins sage ich dir gleich, erpressen lasse ich mich nicht. Eher gehe ich in den Knast als ewig in deiner Schuld zu stehen."

„Wer sagt was von Erpressung?" Hopfi hob sein Glas. „Betrachten wir die Fakten: Bei einem Banküberfall wurde viel Geld erbeutet. Ein großer Versicherungskonzern, der sich gern an unlauteren Lebensmittelspekulationen und Immobilienblasengeschäften bereichert, muss für diesen Versicherungsfall eintreten. Geschnappt wurden zwei Männer, die wahrscheinlich eine Menge mehr Dreck am Stecken haben als eine geklaute Jacke samt Opferstockinhalt und eine beträchtliche Menge Rauschgift." Hopfi schaute in die Runde. „Seid ihr echt dieses gewaltige Risiko eingegangen für so Kleinkram wie Schönheits-OP, Scheidung und Fußballtraining?"

„Hey!", brauste Eva auf, die sich plötzlich viel klarer im Kopf fühlte. „Schönheits-OP und Scheidung sind wirklich Pillepalle. Mit mehr gutem Willen und Mut zum Risiko hätten wir das anders hinbekommen. Jette tut es nun ja anders und ich brauche nicht mehr abzunehmen. Amitis monatlicher Überlebenskampf ist allerdings alles andere als Kleinkram. Du musst ja nicht sehen, wie sie schon am zehnten anfängt das Geld zusammenzukratzen oder sich zu sorgen, ob die fünf Euro Papiergeld erst nächsten Monat bezahlt werden können. Manchmal kann sie ihren komplett leeren Kühlschrank abschalten. Wenn eines ihrer Kinder hinfällt und die Hose ein Loch hat, bricht eine Welt für sie zusammen. Sie kann sich den Flicken für das Loch nicht leisten. Das ist schlimm anzusehen." „Punkt für dich." Hopfi zeigte auf das Geld. „Amiti, nimm du es. Du kannst deinen Kühlschrank füllen, deinen Kindern alles kaufen und du brauchst dich nie wieder mit deinem Ex anzulegen." „Nett von dir." Amiti verschränkte die Arme. „Damit bin ich auf einen Schlag alle meine Sorgen und meine gesamte Selbstachtung los." Sie hob die Augen und blickte ihn an. „Was ist das für ein Job, mit dem du mir seit Wochen in den Ohren liegst? Gilt das Angebot für eine Bankräuberin?"

„Es gilt." Hopfi beugte sich nach vorn, stützte sich auf den Tisch und erwiderte ihren Blick. „Ich könnte gut eine Partnerin gebrauchen, die nicht käuflich ist. Die mir die Meinung geigt, egal wie unbequem sie ist. Jemand, der mir Kontra bietet und zwar während der gesamten Arbeitszeit. Ich biete eine sehr freie Mitarbeit bei absolut freier Zeiteinteilung, ein ordentliches Gehalt und separat abgerechnete Reisekosten. Ich kann dir einen Laptop zur Verfügung stellen und ein Smartphone, aber leider keinen Arbeitsplatz, es sei denn, du würdest in meinem Wohnzimmer arbeiten wollen?"

„Nie im Leben! Ich würde nicht mal in meinem eigenen Wohnzimmer arbeiten wollen." Amiti machte eine kurze Pause. „Höchstens in meiner kleinen Küche."

„Die ist wirklich klein."

„Es kommt nicht auf die Größe an", lächelte Amiti.

„Hast du Lust?", fragte Hopfi. „Wenn du unsicher bist, kannst du deinen Minijob im Getränkeladen behalten."

„Was genau", fragte Amiti, „wären meine Aufgaben? Du wirst kaum Geld fürs Nichtstun rausrücken."

„Das sollten wir ausführlich beim Essen besprechen."

„Nein, nein, nein." Jette streckte beide Arme und zeigte mit beiden Zeigefingern auf den Tisch. „Ihr beide geht mir nicht essen, bis das Problem mit der Knete gelöst ist. Es ist gefährlicher als eine scharfe Bombe. Schöne Scheiße."

„Und überhaupt", richtete Eva sich auf und griff nach der Likörflasche. „Hopfi, du hast eine Firma? Du brauchst einen Geschäftspartner? Himmel, du bringst seit Jahren Omas Geld durch und kaufst dir komische Goldminen am Arsch der Welt. In finanziellen Dingen, Amiti, würde ich ihm nicht über den Weg trauen."

„Liebste Eva", Hopfi tauschte die Likörflasche gegen ein Wasserglas, „eben deshalb führt eine Bank in München mein Geschäftskonto. Ich könnte dir meine Steuererklärung zeigen, aber die geht dich nichts an. Du wirst *wissen*, sobald Amiti dich auf eine Latte Macchiato einlädt. Meine Firma läuft hervorragend und mit Amiti werden die Zahlen durch die Decke schießen." Er zeigte auf das Geld. „Ich würde vorschlagen, du nutzt deinen momentanen geistigen Höhenflug und packst das Geld zurück in den Rucksack. Ich bringe ihn dorthin, wo er hingehört."

„Auf die Bank?", japste Eva nach Luft. „Was willst du sagen? Sorry, hier ist das Geld von dem Überfall, es tut den drei Räuberinnen Leid und bitte, bitte, sagen Sie nichts der Polizei?"

„Ehe wir das tun, gönnen wir Detlev und Kootz ihren Ermittlungserfolg", murrte Jette.

Amiti winkte ab. „Quatsch. Er meint, wir legen das Geld in den Pfarrgarten zurück und warten, bis es gefunden wird."

Hopfi schlug die Beine übereinander. „Wenn der ehrliche Finder es zu Kootz und Detlev bringt, werden die beiden nicht die Herkunft des sonderbaren Rucksacks ermitteln, sondern rätseln, warum die Hunde nichts erschnüffelt haben. Vielleicht gibt es für die Festgenommenen ein paar Monate weniger, weil die Beute wieder aufgetaucht ist."

„Wie willst du den Rucksack in den Pfarrgarten kriegen?" Eva schwenkte ihr Glas gefährlich nahe an Hopfi vorbei. „Einfach reinspazieren?"

„Ein idiotensicherer Plan." Hopfi rückte ein Stückchen aus ihrer Reichweite. „In den frühen Morgenstunden natürlich, wenn das Dorf menschenleer ist und selbst von der Kneipe niemand mehr nach Hause wankt. Lasst mich nur machen, Mädels." Er stand auf. „Amiti, sehen wir uns morgen im Dorfladen? Wegen dem Arbeitsvertrag?"

„Des Arbeitsvertrags. Wegen impliziert den Genitiv."

Hopfi lachte und stupste Eva leicht an der Schulter. „Bist du in der Lage, das Geld in den Rucksack zu packen?" Er beobachtete mit Sorge, wie ihr Kopf in großen Kreisen zu tanzen begann. „Ne, lass mal, ich mach das lieber selbst. Dir ist die Tablette ins Hirn geschossen." Er schob das Geld mit dem Schal in den Rucksack. „Amiti, halb zehn?"

„Halb acht. Wenn ich für dich arbeiten soll, werden deine Arbeitstage früh anfangen müssen."

„Von mir aus." Er schaute zu Eva und Jette. „Wollt ihr um acht dazu stoßen? Länger als eine halbe Stunde dauert es nicht, bis ich sie unterschriftsreif habe."

„Nö", begann Jette breit zu lächeln, „wir kommen um halb acht bereits mit, setzen uns an den Nebentisch und machen lange Ohren. Ich bin gespannt wie ein Flitzebogen, was ein Doktor der Philosophie arbeitet und welche Idioten dafür Geld locker machen."

„Das kannst du laut sagen." Eva prostete Hopfi zu, nahm einen großen Schluck und verzog das Gesicht. „Der Likör schmeckt wässrig, findet ihr nicht?"

Kapitel 10
Punktlandung

Eva spülte die Krümel der drei Butterbrezen mit einer zweiten Latte Macchiato nach. Sie wischte auf ihrem Smartphone herum. „Esmeralda", flüsterte sie, „kauft gerade neue Kaffeekapseln für den Automaten in der Dienststelle. Kootz und Detlev haben ihren Verbrauch massiv gesteigert, seit sie die zwei Räuber festgesetzt haben. Die beiden haben wirklich einige Banken in ganz Deutschland überfallen; den Bruch in Schobenbach wollen sie ums Verrecken nicht zugeben." Sie kicherte verhalten. „Kootz hat vorgeschlagen, wegen dem Fall den Besuch bei der Schwiegermutter..."

„Wegen des Falls", tadelte Amiti vom Nebentisch. „Ehrlich, mir drücken sie einen Deutschkurs aufs Auge."

Eva atmete tief durch. „Wegen des Falls hat des Kootz vorgeschlagen, des Besuchs bei des Schwiegermutters zu verschieben. Nun ist des Detlevs sauer. Das war genug Genitiv für die nächsten vier Wochen."

„Ach, die Liebe." Jette rührte in ihrem Cappuccino und warf einen Blick auf die Uhr. „In einer Stunde muss ich im Büro sein. An Arbeitsbeginn um halb neun muss ich mich erst gewöhnen." Sie gähnte. „Ich hätte laufen sollen, heute früh."

„Warum bist du es nicht?" Eva schob ihr Smartphone zurück in die Tasche. „Wirst du faul?"

„Christopher war da." Jette löffelte den Milchschaum, den sie mit Zucker versüßt hatte. „Wir haben gefrühstückt."

„Und die Kids?" Eva lehnte sich zurück und schaute zum Obstregal, wo Madame Delbar an den Trauben schnupperte. „Was halten deine Kinder von Christopher?"

„Sie mögen ihn." Jette legte einen Löffel Zucker nach. „Er hat in den letzten vier Tagen mehr über sie erfahren als Gerd in den letzten vier Jahren. Er ist zum Knutschen. Interessiert, rücksichtsvoll, sensibel und im Bett sehr engagiert, wenn du weißt, was ich meine..."

„Kann ich mir genau..."

Plötzlich wurde die Tür aufgerissen. Bienen-Hanni stand völlig außer Atem auf dem Fußabstreifer und stützte sich am Schirmständer ab. Ihr standen wie immer die Haare zu Berge. „Jessas!", rief sie heiser, „die Russen kommen!"

Hinter ihr tauchte Frau Kollinger auf. „Quatsch! Vom Pfarrer gibt es Neuigkeiten."

„Der Pfarrer?", fragte Bienen-Hanni mit vor Anstrengung gefurchter Stirn. „Unser Pfarrer kommt aus Russland?"

Frau Kollinger ließ die Bienen-Hanni stehen und widmete sich lieber dem großen Publikum im Dorfladen: „Stellt euch vor: Wo gestern der Herbststurm endlich alle Blätter von den Bäumen gefegt und der Föhn allen Schnee hat schmelzen lassen, wollte der Pfarrer heute den Garten saubermachen. Dabei hat er das Geld gefunden! Die ganze Million und das bisschen, das drüber raus ist. Die Räuber haben's – scheint es – mit der Angst bekommen und auf der Flucht die Beute in den Garten geworfen. In den Pfarrgarten!"

„Ja", schlug sich die Bienen-Hanni die Faust gegen die Brust, „das ist mein Geld. Meine Reichsmark. Ich musste alles verstecken, als die Russen kamen."

Frau Kollinger ignorierte sie. „Der Pfarrer hat das Geld gefunden, das die Räuber in den Pfarrgarten geworfen haben."

„Interessant", hob Hopfi den Kopf. „Was macht er damit?"

Frau Kollinger kam zu ihm an den Tisch. „Mit zittrigen Fingern hat der Pfarrer die Polizei angerufen und sich bei den ersten beiden Versuchen total verwählt. Er ist im Schwimmbad rausgekommen und die wollten von einer Million nichts wissen. Unser armer Herr Pfarrer ist mit den Nerven völlig am Ende. So viel Geld. Er kann es gar nicht glauben."

„Dabei ist der Glaube sein Fachgebiet", kicherte Eva.

Frau Kollinger warf ihr einen mahnenden Blick zu. „Frau Sonnemann, nicht unken. Stell dir vor, in dem Rucksack war nicht nur das geraubte Geld, sondern auch die Tatwaffe." Sie drehte sich einmal um die eigene Achse, um zu sehen, ob ihr alle Aufmerksamkeit sicher war. „Ich sagte: Herr Pfarrer, habe ich gesagt, lass besser die Finger von der Wumme, man weiß nie, wann so was losgeht. Weißt du, was unser lieber Herr Pfarrer gesagt hat? Frau Kollinger, hat er gesagt, in Delhi sind mir täglich Leute mit Waffen begegnet; die gehen nicht von selber los, da braucht es jemanden, der den Abzug betätigt und selbst dann würde diese Waffe nicht losgehen, weil sie keine echte Waffe ist. Der Arme ist total verwirrt im Kopf!"

„Echt?", staunte Eva. „Unser Pfarrer war mal in Delhi?"

„Mhm", machte Hopfi vom Nebentisch, „da kommt er her."

Die Verkäuferin stellte zwei Kaffeetassen auf die Theke. „Aufs Haus", lächelte sie. „Erzählt mal alles ganz genau. Das Geld lag einfach so herum?"

„Einfach so." Frau Kollinger goss Milch in den Kaffee. Sie tat Zucker hinzu und je nervöser ihre Zuhörer wurden, desto mehr glitt ihr Lächeln in die Breite. Schließlich öffnete sie den obersten Knopf ihres Mantels. „Ich wollte gerade zur Bank gehen, um zu sehen, ob der Sorglich die Filiale ohne Frau Sonnemann im Griff hat. Da sah ich unseren lieben Herrn Pfarrer kreidebleich im Garten stehen. Herr Pfarrer, frage ich, ist dir nicht gut? Ich kam näher und sah ihn vor dem Rucksack stehen. Oben quoll das Geld raus. Der Pfarrer hat sofort die Polizei gerufen und den Fund gemeldet. Die zwei schicken Kommissare haben seine Aussage aufgenommen. Andere Polizisten haben den Garten durchsucht und einige dicke Haufen Scheiße gefunden. Ich sag ja immer, diese Hupfdohle, die in der Stadt ihre Gymnastikkurse gibt, die lässt ihren Hund ungeniert in den Pfarrgarten scheißen. Eine Unverschämtheit ist das."

Die Bienen-Hanni hatte ihren Kaffee bereits getrunken und schleckte am Tassenrand herum. „Eine Unverschämtheit. Der Pfaffe bekommt den Finderlohn für meine Reichsmark. Die habe ich mir vom Mund abgespart."

„Unser lieber Herr Pfarrer", fuhr Frau Kollinger fort, „wird den Finderlohn gut verwenden, da bin ich sicher. Ringsum gibt es genug bedürftige Familien, die würden sich freuen über einen Zuschuss zur Haushaltskasse oder über ein kräftiges Budget für Weihnachten. Steht ja vor der Tür. Vielleicht", rempelte sie die Bienen-Hanni an, „vielleicht gönnt der Pfarrer sich eine neue bunte Jacke, wo sie ihm seine geklaut haben, diese Ganoven, diese grausigen. Wer weiß, was die Ganoven mit der Jacke für schweinische Sachen gemacht haben? Schau mal, Hanni, ob wir beim Herlaufen den alten Festlinger abgehängt haben oder ob er sich wieder nicht in den Laden traut und draußen vor der Tür steht?"

Vor einer anderen Tür war Eva gestanden, vergangene Nacht, als von Hopfi die Kurznachricht gekommen war: „Der Adler ist gelandet." Sie hatte gelüftet, damit der Duft von Mohnstollen und Quarkplätzchen die Nachbarn beglückte. Esmeralda war gleich nach dem Backen müde ins Bett gefallen. Sie wollte nicht einmal mehr ein Stück vom Stollen probieren und so stand Eva allein auf dem kleinen Balkon, bröselte übers Geländer und war froh, als die Nachricht kam. Sie atmete tief durch, löschte die Mitteilung und ging mit dem besten Gefühl seit Jahren ins Bett.

Das beste Gefühl hielt an. Sie lehnte sich zurück und trank ihre Latte

Macchiato leer. Jette kramte ihre Autoschlüssel aus der Tasche und stieß dabei die leere Espressotasse zu Boden. Keine Scherben, nur einen kleinen Fleck gab es auf den hellen Fliesen. „Glück gehabt", stellte sie die Tasse auf den Tisch zurück. Den Fleck killte sie, indem sie ihren Finger ableckte und schnell drüberwischte. „Ich muss los, wenn ich nicht am ersten Arbeitstag zu spät kommen will. Mädels, wir sehen uns morgen Abend zum Käsefondue." Schon war sie durch die Tür und davon.

Eva schaute ihr nach und beobachtete, wie sie ihr oranges Auto rückwärts aus der Parklücke gegen den Stromkasten setzte. Ein kurzes Schulterzucken später fuhr sie davon.

„Frau Delbar!", hörte Eva die Verkäuferin rufen, „brauchen Sie Hilfe mit den Weintrauben?"

„Isch schnüppere nür...", kam die Antwort und Eva begann breit zu lächeln. Alles war wie immer, nur ein kleines bisschen besser.